U0052629

應用叢書

修訂八版

應用文

一本網羅生活、職場、考場各種場合的應用文大全

黃俊郎 編著

解釋術語
行文簡淺明確,快速掌握重點

說明作法
了解脈絡,輕鬆吸收

多舉範例
抓住感覺,提升應用能力

附贈習作
多多練習,容易上手

—生活上—
書信、柬帖、慶賀文與祭弔文、契約、書狀與存證信函

—職場上—
自傳與履歷、會議文書、簡報與演講辭、規章、企畫書

—考場上—
公文、對聯、題辭與標語、啟事與廣告

東大圖書公司

國家圖書館出版品預行編目資料

應用文／黃俊郎編著.－－修訂八版四刷.－－臺北
市：東大，2022
面；　公分.－－（應用叢書）

ISBN 978-957-19-3186-9　（平裝）
1.漢語 2.應用文 3.公文程式

802.79　　　　　　　　　　　　　108012445

應用叢書

應用文

編 著 者	黃俊郎
發 行 人	劉仲傑
出 版 者	東大圖書股份有限公司
地　　址	臺北市復興北路 386 號 (復北門市) 臺北市重慶南路一段 61 號 (重南門市)
電　　話	(02)25006600
網　　址	三民網路書店 https://www.sanmin.com.tw
出版日期	初版一刷 1988 年 8 月 修訂八版一刷 2019 年 9 月 修訂八版四刷 2022 年 8 月
書籍編號	E800410
I S B N	978-957-19-3186-9

東大圖書公司

修訂八版序

　　行政院於民國 104 年 4 月 23 日發布「文書處理手冊修正草案總說明」，提出「文書處理手冊前於九十九年一月間修正，迄今已逾五年，期間本院及所屬機關組織改造陸續施行，且手冊引述相關法規已有所變動，爰其內容及所附附件、附錄之公文作法舉例，均需通盤檢視修正，以因應當前各機關實務作業需要。案經徵詢本院所屬各機關及地方政府意見後，擬具『文書處理手冊』修正草案」。因而另列舉「文書處理手冊修正草案對照表」，而於中華民國 104 年 7 月正式頒訂最新「文書處理手冊」。本書為求確實依照行政院最新規定，並使體例一致，乃再次對相關章節進行修訂。

　　應用文乃人際交往的重要橋梁，但面對它感到手足無措的大有人在，民國 77 年應三民書局劉振強董事長之邀，編寫一本適合現代生活所需的《應用文》，提供青年學子進修、社會人士參考。於是就人們日常生活所接觸到的和應用得到的各類應用文，詳細說明其作法，而且博採旁搜，多舉範例（此次修訂版即增加部分常用題辭範例），以便讀者得到「易學、易作」的效果。

　　應用文的寫作，所使用的術語與格式，都必須符合時代的需求，因此這本《應用文》自出版以來，歷經 31 年，一直為市場的長銷書，如今已是改版增修內容第八次。尤其是公文採橫行格式之後，其他各類公、私文書也逐漸改為由左至右橫式書寫，為配合此一趨勢，因此本書除傳統書信、對聯、題辭仍保留部分直式範例之外，其餘皆已改為橫行格式。全書經如此大幅修訂，劉董事長仍一本服務讀者的理念，不惜投入資金，重新設計版面，這種做事的魄力、膽識，實在讓人感動。詎於前年 1 月劉振強董事長遽然歸道山，所有認識他的人無不悼惜不已，幸其哲嗣仲傑總經理克紹

箕裘，勉力賡續發揚三民書局出版有益世道人心的書籍，以達到「出版者用心，讀者放心」的理想目標。而編輯部同仁殫精竭慮，黽勉從事，對於資料蒐集、章節安排，以及版面設計、文字校對，貢獻良多，至為感謝。但倉促付梓，不免疏漏，敬祈　方家指正為荷。

謹以此書第八版修訂本紀念畢生挺身文化出版事業的巨擘劉振強先生

中華民國 108 年 7 月　黃俊郎　謹識

應用文 目次 CONTENTS

緒　論

第一節　應用文的意義

　　應用文是我們在日常生活當中，隨時都會應用到的一種文書。因為人類是過著一種合群的生活方式，每天所接觸的人與事非常的廣泛，也非常的複雜；為了應付這些人與事，就必須表情、達意、說理、述事。在未有文字的時代，先民就藉著結繩、圖畫、符號等方式，應付日常所需，那也就是最原始的應用文。其後文明日進，有了文字，人類即利用文字以處理事務，抒發情懷，正式的應用文於是產生。

　　正式的應用文產生之後，不識字的人，為了需要，仍會利用其他方式表達情意。如清代梁紹王兩般秋雨盦隨筆卷二圈兒信條，記載一則故事，略謂某地有一少女，目不識丁，因男友久無消息，非常想念，乃派人送了一封信，信箋上先畫一圈，次畫一套圈，次連畫數圈，次又畫一圈，次畫兩圈，次畫一圓圈，次畫半圈，末畫無數小圈，其形當為：

　　　〇　◎　〇〇〇〇　〇　〇〇　〇　⌒　〇〇〇〇〇〇

男友不解，有好事者題詞於其上云：「相思欲寄從何寄，畫個圈兒替。話在圈兒外，心在圈兒裡。我密密加圈，你須密密知儂意。單圈兒是我，雙圈兒是你。整圈兒是團圓，破圈兒是別離。還有那說不盡的相思，把一路圈兒圈到底。」此圈兒信就是那少女的應用文。

　　類似這個例子，在今天教育普及的情況下，已不多見，但由此事例，可以說明兩點：一、應用文乃由於實際生活需要而來，即使是識字不多的人，也有表情、達意、說理、述事的需要，均不能自絕於「應用文」之外。二、文字之外，尚有其他表情、達意、說理、述事的工具，但總不如文字

之能應用久遠，且能普遍被接受。

　　就廣義來說，應用文可以包括古今全部的文章。只是由於社會進步，事務日繁，科學發達，分類愈細，從前的應用文，如今或歸屬於學術論文，或化身為文藝作品，已經不是每一個現代人在實際生活中都一定會用到。所以現在我們所研討的，乃是狹義的應用文。它的定義是：凡個人相互間，機關團體相互間，個人與機關團體相互間，為針對特定事件的特定目的而寫作，具有特定格式的文章。

第二節　應用文的特質

　　應用文與普通文章不同，它的特質可分為以下四方面來加以說明：

　　一、內容　應用文的內容，為取材於日常生活的事實，或因應某一事實需要而寫作，也就是有一定的目的和範圍；不像其他的文章，可以憑空想像，無所拘束的任意發揮。

　　二、對象　應用文的對象，為特定的一個人或若干人，或特定的機關、團體或地區，而且有一定的時效，若非其人其地其時即不適用；不像其他的文章，只要有價值，不會受到時間和空間的限制。

　　三、格式　應用文的格式，在約定俗成之後，任何人都必須遵守，方能通行無礙；不像其他的文章，可以隨興所至，不受束縛。

　　四、術語　應用文有專門的術語，必須根據事件的內容、對象、時間、空間，妥慎選用，方不致貽笑大方；不像其他的文章，可以任意推陳出新，自鑄美詞，甚至於「語不驚人死不休」。

第三節　應用文的種類

　　應用文的種類繁多，根據現時的社會狀況和各階層人士的需要，約可

分為二十一類，茲說明如下：

一、**書信**　為人際聯絡感情、互通消息、表達意見、洽辦事務、研討學術、鼓舞士氣、敦睦邦交等的公私文字。

二、**便條**　簡便的字條。

三、**名片**　印有姓名的卡片，可在正反兩面空白處留言。

四、**柬帖**　個人或團體為婚喪喜慶或普通應酬而發出的文字。

五、**對聯**　對偶形式而意義相聯接的文字。

六、**題辭**　以簡單的辭句或韻語，表達頌揚、讚勉、哀悼、寫景等意思的文字。

七、**標語**　為宣傳而張貼的簡要文字。

八、**慶賀文**　慶賀他人喜事的應酬文字。

九、**祭弔文**　喪事弔唁的文字。

十、**公文**　為處理公務而往來的文字。

十一、**會議文書**　為開會議事使用的文字。

十二、**簡報**　將機關團體的某項工作、某種設施或某件產品的狀況，對他人作介紹的簡要文字。

十三、**規章**　為訂立規約章程的文字。

十四、**契約**　為規定當事人雙方權利、義務的文字。

十五、**書狀**　當事人的一方為履行權利或義務而簽署交給他方收執的文字。

十六、**存證信函**　透過郵局來證明發信日及發信內容的一種函件。

十七、**單據**　收付款項或貨物的憑證文字。

十八、**啟事**　個人或團體對社會大眾或某些人有所陳述，而以公開方式登在報刊上或張貼於街衢顯眼處的文字。

十九、**廣告**　為某一種產品而作有計畫的廣大宣傳的文字。

二十、**企畫書**　對某一事件或專題，為達成目標或效益，將構想、創意詳加規劃，提請決策者裁決，當作執行的依據所製作的一種文書。

二十一、**自傳與履歷**　自述生平的文字。

第四節　應用文的寫作原則

應用文是我們日常生活所必需，它的重要性不言可喻。但要熟悉它的特殊格式、專門用語，以及具有寫作能力，端賴平素的學養與練習，學以致用，庶幾可免臨事求人，或貽笑大方。茲將寫作應用文的原則說明如下：

一、**適合時代**　應用文是為了因應日常生活的需要而產生，所以寫作時，必須符合時代潮流；那些封建、迷信的觀念，有違民主、科學精神的，均應力求避免。

二、**具備知識**　應用文的類別很多，而且每一類都必須切合個別的特殊情況，所以寫作者不能沒有豐富的知識。例如草擬公文、契約、規章等，都要具備法律、行政等各種知識，才能得心應手。知識貧乏，一定不可能寫出得體適用的應用文。因此在日常生活中，經歷萬事萬物，都要留心觀察，注意參考。

三、**認清對象**　應用文有特定的對象，所以寫作時，必須認清彼此的關係。例如現行公文程式條例規定，一般機關都可以「函」來行文，但實質上，仍有上行、平行、下行之分，所以寫作公文，必須瞭解本機關或本身所處的地位及所有的職權，就事論事，據理說理，不驕不諂，不亢不卑，不踰越權限，也不推卸責任，處處不失自己的身分立場。

四、**切合實際**　應用文是因「事」而作，所以它的內容，必須切合實際，不可空洞浮泛，或言不及義。例如一般宴會柬帖，如果不載明宴會的時間、地點，客人如何準時赴宴？顏氏家訓勉學譏評「博士買驢，書券三紙，未有驢字」，即指出應用文不能切合實際的弊病。

五、符合格式　應用文的類別，名目繁多，格式不一，例如書信有書信的格式，不能和公文混淆。而且必須以現在所通行的格式為依據，不宜自我創新，例如現行公文採 3 段式，寫作時必須遵用，否則，漫無限制，各行其是，一定會造成紊亂不堪的局面，增加處理的麻煩，因而影響行政效率。

六、文字淺顯　應用文以達意為主，不必故意炫耀個人才學，所以使用的文字，以簡淺明確為原則。尤其是以一般民眾為訴求對象的應用文，如公告、啟事，更應避免咬文嚼字。即使較需講求修辭的對聯、題辭，也不宜使用過於冷僻的文字或典故，以免無人能夠領會。

書　信

第一節　書信的意義

　　書信是一種聯絡情誼、敘事達意的文書。我們置身在文明進步、工商發達的今天，人際交往日趨頻繁，在彼此分隔兩地的情況下，雖然可以利用電話等現代科技產品，以言語直接溝通，但書信仍然是傳遞音訊的最主要工具。書信不僅能夠暢所欲言，而且可以保存起來，具有紀念價值。

　　一般說來，書信與普通文章明顯不同處有三：一是有一定的對象，必須注意禮節，尊重對方的地位，使收信人樂於接受。二是以實際問題為內容，有一定的範圍，文字必須力求簡明、扼要，使對方一目瞭然。三是有一定的格式，有專門的用語，必須依照一般的習慣，方為妥當。除了以上三個特點外，我們必須瞭解：書信雖然與普通文章不同，但是一定要文章寫得好，書信才能寫得好；書信雖然與一般書法不同，但是一定要字體寫得端正，才更能表示對受信人的尊重。

第二節　書信的種類

一、就內容分類

　　書信的應用範圍廣泛，種類繁多。大致而言，每一封信都有受信人和所談的事，因此，可依「人」、「事」兩種角度加以分類。

　　依「人」而分，書信可概括分為上行、平行、下行三類。上行書信的受信人是長輩，如祖父母、父母、岳父母、長官、師長或年齡比自己大二

十歲以上的人；平行書信的受信人是平輩，如兄弟姊妹、同學、朋友、同事；下行書信的受信人是晚輩，如子女、姪、甥、學生或年齡比自己小二十歲以上的人。

依「事」而分，書信可概括分為應酬、應用、議論、聯絡四類。應酬的書信，如慶賀、弔唁、慰問等；應用的書信，如請託、借貸、推薦等；議論的書信，如論學、論事、勸勉等；聯絡的書信，如問候、通知等。

上述兩種分類，彼此之間是相互關聯而非各自孤立的，亦即上行、平行、下行書信，都可有應酬、應用、議論、聯絡等內容。分類的意義在於提醒我們，寫信時要考慮到「給什麼人」、「談什麼事」，而在格式、用語方面，作最恰當的安排。

二、就傳遞方式分類

(一) **郵寄**　透過郵局，由郵差投送。

(二) **託帶**　託人帶交。

(三) **傳真**　利用傳真機傳送，不僅能將圖文原貌傳送，更具有迅速簡便、無遠弗屆的特色。

(四) **電子郵件 (E-mail)**　使用電腦已成為現代人必備的能力之一，而網際網路 (Internet) 的發展，使得上網的人與日俱增，電子郵件 (E-mail) 的使用也就逐漸普及，很多人在名片上都加上了電子郵件地址 (E-mail address)。所謂電子郵件，就是在電腦上，將信件的內容，經由網路傳送給收信人。它可以快速傳送，只要收信人與網際網路的連線保持暢通，即使海角天涯，也可以在極短的時間內收到對方所發出的信。而且利用電子郵件，可以把相同的訊息同時傳送給在不同地方的很多人，相當簡便；在機關、學校或公司內部，也可以用同樣的方法，把訊息傳送到每一個員工的電子郵箱中，而不必張貼公告，等著大家去看。除此之外，電子郵件還可以傳送影像、聲音檔案，這更不是透過郵局投遞的一般信件所能比擬的。

第三節　書信的結構

一、信封封文的結構

封文，指寫在信封上的文字。書信的傳遞，通常用郵寄，也可託人帶交，因為有這兩種不同的方式，所以信封封文的結構和寫法也有所不同。

(一)郵寄封

1、直式信封

(1)格式　信封通常都有一定的格式，直式信封上中間印有長方形的紅色線框。依此紅色線框為準，可分為三部分，即框右欄、框內欄、框左欄。如果是沒印長方形紅色線框的信封，應用時也要在心裡認為它有框，依照一般有紅色線框的格式來書寫。

(2)結構　根據直式信封的格式，一封完整的郵寄封，它的封文結構可有：

甲、框右欄　包括受信人的郵遞區號、地址。

乙、框內欄　包括受信人的姓名、稱呼和啟封詞。

丙、框左欄　包括發信人的地址、發信人的姓（或姓名）、緘封詞和郵遞區號。

茲舉實例如下：

116-05

請寫收件人郵遞區號

臺北市文山區
指南路二段六十四號
國立政治大學

李文治先生 大啟

臺北市中山區
復興北路三八六號 張緘

104-76

寄件人郵遞區號

正 郵
貼 票

（３）寫法　從前的人對於封文的行數，有所謂「三凶四吉五平安」的說法，所以對朋友寫信，封文總是寫四行，對家人寫信，封文就常寫五行。現在已經不太重視這樣的規矩，但字體仍須端正明晰，否則郵差投遞不到就誤事了。茲將信封封文的寫法分別說明於下：

甲、框右欄　根據郵局公布的標準信封規格，受信人的地址只要寫成一行，但字數較多，亦可分成兩行書寫，第一行寫行政區（包括市縣、鄉鎮市區），第二行寫街路名稱（包括段、巷、弄、號、樓層），郵遞區號以阿拉伯數字，端端正正的寫在上方的紅框格內。但書寫時，框右欄收信人的地址第一個字不可高於框內欄受信人的姓，而且字體要略小一些，以對受信人表示尊敬。如果信件是寄到受信人服務的機關或公司行號，那麼受信人服務的機關或公司行號的名稱一定要抬頭，也就是自成一行，第一個字的高度和受信人的姓平齊。

乙、框內欄　受信人的姓、名、稱呼、啟封詞必須在信封上印好的長方形紅色線框內的正中書寫，算好字數，預先排好，字與字之間的距離，一定要勻稱，只有受信人的「姓、名、稱呼」最下面一個字和啟封詞最上面一個字之間有較大的距離。受信人的姓可以頂框，但不可觸線；啟封詞的最後一字，可以抵框，但也不可觸線。茲將受信人「姓、名、稱呼」的組合方式，列舉如下：

第一式　　　　第二式　　　　第三式　　　　第四式

黄明德先生大啓　　黄明德主任大啓　　黄主任明德大啓　　黄主任明德大啓

以上四式，第一式所示為姓、名、稱呼的組合；第二式為姓、名、稱呼的組合，但稱呼不採一般性的先生、女士、小姐等，而改用受信人職位；第三式為姓、稱呼（職位的）、名；第四式為姓、稱呼（職位的）、名，而名採側右略小的「側書」方式。這四種寫法都是正確的，而禮貌意味依次加濃。如果受信人有字或號，則可逕寫字號而不寫名，也是一種表示禮貌的方式；但若屬掛號、包裹，因須憑印章領取，為求名實相副，仍以書寫本名為宜。

封文上的側書，是對受信人表示尊敬、禮貌，有不敢直呼對方名字的意思。在使用時須注意：①只能用在受信

人的名或字號，不可用在受信人的稱呼或職位，也不可用在啟封詞；②只用在依「姓、稱呼（職位的）、名」之順序的組合，若用先生、女士、小姐等一般的稱呼，則應依第一式所示，而不適用側書。像：「黃先生明德　大啟」、「黃明德先生　大啟」、「黃明德先生　大啟」、「黃經理明德　大啟」、「黃明德經理　大啟」、「黃明德經理　大啟」等，都是錯誤的。

至於框內欄最後的啟封詞，這是對受信人說的，通常有兩個字，下一字是「啟」，上一字則變化很多，必須根據發、受信人的關係而定。茲將常用的啟封詞列舉於下，並註明其用法：

福啟：對血統、親戚的祖父輩用。

安啟：對血統、親戚的父親輩用。

道啟：對有道德學問的師長輩用。

鈞啟：對直接、有地位的長官或長輩用。

賜啟：對普通的長輩用。

勛啟：對有公職的長輩或平輩用。

文啟：對執文教業的平輩用。

臺啟：對普通的平輩用。

大啟：對任何平輩都可用。

公啟：對機關團體、公司行號用。

禮啟：對居喪的人用。

素啟：對居喪的人用。

親啟：不管長、平、晚輩，要受信人親自拆閱用。

收啟：對晚輩用。

丙、框左欄　發信人的地址不可省略，而且字體務必詳明清

晰，便利受信人回信或郵差投遞不到時可以退件。從前的規矩，對長輩寫信，發信人地址第一個字的高度不能超過信封二分之一的部位。現在使用郵局公布的標準信封規格書寫，發信人地址只要寫成一行，但字數較多，亦可分成兩行書寫，第一行是「市縣」、「鄉鎮市區」，第二行是「路、段、巷、弄、號、樓層」，再加上發信人的姓名，通常除了掛號信之外，都只寫個姓。在發信人的姓名之下，要有緘封詞，這是給受信人看的，受信人是長輩要用「謹緘」，是平輩或晚輩可一律用「緘」。郵遞區號書於發信人地址下方。

2、橫式信封

(1)受信人的地址寫在橫封的中央，自左向右。

(2)受信人的姓名、稱呼、啟封詞（其組合方式可參照直式信封），寫在地址的下面一行。

(3)受信人的郵遞區號橫寫於受信人地址的上面一行。

(4)發信人的郵遞區號、地址、姓名橫寫於左上角部位，或信封的背面。

(5)郵票貼在右上角。

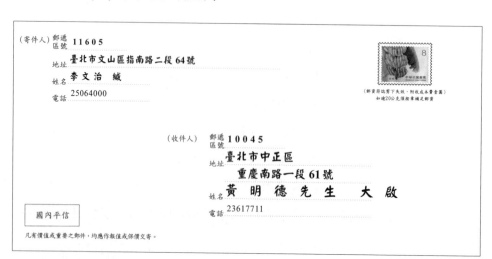

10476
臺北市中山區
復興北路 386 號張緘

11605
臺北市文山區指南路二段 64 號
李 文 治 先 生　　大 啟

3、明信片　明信片正面的結構和橫式（或直式）信封大致相同，
　　但寫法略有不同，說明如下：

　　（1）明信片不封口，所以框內欄不用啟封詞，而代以「收」字；
　　　　框左欄不用緘封詞，而代以「寄」字。

　　（2）寄明信片，對受信人而言，顯得不慎重，所以不宜寄給長
　　　　輩，或當作正式的函件。

(二)託帶封

1、結構　託人帶交的信，信封封文的結構、寫法與郵寄封並不
　　相同，一封完整的託帶封，以直式信封為例，它的封文結構
　　可有：

　　(1)框右欄　包括附件語、託帶語。因為帶信人通常都是熟人，
　　　　知道受信人的地址，所以不必書寫；如果帶信人不知道受
　　　　信人的地址，就要寫明白。

　　(2)框內欄　包括受信人的姓名、稱呼和收件詞。

　　(3)框左欄　包括發信人自署、拜託詞和發信時間。

　兹舉實例如下：

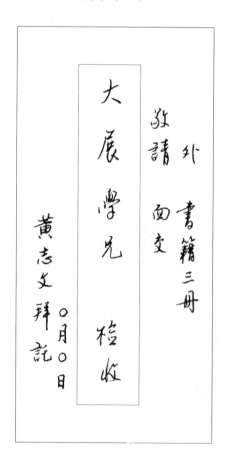

2、寫法

(1)附件語　寫明箋文以外附寄的物件，是對受信人說的，讓他一看到信封，就知道另有附件，如「外　書籍三冊」。如無附件，則此項可免。

(2)託帶語　這是對帶信人表示拜託之意的話。依發、帶、受信人的不同關係，其用語有所不同：

甲、發、帶、受信人都是平輩，可用「敬請　面交」；

乙、發、帶信人是平輩，受信人是長輩，可用「敬請　面陳」；

丙、發、帶信人是平輩，受信人是晚輩，可用「敬請　擲交」；

丁、發信人是晚輩，帶、受信人是長輩，可用「敬請〇〇世伯　袖交」；

戊、發信人是長輩，帶、受信人是平輩，可用「面交」；

己、發、受信人是平輩，帶信人是晚輩，可用「面陳」；

庚、帶信人是長輩，發、受信人是平輩，可用「敬請〇〇世伯　擲交」。

(3)受信人名字、稱呼　郵寄封受信人的姓名和稱呼，是指郵差對受信人的稱呼；託人帶交封上受信人的名字和稱呼是發信人對帶信人說的。因為是發信人對帶信人說的，帶信人是熟人，所以寫受信人的名字、稱呼時，要表現出發信人和受信人的私人關係，通常都不寫受信人的姓。如果帶信人是長輩，就寫受信人的名；帶信人是平輩或晚輩，就寫受信人的字或號。名或字、號下面便是稱呼。受信人如果是發信人的祖父母或父母，那就連名、字、號都不能寫，只能寫「家祖父」、「家祖母」、「家嚴」、「家慈」，再加上「大人」二字。

(4)收件詞　託帶封通常不封口，所以不能用啟封詞，只能用

收件詞。如果有附件，則收件詞用「檢收」、「查收」；沒有附件，那麼對長輩用「賜收」，平輩用「臺收」，晚輩用「收」。

(5) 發信人自署　這是對帶信人說的。可依二者關係，或姓名全署，或僅署名，前者比較客氣，後者表示親密。

(6) 拜託詞　這是對帶信人說的。帶信人是長輩，則用「謹託」、「敬託」；是平輩則用「拜託」；是晚輩則用「託」。

(7) 發信時間　在拜託詞右方或右下方，字體略小，寫月日即可。

二、信箋箋文的結構

書信的箋文，根據它的結構順序，可分為 3 段 13 個項目，表列如下：

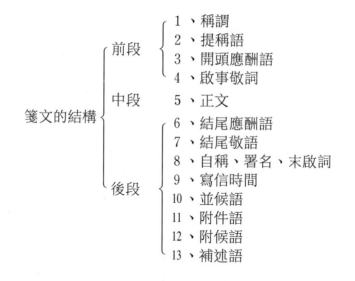

箋文的結構
- 前段
  - 1、稱謂
  - 2、提稱語
  - 3、開頭應酬語
  - 4、啟事敬詞
- 中段
  - 5、正文
- 後段
  - 6、結尾應酬語
  - 7、結尾敬語
  - 8、自稱、署名、末啟詞
  - 9、寫信時間
  - 10、並候語
  - 11、附件語
  - 12、附候語
  - 13、補述語

以上 3 段 13 個項目，並非每封箋文都要具備齊全，往往可依人、事的不同情況而加以斟酌省略。茲舉一傳統直式書寫箋文為例，再作說明：

明德吾兄大鑒：久疏箋候，時深馳系。敬啟者，月之十二日，弟有鹿港之行，盤桓二日，得友人鹿港文教基金會施君為導，遍覽其文物古蹟，體味其民情風俗，並聆賞其南管樂團雅正齋之演奏，洋場積垢，為之滌蕩，誠快事也。臨別又承贈特產牛舌餅、鳳眼糕各兩盒，香甜甘美，誠絕佳之茗點也。欣賞之餘，不敢獨享，謹分其半，奉吾兄以同領其風味，敬祈　哂納。專此奉達，敬請

大安

嫂夫人乞代致意

　　　　　　　　　　　　　　　　弟王中強頓首○月○日

牛舌餅、鳳眼糕各一盒，另郵寄。

　　　　　　　　　　　　　　　　　　　　　　內子附筆候安

再者：育英兄日內北上，屆時盼一聚。又啟。

依上例，其項目依次為：

(一)**稱謂**　「明德吾兄」屬之。這是對受信人的稱呼，在信箋第一行最高位置書寫。箋文中的稱謂可以包括名（字、號）、公職位、私關係、尊詞四者，如「○○校長吾師大人」：「○○」是名（字、號），「校長」是公職位，「吾師」是私關係，「大人」是尊詞。這四者可依據實際狀況，斟酌組合，並非每一稱謂都要四者全備。而且受信人的名，除對晚輩外，如果受信人有字或號，則可改寫字號而不寫名，以示敬意。有時還可以在受信人的字號中選一個字，底下加一個「公」或「翁」、「老」，成為「○公（翁、老）」。至於以前慣用的「大人」這個尊詞，現在除了對父母親以上的直系尊親屬及近親長輩寫信還用外，對其他人寫信就很少用了。

(二)**提稱語**　「大鑒」屬之。這是請求受信人察閱箋文的意思，緊接稱謂書寫，下加冒號「：」。依書信發受雙方的不同關係，提稱語各有不同，但現行書信，通常不太使用提稱語。

(三)**開頭應酬語**　「久疏箋候，時深馳系」屬之。這是述說正事之前的客套話，有如朋友見面時的寒暄。舊式書信在提稱語下同行書寫，現行書信可在次行書寫，低二格，另起一段。此一項最好配合正文或雙方交往狀況，簡單貼切地說，避免套用陳言浮句；有時開門見山，直接說出正事，不用開頭應酬語也可以。

(四)**啟事敬詞**　「敬啟者」屬之。這是述說正事前的發語詞，現行書信較不常用。

(五)**正文**　從「月之十二日」到「奉吾　兄以同領其風味」屬之。這是箋文的主體，並沒有一定的法式，只須語氣誠懇、條理清楚即可。舊式書信緊接啟事敬詞書寫，現行書信若不用啟事敬詞，可另行低二格書寫。

(六)**結尾應酬語**　「敬祈　哂納」屬之。也以配合正文或雙方交情為原則，有時也可以不用。

(七)**結尾敬語**　「專此奉達，敬請　大安」屬之。這是箋文結束時

向受信人表示禮貌的意思。其中「專此奉達」叫敬語，現行書信此一部分往往省略，或僅用前二字；「敬請　大安」叫問候語，問候語中的「○安」須另行頂格書寫。

(八) **自稱、署名、末啟詞**　「弟王中強頓首」屬之。寫在問候語「○安」同一行下面，但現在也常往後挪一行書寫，其高度以不超過信箋直行的二分之一為原則。其中自稱依相互關係而定，側右略小書寫以表示謙遜。署名絕不可用字、號替代，關係親近者不必寫姓，若在守祖父母或父母之喪時，則姓下名上側書一「制」字。

(九) **寫信時間**　「○月○日」屬之。通常以較小字體寫在末啟詞右下、左下，也可以在其正下方成兩行書寫。

(十) **並候語**　「嫂夫人乞代致意」屬之。這是請受信人代向他人問候的意思，其書寫位置在問候語的次行；如被問候者為受信人的晚輩，則字行頂端應比「○安」稍低，若為長輩或平輩，則與「○安」齊平。正式的信，以不附並候語為宜。

(十一) **附件語**　「牛舌餅、鳳眼糕各一盒，另郵寄」屬之。其位置在並候語次一行，略低書寫，如無並候語，則在問候語次一行，略低書寫。此項依附件有無而定，無附件則此項可免。

(十二) **附候語**　「內子附筆候安」屬之。這是發信人的家人或朋友附筆向受信人致問候之意。其位置在署名的左側，高度依附候人輩分而定，如附候人為發信人長輩，則附候語在署名左側略高處書寫，餘可類推。正式的信以不附附候語為宜。

(十三) **補述語**　從「再者」到「又啟」屬之。這是補充箋文的遺漏。正式的信，以不附補述語為宜。

以上係依直行書寫的箋文為例，如為橫行書寫亦依此類推。

第四節　書信的術語

一、稱謂

(一)家族

稱　　　　　人	自　　　稱	對　他　人　稱	對　他　人　自　稱
祖父/祖母	孫/孫女	令祖/令祖母	家祖父/母（或家大父/母）
伯（叔）祖父/母	姪孫/孫女	令伯（叔）祖/祖母	家伯（叔）祖/祖母
父/母 親	男/女（或兒）	令尊堂（或尊堂或尊萱）	家父/母（或君或尊或大人或嚴）（或慈）
君/姑 舅（或父/母親）	媳（或兒）	令舅/姑	家舅/姑
伯(叔)翁/姑（或伯(叔)父/母）	姪媳	令伯（叔）翁/姑	家伯（叔）翁/姑
兄/嫂（或某哥/姊）	弟/妹	令兄/嫂	家兄/嫂
弟/弟婦（或某弟/妹）	兄/姊	令弟/弟婦	舍弟/弟婦
姊/妹	弟（妹）/兄（姊）	令姊/妹	家姊/舍妹
吾夫（或某哥）/某某（單稱名或字）	妻（或妹）/某某	尊夫/某先生/令夫君	外子（或某某）
吾妻（或某妹）/某某（單稱名或字）	夫（或某某）	尊夫人（或尊閫）/嫂	內子/人
吾兒/女（或幾兒/女或某兒/女）	父/母	令郎（或公子）/令媛（或嬡）	小兒/女
賢媳（或某某或某兒/女）	父/母	令媳	小媳
幾姪（或賢姪/姪女）/姪女（或姪/姪女）	伯（叔）/伯（叔）母	令姪/姪女	舍姪/姪女

幾孫/孫女（或某孫/孫女）	祖/祖母	令孫/孫女	小孫/孫女
姪孫/孫女	伯（叔）祖/祖母	令姪孫/孫女	舍姪孫/孫女

說　明

1. 凡尊輩已歿，「家」字應改為「先」字。自稱已歿之祖父母，為「先祖父母」或「先祖考」、「先祖妣」。稱已歿父母，父為「先父」、「先君」、「先嚴」、「先考」；母為「先母」、「先慈」、「先妣」。

2. 稱人父子為「賢喬梓」，對人自稱為「愚父子」。稱人兄弟為「賢昆仲」、「賢昆玉」，對人自稱為「愚兄弟」。稱人夫婦為「賢伉儷」，對人自稱為「愚夫婦」。

3. 對家族幼輩稱呼，「賢」字大可不用，即媳婦亦可不用。

4. 舅姑對媳婦，本多自稱愚舅、愚姑，因與舅父或姑母之稱有時相混，故用一「愚」字；其實可自稱父母，或逕寫字號為宜。

（二）親戚

稱　　　　人	自　　　　稱	對　他　人　稱	對　他　人　自　稱
外祖父/母	孫/孫女	令外祖父/母	家外祖父/母
姑丈/母	姪/姪女	令姑丈/母	家姑丈/母
舅父/母	甥/甥女	令母舅/舅母	家母舅/舅母
姨父/母	姨甥/甥女	令姨丈/母	家姨丈/母
表伯（叔）父/母	表姪/姪女	令表伯（叔）/伯（叔）母	家表伯（叔）/伯（叔）母
表舅父/母	表甥/甥女	令表母舅/舅母	家表母舅/舅母
岳父/母	子婿	令岳/岳母	家岳/岳母
伯（叔）岳父/母	姪婿	令伯（叔）岳/岳母	家伯（叔）岳/岳母
姻伯（或叔）父/母	姻姪/姪女	令親	舍親

姊丈（或姊倩）	內弟／姨妹（或弟／妹）	令姊丈	家姊丈
妹丈（或妹倩）	內兄／姨姊（或兄／姊）	令妹丈	舍妹丈
表兄／嫂	表弟／妹	令表兄／嫂	家表兄／嫂
內兄／弟（或兄／弟）	妹／姊婿	令內兄／弟	敝內兄／弟
襟兄／弟	襟弟／兄	令襟兄／弟	敝襟兄／弟
姻兄／嫂	姻弟／侍生（或姻愚妹）	令親	舍親
賢內姪／姪女	姑丈／母	令內姪／姪女	舍內姪／姪女
賢婿	愚岳／岳母	令婿（或令坦倩）	小婿
賢表姪／姪女	愚表伯（叔）／伯（叔）母	令表姪／姪女	舍表姪／姪女
賢姻姪／姪女	愚	令親	舍親
賢甥／甥女	愚舅／舅母	令甥／甥女	舍甥／甥女
賢外孫／孫女	外祖／祖母	令外孫／孫女	舍外孫／孫女

說 明

1. 兄姊長輩，對人自稱時上加「家」字；弟妹晚輩，則用「舍」字；稱他人家族、親戚則用「令」字，亦即「家大舍小令人家」。

2. 親戚中「姻伯、叔、丈」，乃指姻長中無一定稱呼者。如姊妹之舅及其兄弟，兄弟之岳父及其兄弟，用此稱謂最具彈性。

3. 平輩者皆依表列定稱。

4. 幼輩稱呼「賢姻姪」三字，只能用於極親近者；普通親戚雖屬晚輩，亦以「姻兄」相稱，而自稱「姻弟」或「姻末」。

(三)世交

稱　　　　　　　　人	自　　　　　　　稱	對　他　人　稱	對他人自稱
太 夫子（老師）／師母	門下晚生		
夫子(或老師或吾師)／師母／師丈	生（或受業）或學生	令業師／令師丈／令師母	敝業師／敝師丈／敝師母
大世伯（叔）父／母	世 再姪／姪女		
世伯（叔）父／母	世 姪／姪女		
仁（或世）丈	晚		
世兄／學長（或兄、姊）	世弟／世弟妹／學妹（或弟、妹）	貴同學、令友	敝同學、敝友
仁兄／仁姊（或兄、姊）	弟／妹	貴同事	敝同事
同學（或學弟妹）	小兄／愚姊（或友生某）	令高足	敝門人、學生
世講（或世臺／世兄）	愚		

說　明

1. 「夫子」二字，常為妻對夫之稱；女學生以稱「老師」、「吾師」或「業師」為宜。對老師之妻稱「師母」，女老師之夫稱「師丈」。

2. 世交中伯叔字樣，視對方與自己父親年齡而定。較長者稱「伯」，較幼者稱「叔」。

3. 世交而兼有戚誼者，按尊長年齡比較，稱「太姻世伯（叔）」、「太姻世伯（叔）母」、「姻世伯（叔）」、「姻世伯（叔）母」。

4. 確有世誼關係，年長於己，而行輩不易確定者，稱為「仁丈」或「世丈」亦可。

5. 世交平輩中，如係交誼深厚者，可稱「吾兄」、「我兄」。

6. 對世交晚輩稱「世兄」、「世講」、「世臺」。

除上列三表外，尚有其他關係之稱謂，如部屬對長官，通常稱「鈞長」，或稱職銜如「某公部長」；自稱「職」。如對舊時長官，則自稱「舊屬」。稱他人長官，則在職銜上加「貴」字，如貴部長。

二、提稱語

對　　　　　　象	語　　　　　　　　　　　　　　　　　　　　　　　　　　彙
祖 父 母 及 父 母	膝下❶‧膝前
長　　　　　　輩	尊前❷‧尊鑒‧賜鑒❸‧鈞鑒❹‧崇鑒❺‧尊右‧侍右❻
師　　　　　　長	函丈❼‧壇席❽‧講座‧尊前‧尊鑒
平　　　　　　輩	臺鑒❾‧大鑒‧惠鑒‧左右‧足下
同　　　　　　學	硯右❿‧硯席‧文几‧文席（上欄臺鑒等語亦可通用）
晚　　　　　　輩	青鑒⓫‧青覽‧如晤⓬‧如握‧如面‧收覽‧知悉‧知之
政　　　　　　界	勛鑒⓭‧鈞鑒‧鈞座‧臺座‧臺鑒
軍　　　　　　界	麾下⓮‧鈞鑒‧鈞座
教　　育　　界	講座‧座右‧有道⓯‧著席‧撰席
婦　　　　　　女	妝次⓰‧繡次⓱‧芳鑒⓲‧淑鑒‧懿鑒（高年者用）
弔　　　　　　唁	苫次⓳‧禮席⓴‧禮鑒
哀　　　　　　啟	矜鑒㉑

說　明

1. 對直屬長官，可參酌尊長及軍政等欄，通常用「鈞鑒」、「賜鑒」。
2. 對晚輩欄，凡用「鑒」均客氣成分較多，「覽」次之。「如晤」至「如面」，用於晚輩較親近者，「收覽」以下，大都用於自己的卑親屬。
3. 喜慶無一定之提稱語，可按關係依表列酌用。結婚可用「喜席」、「燕鑒」。
4. 對平輩數人，用「均鑒」，對晚輩數人，用「共閱」、「共覽」，對長輩數人，用「賜鑒」。對夫妻兩人，用「儷鑒」。對宗教界用「法鑒」。對文化事業或傳播界用「撰席」、「文席」、「著席」。

注　釋

❶膝下　對父母的尊稱。不直接指稱直系尊親，以其近處代之。亦用以表示如同幼時常依偎於父母膝旁。❷尊前　尊長之前。以尊長所處代尊長之尊稱。❸賜鑒　惠賜察

閱。請尊長察閱的敬語。❹**鈞鑒**　請長輩、長官、從政者察閱的敬語。鈞，古代計算重量的單位，三十斤為鈞，用以表示很有分量。一說：鈞，均也，言仕宦秉國之政，得其均平。❺**崇鑒**　意同「尊鑒」。請尊長察閱的敬語。❻**侍右**　對長輩之有尊親者的尊稱。一說：用以表示如同侍奉在長輩左右之意。❼**函丈**　對師長的尊稱。古代講學，師生席位相距一丈長，以便指畫。❽**壇席**　意同「講座」、「講席」。孔子講學處曰「杏壇」，故用為對師長的尊稱。❾**臺鑒**　請對方閱覽的敬語。臺，指三臺星。古代用以比喻三公，後多用於稱呼對方或與對方有關的行為。❿**硯右**　請同學閱覽的敬語。硯，硯臺，讀書求學所用的文具。⓫**青鑒**　對晚輩察閱的美稱。因其年少，故稱。⓬**如晤**　如同晤面。⓭**勛鑒**　勛，功勛。對從政者的美稱。⓮**麾下**　對將軍、軍官的稱呼。麾，供指揮的旗子。⓯**有道**　對有學問者的尊稱。⓰**妝次**　對女子的敬語。⓱**繡次**　對女子的敬語。以其女紅代之。⓲**芳鑒**　對女子察閱的尊稱。⓳**苫次**　對居喪者的稱語。儀禮既夕禮：「寢苫枕塊。」意指父母去世，子女守禮盡哀，睡在草蓆上，以土塊當枕頭。苫，音ㄕㄢ。草墊子。次，指倚廬，古人為父母守喪時居住的簡陋棚屋。⓴**禮席**　對居喪者的稱語。以其在喪禮中。㉑**矜鑒**　居喪者求人察閱的稱語。矜，憐憫。

三、開頭應酬語

種　類	對　　象	語　　　　　　　　　　　　　　　　　　　　　　　彙
問候	祖父母及父母	▲仰望□慈暉❶，孺慕❷彌切。▲翹首□慈顏，倍切依依。 ▲叩別□慈顏，倏經半月，敬維□福躬康泰，德履綏和，為頌為祝。
	尊　　長	▲山川遙阻，稟候多疏，恭維□福躬安吉，德履綏和，定符下頌。 ▲拜別□尊顏，轉瞬二月，敬維□福與日增，精神矍鑠，為祝為頌。
	師　　長	▲遙望□門牆❸，時深馳慕。▲路隔山川，神馳□絳帳❹。 ▲不坐□春風❺，倏已數月，敬維□道履綏和，講壇隆盛，為無量頌。
	平　　輩	▲每念□故人，輒深神往。▲相思之切，與日俱增。 ▲自違□雅教，於茲數月，比維□起居佳勝，諸事順遂，為幸為祝。

	軍 政 界	▲久疏箋候，時切馳思，敬維□政躬清健，勛猷卓越，定符所頌。
	學 界	▲久違□雅範，思念為勞，比維□動定綏和，著述豐宏，以欣以慰。
	商 界	▲久疏音問，企念良殷，辰維□鴻圖大展，駿業日隆，至以為頌。
未晤思慕	尊 長	▲久仰□斗山，時深景慕❻。▲夙仰□德範，輒深神往。
	平 輩	▲景仰已久，趨謁無從。▲久慕□高風，未親□雅範。
復信思慕	尊 長	▲方殷思慕，忽奉□頒函。▲仰企正切，忽蒙□賜函。
	平 輩	▲馳念正殷，忽奉□大札。▲正欲修函致候，□華翰忽至。
寄信語	尊 長	▲前上蕪緘，諒蒙□垂察。▲前覆寸箋，計呈□鈞鑒。
	平 輩	▲昨上一箋，諒邀□惠察。 ▲日前郵寄蕪函，諒已早邀□惠察。
	晚 輩	▲昨寄一函，諒已收覽。▲前覆手函，想早收閱。
接信語	尊 長	▲頃奉□手諭，敬悉種切❼。▲頃承□鈞誨，拜悉一切。
	平 輩	▲辱承□惠示，敬悉一切。▲昨展□華函，就諳❽一一。
	晚 輩	▲昨接來函，已悉一切。▲昨接來信，足慰懸念。

說 明

1. 凡有□號的，表示要抬頭。

2. 「恭維」、「敬維」用於尊長，「辰維」、「比維」用於平輩。維，通「惟」，想。辰維，時思。比維，近思。

3. 表中所列，僅供參考而已，因此類詞句，沿用甚久，已成習套，上乘的書信，自當別鑄新詞，不宜完全襲用。

注 釋

❶慈暉　慈愛如春光之煦物。此代尊親。❷孺慕　兒女對父母的愛慕。❸門牆　師門。此代稱老師。❹絳帳　深紅色的帷帳。借指師門或儒者傳業授徒之所。東漢馬融常坐高堂，施絳紗帳，以授生徒。事見後漢書馬融傳。❺春風　春日和煦的風。比喻老師的教化。❻景慕　景仰愛慕。❼種切　一切。❽就諳　已經知悉。

四、啟事敬詞

用　　　　途	語　　　　　　　　　　　　　　　　　　　　　　　　　　　　彙
用於祖父母及父母	敬稟者・謹稟者・叩稟者
用於長輩及長官	茲肅者・敬肅者・謹肅者・敬啟者・謹啟者（覆信：謹覆者・敬覆者・肅覆者）
用於通常之信	敬啟者・謹啟者・啟者・茲啟者・逕啟者（覆信：茲覆者・敬覆者・逕覆者）
用於請求之信	茲懇者・敬懇者・茲託者・敬託者・茲有懇者・茲有託者
用於祝賀	敬肅者・謹肅者・茲肅者
用於訃信	哀啟者・泣啟者
用於補述	又・再・再啟者・再陳者・又啟者・又陳者

五、結尾應酬語

種　　類	對　　象	語　　　　　　　　　　　　　　　　　　　　　　彙
臨書語	長　輩	▲謹肅寸稟，不勝依依。▲肅此奉稟，不盡縷縷❶。
	平　輩	▲臨穎❷神馳，不盡欲言。▲紙短情長，不盡所懷。
請教語	長　輩	▲如蒙□鴻訓，幸何如之。▲敬祈□指示，俾有遵循。
	平　輩	▲祈賜□教言，以匡不逮❸。▲幸賜□南針❹，俾覺迷路。
請託語	推　薦	▲倘蒙□玉成❺，永鐫❻不忘。▲如承□噓植❼，無任銘感。
	關　照	▲倘荷□照拂❽，永感□厚誼。 ▲如蒙□關垂❾，感同身受❿。
	借　貸	▲如蒙□俯諾，實濟燃眉⓫。▲倘承□通融，永銘肺腑。
求恕語	通　用	▲不情之請⓬，幸祈□見諒。▲區區下情，統祈□垂察。
歉遜語	通　用	▲省度五中⓭，倍增歉仄⓮。▲每一念及，倍覺汗顏⓯。
恃愛語	通　用	▲辱在夙好，用敢直陳。▲恃愛妄瀆，尚乞□曲諒。

餽贈語	贈　物	▲謹具薄儀，聊申微意。▲土產數包，聊申敬意。
	祝　壽	▲謹具微儀，略表祝悃。▲敬具菲儀，用祝□鶴齡❶。
	賀　婚	▲附上微儀，用佐香筵❶。▲薄具菲儀，用申賀悃。
	送　嫁	▲謹具薄儀，用申奩敬。▲附上微儀，藉申奩敬❶。
	喪　禮	▲敬具奠儀❶，藉申哀悃。▲謹具奠儀，藉作楮敬❶。
請收語	通　用	▲伏祈□笑納。▲乞賜□檢收。 ▲至祈□臺收。▲敬請□哂納❷。
盼禱語	通　用	▲至為盼禱。▲無任禱盼。▲不勝企禱。▲是所企幸。
求允語	通　用	▲乞賜□金諾。▲倘荷□俞允。 ▲至祈□慨諾。▲務祈□慨允。
感謝語	通　用	▲寸衷感激，沒齒不忘。▲銘感肺腑，永矢不忘。 ▲感荷□隆情，非言可喻。▲腑篆心銘，感荷無已。
保重語	長　輩	▲寒暖不一，至祈□珍重。▲乍暖猶寒，尚乞□珍攝。 ▲秋風多厲，幸祈□保重。▲寒風凜冽，伏祈□珍衛。
	平　輩	▲春寒料峭，尚乞□珍重。▲暑氣逼人，諸祈□珍攝。 ▲秋風多厲，□珍重為佳。▲寒氣襲人，諸希□珍衛。
	居喪者	▲伏祈□節哀順變。▲至祈□勉節哀思。
干聽語	通　用	▲冒瀆□清聽，不勝惶恐。▲冒昧上陳，實非得已。
候覆語	長　輩	▲如遇鴻便❷，乞賜□鈞覆。▲乞賜□覆示，不勝感禱。
	平　輩	▲佇盼□好音，幸即□裁答。▲幸賜□佳音，不勝感禱。 ▲魚雁❷多便，幸賜□覆音。▲敬請□撥冗賜覆，不勝企盼。

注　釋

❶**不盡縷縷**　指情意之多，不能一一細述。❷**臨穎**　臨筆。穎，指筆。❸**以匡不逮**　用以匡正我能力所不及之處。❹**南針**　比喻他人的指導。❺**玉成**　成全。❻**永鐫**　永遠銘記在心。❼**噓植**　吹噓栽培。噓，吹噓，此指代為稱揚長處。植，栽培。❽**照拂**　照顧。❾**關垂**　關注垂愛。❿**感同身受**　內心感激，如同親身領受到對方的恩惠一般。多用來代人向對方致謝的用語。⓫**燃眉**　像火已燒到眉毛般的緊急。形容萬分急迫。⓬**不情之請**　不合乎情理的請求。請求他人幫忙的謙詞。⓭**五中**　五內。指內心。⓮**歉仄**　過意不去；對不起人。⓯**汗顏**　臉上流汗。形容羞愧。⓰**鶴齡**　長壽。世以鶴

為仙禽，故常用為祝壽之辭。❶卺筵　結婚酒席。古時婚禮，將瓠分為兩個瓢，新郎新娘各執一瓢飲酒，故稱婚禮為合卺。卺，音ㄐㄧㄣˇ。❶奩敬　致女方婚禮的賀儀。奩，音ㄌㄧㄢˊ。婦女盛放梳妝用品的鏡匣。❶奠儀　致喪家的禮金。奠，設酒食祭祀。❷楮敬　向死者致紙錢以祭。楮，音ㄔㄨˇ。紙錢。❷哂納　笑納。哂，音ㄕㄣˇ。微笑。❷鴻便　信差之便。鴻，雁也，指書信。❷魚雁　指書信。傳說古人利用魚和雁傳送信息，故稱。

六、結尾敬語

(一) 敬語

種　　　類	對　　　象	語　　　　　　　　　　　　　　　　　　　　　　彙
申悃語	尊　　　長	▲肅此敬達▲敬此▲謹此
	平　　　輩	▲耑此奉達▲匆此布臆▲耑此
	申　賀　用	▲肅表賀忱▲用申賀悃▲藉申賀意
	弔　唁　用	▲肅此上慰▲藉申哀悃▲藉表哀忱
	申　謝　用	▲肅誌謝忱▲肅此鳴謝▲用展謝忱
	申　覆　用	▲耑肅敬覆▲耑此奉覆▲匆此布覆
請鑒語	尊　　　長	▲伏乞□鑒察▲乞賜□垂察▲伏祈□垂鑒
	平　　　輩	▲諸維□惠察▲敬祈□亮察▲並祈□垂照

(二) 問候語

對　　　　　象	語　　　　　　　　　　　　　　　　　　　　　　彙
祖 父 母 及 父 母	▲敬請□福安▲敬請□金安
親　友　長　輩	▲恭請□崇安▲敬頌□福祉
師　　　　　長	▲敬請□道安▲恭請□誨安
親　友　平　輩	▲即請□大安▲敬請□臺安▲順頌□臺祺▲並頌□時綏
親　友　晚　輩	▲順問□近祺▲即頌□近佳
政　　　　　界	▲恭請□鈞安▲敬請□勛安

軍　　　　界	▲恭請□麾安▲敬請□戎安
學　　　　界	▲即頌□文祺▲順請□撰安
商　　　　界	▲敬請□籌安▲順候□財安
旅　　　　客	▲敬請□旅安▲順請□客安
家　居　　者	▲敬請□潭安❶▲即頌□潭祉
婦　　　　女	▲敬請□妝安▲即請□壺安❷
夫　婦　同　居　者	▲敬請□儷安▲順請□雙安
賀　　結　　婚	▲恭賀□燕喜▲恭賀□大喜
賀　　新　　年	▲敬頌□新禧▲敬頌□年釐❸
弔　　　　唁	▲敬請□禮安▲並頌□素履❹
問　　　　病	▲恭請□痊安▲順祝□早痊
按　　時　　令	▲敬請□春安▲此頌□暑綏▲即請□秋安▲敬頌□冬綏

注　釋

❶潭安　祝人家居平安的問候語。潭，指潭府，深廣的宅第，敬稱別人的住宅。❷壺安　祝福婦女家居平安的問候語。壺，音ㄎㄨㄣˇ。婦女居住的內室。❸年釐　祝人新年幸福。釐，音ㄒㄧ。❹素履　居喪時所穿的鞋子。借用為對居喪者的問候語。

七、末啟詞

對　　　　象	語　　　　　　　　　　　　　　　　　　　　　　彙
祖　父　母　、　父　母	敬稟‧叩稟‧謹叩‧叩上
尊　　　　長	謹上‧敬上‧拜上‧謹肅
平　　　　輩	敬啟‧謹啟‧拜啟‧頓首
晚　　　　輩	手書‧手示‧手諭‧字

八、並候語

問　候　長　輩	▲令尊（或令堂）大人前，乞代叱名請安。 ▲某伯前祈代請安，不另。▲某伯處煩叱名道候。 ▲某姻伯前乞代叩安，恕不另箋。
問　候　平　輩	▲某兄處祈代致候。▲令兄處乞代候。▲某兄處煩代道候。 ▲某姊前乞代道念。▲某弟處希為道念。 ▲某弟處煩為致候，不另。▲嫂夫人均此。
問　候　晚　輩	▲順問□令郎佳吉。▲並候□令嬡等近好。 ▲順問□令姪等均佳。

九、附候語

代　長　輩　附　問	▲家嚴囑筆問候。▲某某姻伯囑筆問候。▲家母囑筆致候。
代　平　輩　附　問	▲某兄囑筆問好。▲某妹附筆致候。▲家姊囑筆請安。
代　晚　輩　附　問	▲小兒侍叩。▲兒輩侍叩。▲小孫隨叩。▲小女侍叩。

十、書信術語簡表

(一) 家族

對　　　象	稱　　　　　謂	提稱語	啟事敬詞	敬語	問　候　語	自　　　稱	末啟詞	啟封詞
祖父母	祖父母大人	膝下 膝前	敬稟者 謹稟者	耑肅 肅此	敬請□福安 敬請□金安	孫 孫女	謹稟 叩上	福啟
伯(叔)祖父母	伯(叔)祖父母大人	尊前 尊鑒	敬肅者 謹肅者	肅此 敬此	敬頌□福祉 敬請□福安	姪孫 孫女	謹上 肅上	
父母親	父母親大人	膝下 膝前	敬稟者 謹稟者	耑肅 肅此	敬請□福安 敬請□金安	男 女 (兒)	謹稟 叩上	安啟
伯(叔)父母	伯(叔)父母大人	尊鑒	敬肅者 謹肅者	肅此 敬此	敬請□崇安	姪 姪女	謹上 拜上	
兄 嫂	○兄 ○嫂	賜鑒	敬啟者 謹啟者	敬此 謹此	敬頌□崇祺	弟 妹	謹上 敬上	大啟 臺啟

對象	稱謂	提稱語	啟事敬詞	敬語	問候語	自稱	末啟詞	啟封詞
弟 弟婦	○弟 ○○妹	惠鑒 雅鑒	茲啟者 啟　者	耑此 草此	順頌□時祺 即頌□近佳	兄 姊	手書 手啟	
姊	○姊	尊鑒 賜鑒	敬啟者 謹啟者	敬此 謹此	敬請□崇安 順頌□時綏	弟 妹	謹上 敬上	
妹	○妹	惠鑒 雅鑒	茲啟者 啟　者	耑此 草此	順頌□時祺 即頌□近好	兄 姊	手書 手啟	
夫	○○夫君 ○○夫子	大鑒 偉鑒	敬啟者 謹啟者	耑此 特此	敬請□臺安 敬頌□時祺	妻 妹	敬啟 拜啟	
妻	○○吾妻 ○○妹	惠鑒 雅鑒			順請□妝安 順請□閫安	夫 兄	頓首 再拜	
兒 女	○○吾兒/女 ○○兒/女	知之 收悉		此諭		父 母	字 示	收啟
媳	○○賢媳	如晤 英覽		手此 草此	即問□近安 順問□近祺	愚舅(父) 愚姑(母)	手書 手啟	收啟
姪 姪女	○○賢姪/姪女	青鑒 青覽				伯(叔) 伯(叔)母	手書 手字	收啟
孫 孫女	○○吾孫/孫女	知悉 收悉		此諭		祖 祖母	字 示	收啟
姪 孫/孫女	○○姪孫/孫女	如晤 收悉		草此 手此	即問□近好 即頌□近佳	伯(叔)祖 祖母	手書 手字	收啟
君舅/姑	君舅/姑大人 父/母親大人	尊前 尊鑒	敬稟者 謹稟者	耑肅 肅此	敬請□福安 敬頌□金安	媳(兒)	謹稟 叩上	安啟
伯叔父(母)翁(姑)	伯(叔)翁(姑)/父(母)大人		敬肅者 謹肅者	肅此 敬此	敬請□崇安 敬頌□崇祺	姪媳	謹上 拜上	安啟

(二) 親戚

對象	稱謂	提稱語	啟事敬詞	敬語	問候語	自稱	末啟詞	啟封詞
姑丈/母	姑父/母大人	尊前 尊右	敬肅者 謹肅者	肅此 敬此	敬請□崇安 敬頌□崇祺	姪 姪女	拜上 敬上	安啟
外祖父/母	外祖父/母大人				敬請□福安 敬頌□福綏	外孫 孫女		福啟
舅父/母	舅父/母大人				敬請□崇安 敬頌□崇祺	甥 甥女		安啟

稱謂	提稱語	啟事敬辭	開頭應酬語	結尾敬辭	問候語	自稱	末啟辭	啟封辭
姨父母	姨父母大人	賜鑒 侍右				姨 甥/甥女		
表伯(叔)父母	表伯(叔)父母大人					表 姪/姪女		
表舅父母	表舅父母大人					表 甥/甥女		
岳父母	岳父母大人					子婿 婿		
伯(叔)岳父母	伯(叔)岳父母大人					姪婿		
姻伯(叔)父母	姻伯(叔)父母大人					姻 姪/姪女		
親家	親翁/親母	惠鑒 左右		耑此 謹此	敬請□臺安 敬頌□時綏	姻弟(妹) 侍生	拜啟 敬啟	臺啟 大啟
姊夫	○○姊丈/姊倩	臺鑒 大鑒	敬啟者 謹啟者		敬請□臺安 順頌□時祺	內弟(弟) 姨妹(妹)	頓首 拜啟	
妹婿	○○妹丈/妹倩					內兄(兄) 姨姊(姊)		
表兄嫂	○○表兄/嫂					表 弟/妹		
內兄弟	○○內兄/弟					妹婿/姊婿		
襟兄弟	○○襟兄/弟					襟兄/弟		
姻兄嫂	○○姻兄/嫂					姻弟(妹) 侍生		
內姪/姪女	○○賢內姪/姪女	青覽 青鑒		手此 草此	即問□近好 順問□近佳	姑 丈/母	手啟 手書	收啟
外孫/孫女	○○賢外孫/孫女					外祖/祖母		
甥/甥女	○○賢甥/甥女					愚舅/舅母		
女婿	○○賢婿/婿倩					愚岳/岳母		
表姪/姪女	○○賢表姪/姪女					愚伯(叔)/伯(叔)母		啟
姻姪/姪女	○○賢姻姪/姪女					愚		

(三)師生

對象	稱謂	提稱語	啟事敬詞	敬語	問候語	自稱	末啟詞	啟封詞
太老師 太師母	太夫子 太師母大人	崇鑒 賜鑒		肅此 崇肅	敬請□崇安 敬頌□崇祺	小門生 門下晚生	拜上 敬上	安啟 道啟
老師	○○吾師 夫子	函丈 壇席	敬肅者 謹肅者	敬此	敬請□教安 恭請□誨安	受業 學生		
師母	師母	崇鑒 賜鑒		肅此	敬請□崇安 敬頌□崇祺	學生		
師丈	○○師丈							
男學生	○○學弟 賢棣	如晤 雅鑒		手此 草此	即問□近好 即祝□進步	小兄 愚姊	手啟 手書	啟 大啟
女學生	○○學妹 女弟							

(四)世交

對象	稱謂	提稱語	啟事敬詞	敬語	問候語	自稱	末啟詞	啟封詞
長輩	太世伯(叔)父 母	尊鑒 尊右		肅此 敬此	敬請□崇安 敬請□鈞安	世再姪 姪女	拜上 謹上	鈞啟 賜啟
	仁伯(叔)父 母					世姪 姪女		
	仁(世)丈					晚		
平輩	○○吾兄(弟) 姊(妹)	臺鑒 大鑒	敬啟者 謹啟者		敬請□臺安 順頌□時祺	弟(兄) 妹(姊)	再拜 頓首	大啟 臺啟
晚輩	○○世兄 臺	雅鑒 惠鑒		耑此 特此		愚	敬啟 手啟	啟
同學	○○學長兄(姊)	硯右 大鑒				學弟 妹	再拜 頓首	大啟 臺啟
朋友	○○仁兄 姊	大鑒 臺鑒				弟 妹		
朋友夫婦	○○吾兄 夫人	雙鑒			敬請□儷安 敬頌□儷祺			

(五)各界

對象	稱謂	提稱語	啟事敬詞	敬語	問候語	自稱	末啟詞	啟封詞
政界長輩	○公主席 ○公院長	鈞鑒 勛鑒	敬肅者 謹肅者	肅此 敬此	恭請□鈞安 敬請□勛安	後學 晚	敬上 謹上	鈞啟 勛啟
軍界長輩	○公將軍 ○公旅長	麾下 幕下			敬請□戎安 恭請□麾安			
商界長輩	○公董事長 ○公總經理	賜鑒 崇鑒			敬請□崇安 敬頌□崇祺			鈞啟
學界長輩	○公校長 ○公教授	道鑒 塵次			敬請□鐸安 敬頌□崇祺			道啟 鈞啟
政界平輩	○○司長吾兄 ○○先生/女士	惠鑒 閣下	敬啟者 謹啟者	專此 特此	順請□政安 順頌□勛祺	弟 妹	拜啟 謹啟	臺啟 大啟
軍界平輩	○○連長吾兄 ○○營長吾兄	麾下 幕下			順請□軍安 順頌□勛祺			
商界平輩	○○經理吾兄 ○○課長吾兄	臺鑒 大鑒			順頌□籌安 順請□大安			
學界平輩	○○教授吾兄 ○○主任吾兄	雅鑒 左右			順頌□文祺 順請□撰安			

(六)方外

對象	稱謂	提稱語	啟事敬詞	敬語	問候語	末啟詞	啟封詞
和尚（比丘）	○○上人/法師	方丈 有道	敬啟者 謹啟者	專此 特此	敬請□道安 敬頌□道祺	拜啟 謹啟	道啟 大啟
尼姑（比丘尼）	○○老師太/師太	有道 道鑒					
道士	○○法師	法鑒					
神父	○○神父/司鐸	有道 道鑒					
牧師	○○牧師						
修女	○○修女						

說　明

1. 表中提稱語、啟事敬詞、敬語、問候語、末啟詞、啟封詞各欄，凡列二種以上之用語者，表示可任擇其一使用。上述各項可用的術語尚多，表中所列，僅為便於初學，免致雜亂無緒。熟練之後，尚可就對方的身分、彼此的關係、寫信時的情況，靈活運用，不必墨守。

2. 表中各欄如為空白，表示該關係中可以不用術語，如父親寫信給兒子，可不用啟事敬詞、問候語。方外一類，凡屬信徒，可自稱「信士」、「信女」、「弟子」（佛道）或「主內」（基督），否則，直接署姓名即可。

3. 稱謂欄中，凡「○」或「○○」，表示須寫受信人的名或字、號，如係家族，可稱其排行，如「二哥」、「三嫂」。

4. 受信人有喜慶，如結婚、生子、壽誕，提稱語可用「吉席」。弔唁的信，提稱語可用「禮席」、「苫次」，啟封詞可用「禮啟」、「素啟」。發信人居喪，提稱語可用「矜鑒」。

5. 問候語一欄中的「□」，表示其下的字應另行頂格書寫。

第五節　書信的寫作

一、書信的作法

　　書信，可說是一種書面的談話。一封好的書信，要能夠讓對方讀起來，如同親自聽到你談話一樣的真切、懇摯。但怎樣才能寫出這樣的信來呢？可分為四點來加以說明：

　　(一) 措辭要得體　書信的種類繁多，寫法各有不同，但無論寫任何一種書信，都要先認清自己與對方之間，行輩的尊卑，關係的親疏，確定適當的立場，在用語措辭方面作最妥善的安排。例如給長輩的信，要莊敬謙遜；給平輩的信，要謙沖平實；給晚輩的信，要和藹可親。受信人的輩分、地位越高，彼此關係越生疏，或有求於人，則格式、行款越要講究，禮貌越要周到。至於家書，則文字要樸實，語氣要誠懇，所謂「至親不文」，

千萬避免浮詞習套。

　　(二) 敘事要有序　敘述事情要層次分明，秩然有序，不可先後顛倒，雜亂無章。為了做到這點，最好事先決定所要寫的內容，並且把次序排列妥當，然後按照次序去寫。

　　(三) 行文要簡明　簡潔而明白，是一般文章的基本條件，寫信更要力求簡潔、明白。如果文字過於冗長，難免使人厭煩，因而影響這封信的效果。但是只求簡潔，難免流於晦澀不明暢，或疏漏不完備，因而不能達成這封信的任務，所以寫信不能不明白。為了行文簡潔，必須極力避免重複、累贅、蕪雜和拖泥帶水等毛病；為了達到語義明白，每句話都要說清楚，並避免意義含糊、隱晦、模稜兩可和深奧的詞句。

　　(四) 格式要合時尚　應用文必須依照格式來寫，才能通行，但格式並非一成不變的，隨著時代的演進，文言書信的格式也有所革新，例如從前書信中的各種敬語、應酬語，現在都成為可有可無的部分，非必要時，大多不寫了。我們寫信，應當採用時尚的格式，以免被人譏為迂腐。

二、書信的款式

　　書信的行款格式是否恰當，不但攸關禮貌，也表現出寫信人的學養；上文講書信的結構，對於個別項目的行款格式已有簡要說明，茲再就其整體，敘述書信行款格式應注意的事項：

　　(一) 信封以中間有長方形紅色線框的直式信封為最正式。如用橫式信封，亦可將原來的橫封豎直，依直式信封格式直寫。如為弔喪的信，信封宜用素色，或將信封中間長方形紅色線框塗成藍或黑色，也可用純白橫式信封，採直封直寫的款式。

　　(二) 信紙以白底紅線的八行紙最正式，十行或十二行亦可。居喪或弔唁要用全白信紙，忌用有紅線的；居喪者如在信箋上蓋印，其顏色應為藍色。

　　(三) 若受信人在兩人以上，則其稱謂依上尊、下卑，或中大、右次、

左末的原則排列；受信人都是平輩，則提稱語可用「均鑒」，其中有一人為長輩，則用長輩的提稱語，如「賜鑒」。

(四) 箋文中的「抬頭」是表示尊敬。其使用時機有二：①涉及受信人的字眼，如「吾　兄」、「　尊府」；②提到自己的尊親屬，如「　家伯」、「　家嚴」。其具體作法為將須抬頭的字低一格在原行書寫，或另行書寫。其格式有三抬、雙抬、單抬、平抬、挪抬五種，最通用的是平抬、挪抬。平抬是將抬頭的字另行頂格書寫，挪抬是將抬頭的字低一格在原行書寫。

(五) 由於平、單、雙、三抬，使得原行沒有寫到底，謂之「吊腳」，這種現象雖不能避免，但一封箋文必須有幾行寫到底，不可全箋吊腳，致予人以虛浮的印象。

(六) 將字側在行右略小書寫謂之「側書」。側書可用以代抬頭，表示敬意，如信封中欄將受信人的名或字、號側書即是；也可用以表示謙遜、不敢居正的意思，箋文中凡自稱或稱與自己有關的事物、卑親屬，都要側書，如「弟有鹿港之行」、「男大展」。凡屬側書，最好不在一行的開頭出現。

(七) 箋文中應避免一行僅有一個字、一張信紙僅有一行文字的情形；凡遇人名或其字、號，應在同行書寫，不宜分寫在兩行裡。

(八) 書信繕寫以使用毛筆為正式，鋼筆次之，原子筆又次之，其他筆不能用。墨色以黑或藍為宜，紅色表示絕交，不可亂用。字體宜端正，以楷書為正式，行書次之，不宜使用草書。字的大小，視對方年歲及箋文長短而定，對方年歲大或箋文較短，字應較大，反之則可較小。

(九) 直行書寫的箋文，信紙摺疊時，可先直立對摺，使箋文在外，而後從下方向後向上摺一小方。裝入信封時，使受信人的稱謂緊貼信封正面。

第六節　書信的範例

一、家書類

(一)子稟父（報告學校生活）

父親大人膝下：敬稟者，離家返校，轉眼閱三月，昨接 手諭，得知家中近況，稍解孺

慕之渴，而弟妹課業進步，尤令人欣喜。男在學校，起居作息，均有定時，尊敬師長，

友愛同學，專心課業，一遵

大人平日之教誨，不敢稍有怠忽逾越，兢兢自勉，以期學有所成，庶不負

大人之殷望，又可為將來立足社會奠下基礎。上次月考成績已經公布，男各科均有進步，

然絕不敢自滿，深盼以更努力之勤讀，可在期末考試得到更好之成績，作為寒假返鄉時

呈奉

大人之獻禮。肅此，敬請

金安

男大展叩上　〇月〇日

(二)覆信

展兒知之：昨接來信，知汝能努力向學，日有進步，甚慰。唯是所謂「更努力勤讀」云

者，當係指課內書本之研讀，此固不差。然欲立足社會、出人頭地，則僅憑課本知識，

恐猶有未逮，故應於課餘之暇，擇取有助於品德陶冶，或可作為課本深究之資者，廣為

涉獵，萬勿以考試成績為衡量成就之唯一標準，若今之學子然。至於實行之要，總以有

恆為主，切忌一曝而十寒，則日積月累，庶可有成也。此諭。

父字　〇月〇日

二、問候類

(一)問候同學

文信學兄臺鑒：自違

雅教，於茲數月，至為想念。弟於本學年已轉學至本地〇〇職業學校，實因　家慈年邁，不敢再事遠

遊，俾可晨昏定省。惟與　兄兩載同學，一朝分手，未免悵然，且吾

兄品學兼優，時蒙　指導，獲益良多。今後仍祈

賜予　教言，俾有遵循，是所至幸。專此奉候，敬請

臺安

弟〇〇謹啟　〇月〇日

(二)覆信

〇〇學兄大鑒：忽奉　華翰，敬悉一切。自假前握別，忽忽若有所失，正期暑假結束，仍將聚首一堂，

互相研究課業，詎料吾

兄轉學某校。晨昏定省，孝思可嘉。惟　兄之於我，友而兼師，一旦分離，殊感悵然。臨穎神馳，不

盡欲言。耑此奉覆，並請

大安

弟文信謹上　〇月〇日

三、請託類

(一)請求世交長輩安排工讀

明德世伯尊鑒：

　　很久沒有聆聽　您的教誨，非常想念。想必
福體安泰，事業興隆，這是小姪衷心的祝禱。

　　寒假即將到來，小姪迫切想在假期中找到一分臨時工作，一方面印證書本上的
理論，一方面也可以賺取部分學費，以減輕　家父的負擔。記得
世伯所經營的商號，往年寒暑假都提供若干工讀名額予家境清寒的學生，不知今年
是否援例辦理？小姪懇切希望　您的栽培，給予機會，到時一定努力工作，以為報
答。肅此，敬請
崇安

世姪王大展敬上　　○月○日

(二) 覆信

大展世兄：

　　○月○日來信收知。文理書法，皆有進步，可喜可賀。

　　往年敝店在寒暑假均提供工讀名額，以略盡回饋社會的職分，今年雖受到不景
氣的影響，名額減少，但仍依往例辦理。貴我兩家世代交好，而你的操守能力在親
友中又早有口碑，屆時你直接前來就是，一定保留名額給你的，請放心。即頌
時祺

愚黃明德敬啟　　○月○日

四、邀約類

(一)邀友人登山

大文：

　　畢業以後，各奔前程，一直沒機會再聚，想起來可真教人難過。雖然書信來往，可互通消息，但總不如當面暢談來得痛快，你說是嗎？

　　本校第二次月考在下星期舉行，想必　貴校也是。正好前天收到阿勇從士校來的信，說他下星期有榮譽假。我想這大好機會絕不可以輕易放過，所以計劃去爬一次仙公廟，沿著石階走，既可敘舊，又可欣賞沿途風光，不知　意下如何？

　　如果同意，請於下星期日上午九時，到政治大學正門口會齊。最好攜帶相機前來。祝

快樂

　　　　　　　　　　　　　　　　　　　　　　　　　弟大展　〇月〇日

(二)覆信

阿展：

　　巧得很，正想邀你找個時間聚聚，你的信就來了。

　　下星期日我會帶著相機準時到達政大正門。不過，我建議按原訂行程再延長一點，我們可以從指南樂園右後方的登山口，攀登猴山岳。上個月　家兄曾帶我走過一次，那真是一段勁道十足的山路，林木蓊鬱，路徑迂迴，有時還得抓樹根、攀石縫，手腳並用，那才真叫爬山哪！如果你們同意，先沿石階到仙公廟，稍作休息，就去體驗一下那刺激難忘的滋味，如何？祝

好

　　　　　　　　　　　　　　　　　　　　　　　　　弟阿文　〇月〇日

五、借貸類

(一)向友人借書

大文學長：

　　好久不見，您好嗎？

　　學校快放寒假了，三週的假期，不知您有什麼安排？我準備在假期中好好加強自己的國文能力，讀一些名家散文。記得您有一部《中國近代名家散文選析》，不知可否借我一讀。如果蒙您允許，我會親自到府上拿回。借來的書，我一定好好珍惜，絕不至於汙損，並且下學期註冊前一定歸還，請放心。祝

學安

　　　　　　　　　　　　　　　　　　　　弟大展拜啟　　○月○日

(二)覆信

大展學兄：

　　您我九年同窗，情逾手足，即使汙損了借去的書，難道我會介意，或要您賠償嗎？您也未免太見外了。

　　除了《中國近代名家散文選析》，我這兒還有小說和新詩的選本，又有《古文觀止》、《唐詩三百首》，您隨時可來挑選。

　　期末考快到了，您都準備好了吧？加油！祝

順利

　　　　　　　　　　　　　　　　　　　　弟大文　　○月○日

六、慶賀類

(一) 賀小學老師榮獲師鐸獎

○○吾師函丈：

　　離開母校，不覺已經三年。每當想起　您的殷殷教誨，總感到無比的溫馨和振奮，只因負笈他鄉，不能常常回校向您問安請益，殊感遺憾。

　　日昨從報紙上得知　您榮獲本年度師鐸獎，學生深感與有榮焉。所謂「實至名歸」、「好人出頭」，多年的辛勤奉獻，終於得到肯定，　您一定也很欣慰吧！

　　老師的訓誨，種種金玉良言，學生至今還牢記在心，不論讀書做人，都能守規矩、盡本分，希望將來服務社會、貢獻國家，能夠做一個堂堂正正的人，以不辜負　您的教導之恩。敬此，恭請

誨安　　　　　　　　　　　　　　　　　　學生王大展敬上　　○月○日

(二) 覆信

大展學棣：

　　任教近四十年，但求盡職守分，無愧於心，其他則不敢奢想。此次殊榮，實在出乎意料，來信所說的「實至名歸」，愧不敢當。

　　其實，學生的成就，才是老師最大的安慰。眼看一群群天真活潑的新生踏進校門，送走一屆屆畢業生，看他們鬥志昂揚、奮發有為，在社會各階層各行業立足，奉獻所學，那種充實滿足的感覺，真不知要值幾百幾千座師鐸獎哪！

　　三年來，學校人事沒多大變動，倒是環境改善不少。東側老舊教室已改建為三層樓房；運動場經徹底整修，排水設施良好，即使雨天也無積水之虞；花草樹木，較前倍增。有空不妨約同學回來走走，看看有何觀感。即祝

進步　　　　　　　　　　　　　　　　　　　愚○○○手啟　　○月○日

七、慰問類

(一)慰友人生病

○○學兄：

　　連續兩天不見您來上課，早晨在訓導處遇見　令兄，才知道您因感冒引起急性肺炎，正住院療養。

　　我把這消息帶回班上，大家都很關心。經過熱烈討論，決定由我寫信向您表示慰問，並推派代表，在這個星期六下午去探望您。

　　感冒的可怕，在於它會引起一些併發症，所以必須儘快就醫。這次，大概是您不肯吃藥的老毛病又犯了，才會那麼折騰。幸好您身體很壯，本錢夠，當不會有大礙。

　　我也是「慰問團」的成員，星期六下午見。祝

早日康復　　　　　　　　　　　　　　　　　　弟大展　　○月○日

(二)覆信

大展學長：

　　謝謝您，謝謝大家。

　　您說得對，這次住院完全是因為太小看了感冒的威力，以至於自己受苦，還連累親人，驚動朋友，實在慚愧。好在現代醫藥發達，注射過盤尼西林，燒已全退，只要再休息一兩天就可以到校上課。再次謝謝大家的關心。祝

平安　　　　　　　　　　　　　　　　　　　　弟○○　　○月○日

八、自薦類

(一)自薦信

○○經理先生：

　　久仰　貴公司產品精良，業務鼎盛，既執全國業界的牛耳，又遍銷海外，普獲佳評，本人一直以能到　貴公司服務為最大的心願。

　　本人畢業於○○高商會計科，曾擔任○○公司會計一年，後應徵在軍中財勤單位服役，自信在這方面具備相當水準的工作能力。

　　以　貴公司的規模和營業額，必有隨時增添人手的需要，所以才敢冒昧自薦。至於本人的能力和熱忱，有○○公司的證明函和軍中獎狀可供參考，謹隨函附上。如蒙　惠予面談，無任感激。敬頌

籌祺

　　　　　　　　　　　　　　　　　　　　　晚王大展敬上　○月○日

(二)覆信

大展先生臺鑒：

　　○月○日來函敬悉。以　先生的學歷、經歷，應該可以勝任會計的工作，本公司也正需要像

先生這種人才，但依本公司人事規章，凡新進人員，例須通過考試後方行任用，請於○月○日下午二時至四時，逕來本公司人事室洽詢。即頌

時綏

　　　　　　　　　　　　　　　　　　　　　○○○啟　○月○日

九、商業類

(一) 索貨樣

執事先生臺鑒：報載

貴公司新出某某產品一種，品質精良，價格低廉，頗合大眾需要。茲依索贈樣品規

定，附上郵票，請

賜樣品一份，如試用合意，當陸續購用，且將盡力代為介紹。專此，敬請

臺安　　　　　　　　　　　　　　　　　某某某謹啟　〇月〇日

(二) 覆函

某某先生大鑒：接奉

惠函，敬悉一切。所需某貨樣品，另郵寄奉一份，尚乞　查收。試用合意，至盼源

源賜顧。大量訂購，當照批發價格計算，以答

盛意。若承　廣為介紹，尤為感激。專此布復，順請

大安　　　　　　　　　　　　　　　　某某公司推廣部啟　〇月〇日

習　題

一、試撰寫向父母（或親友）稟告近日在校學習情況函（附信封）。

二、全班舉辦郊遊活動，試撰寫邀請導師參加函（附信封）。

三、寫一封信，問候你就讀國中時的一位導師（附信封）。

第三章
便條與名片

第一節　便　條

一、便條的意義

便條是簡便的字條，也可以說是簡化的書信。它可以免去書信繁複的應酬語、客套話，大多用於訪友未晤、邀約、借款、借物、餽贈、請託、答謝、探病等方面。因為這些事情，只要三言兩語就可以說明白，實在不必耗費時間、精力去作長篇大論。但便條通常僅限用於關係較深的朋友，對於新交或尊長最好避免使用。而且因為便條的遞送或留置都不另加封套，所以內容以不涉機密性的普通事情為宜。

二、便條的寫作

便條雖沒有固定格式，而且不用客套，也不必修飾，寫法簡單，但是一張便條起碼也要具備下列四項：

(一) **正文**　事情的內容。

(二) **稱謂、交遞語**　稱謂寫在正文的前面或後面都可以，但寫在正文後面時，應先加「此致」、「此上」、「此復」、「此請」等交遞語，意思是說：這張便條要給什麼人。通常在對方的名字下要加尊詞，如「兄」、「先生」等。

(三) **自稱、署名、末啟詞**　自己具名之上，宜加一相對的自謙稱謂，如「弟」、「晚」等字樣。自己具名之下，也可以加上末啟詞，如「上」、「敬上」、「拜上」等詞語。

(四) 時間　　時間通常都以較小字體寫在具名之後。

三、便條的範例

(一) 拜訪

今午來訪，未晤為悵。明日十時，擬
再趨謁，敬請
稍待。此上
大勇兄

　　　　　　　　　　弟明仁拜留　三月十日

(二) 覆拜訪

明仁兄：今承　枉駕，有失迎迓，歉
甚。明日十時，弟須出席一重要會議，
不便請假。明晚八時當踵府聆　教，
敬請
鑒諒　　　　　　　弟大勇拜留　三月十日

（三）約晤

> 俊吉兄：茲有要事奉商，敬請明晚七
> 時　撥冗駕臨寒舍一敘。
>
> 　　　　　　　　　　弟海平敬上　五月四日

（四）覆約晤一

> 來　示奉悉，明晚七時，當趨前聆
> 教。　此復
> 海平兄
>
> 　　　　　　　　　　弟俊吉再拜　五月四日

（五）覆約晤二

> 海平兄：明晚七時，弟另有約，不克
> 趨　府，今晚八時當趨前聆
> 教，敬請　曲留。
>
> 　　　　　　　　　　弟俊吉敬啟　五月四日

(六)邀宴

> 明晚六時在舍下敬備菲酌,恭請光臨。
> 此上
> 承賢兄
>
> 　　　　　　　弟建國謹邀　六月五日

(七)覆邀宴一

> 建國兄:承邀詣　府聚宴,曷勝欣幸,
> 謹當準時前往,先此致謝。
>
> 　　　　　　　弟承賢拜覆　六月五日

(八)覆邀宴二

> 承邀飲宴,本當如　命,惟以明日須
> 南下洽公,不克趨陪,敬祈
> 答諒。敬覆
> 建國兄
>
> 　　　　　　　弟承賢頓首　六月五日

(九)邀遊

> 本週六下午，擬邀吾
> 兄往木柵觀光茶園一遊，順道拜訪任
> 教政大之大德兄，如蒙　俯允，請於
> 是日下午二時蒞臨寒舍同往。此上
> 新民兄
>
> 　　　　　　　　　弟登福拜上　五月三日

(十)覆邀遊一

> 登福兄：案牘勞形，正苦無以排遣，
> 承邀參觀木柵觀光茶園並訪大德兄，
> 深獲我心，自當準時詣
> 府偕往。
>
> 　　　　　　　　　弟新民敬覆　五月三日

(十一) 覆邀遊二

> 承邀同遊木柵茶園並訪大德兄，理應
> 奉陪，奈有要事，不克趨陪，敬請
> 鑒諒。此覆
> 登福兄
>
> 　　　　　弟新民再拜　五月三日

(十二) 餽贈

> 日昨敝親自南部來，送我自產荔枝兩
> 簍，味甘美，特分其半奉贈，敬祈
> 哂納。此上
> 淑芬姊
>
> 　　　　　弟大明謹上　七月一日

(十三) 謝餽贈

> 大明兄：承　贈佳果，甘美可口，齒
> 頰留香，特申謝忱。
>
> 　　　　　妹淑芬拜謝　七月一日

(十四)借物

> 頃因需三民書局編纂之《大辭典》一
> 用，請　惠允慨借，一週後當璧還不
> 誤。此上
> 立雲兄
>
> 　　　　　　弟亨惠敬啟　四月五日

(十五)還物

> 立雲兄：日前承　惠借《大辭典》一
> 用，至深感謝，茲已查得所需資料，
> 特命小兒奉還，即請
> 查收。
>
> 　　　　　　弟亨惠敬上　四月十二日

(十六) 借錢

> 茲因急需，敬懇
> 惠借新臺幣貳萬元整，準於一週內奉
> 還，如蒙　慨允，請交來人帶下。
> 此上
> 澤民兄　　　　　　弟世和拜啟 三月八日

(十七) 還錢

> 前承　惠借新臺幣貳萬元濟急，至深
> 銘感，茲著小女如數奉還，即請
> 點收。此致
> 澤民兄　　　　　　弟世和敬上 三月十二日

第二節　名　片

一、名片的意義

　　名片是印有姓名、字號、籍貫、住址、職銜、電話號碼的卡片，通常用來通報姓名、自我介紹。如果是商業界，加印上商標或營業項目，還可多一層宣傳的功用。名片的正面或反面空白處，必要時，書寫幾句簡單扼要的文字，作用與便條同，但比便條更正式、方便。

二、名片的寫作

　　名片可以用來代替便條，它的寫法和便條一樣。但是由於名片上印有本人的姓名，又有正反兩面，所以在書寫的形式上，仍與便條略有不同之處，直式名片寫法大致如下：

　　(一) **正文**　名片上留言，如果文字少，通常寫在正面；文字較多，可寫在背面；背面仍不夠書寫，可轉入正面，從右上方直行向左書寫，越過片主姓名，延至左方結束。

　　(二) **交遞語、稱謂**　對方的姓名通常寫在正面的左上方空白處，並先加「留陳」、「面陳」、「專送」等交遞語。如果正文寫在背面，交遞語、稱謂則依照便條的格式書寫；至於名片正面的交遞語、稱謂，具有書信封文的作用，但可寫可不寫。

　　(三) **自稱、表敬詞**　名片正面因已印好本人姓名，所以不必再行簽署，只要在姓的右上方寫適當的自稱，但亦可寫於名的首字上右方。名字下可加上「上」、「敬上」、「拜上」、「鞠躬」、「頓首」等表敬詞。如果正文寫在背面，習慣上不再署名，而用「名正具」或「名正肅」。前者對晚輩用，「名」是名片主人的名，「正」是名片的正面，「具」是開列，意即自己的名字已印在名片正面。後者對長輩、平輩用，「肅」是敬具，意即自己的名字已恭印在名片正面。為了負責起見，必要時可加蓋私章。

　　(四) **時間**　通常時間都寫在表敬詞之旁。

　　至於橫式名片的寫法，正文依左上方至右下方的順序書寫；交遞語、稱謂寫於名片上方空白處；自稱寫於姓或名的首字左上方，表敬詞寫在名字後方；時間同樣寫在表敬詞之旁。

三、名片的範例

(一)訪友一

（正面）

國立政治大學教授

趨訪未遇，頃因要事奉商，擬於明日午後四時再行晉謁。敬請 曲留為感。

弟 王大德 德修之 頓首 六月五日

荄仁兄 留陳

校址：臺北市文山區指南路二段六四號

電話：（〇二）二九三九三〇九一

(二)訪友二

（背面）

趨訪未遇。頃因要事奉商，擬於明日午後四時再行晉謁。敬請 曲留為感。

名正肅

(三)拜訪一

（正面）

天一貿易公司總經理

弟 張有利 趨訪

王大德先生

公司：臺北市南京東路一號

電話：（〇二）二七三二二〇一

(四)拜訪二

（正面）

指南電子公司業務代表

弟 高傳中 趨謁

延見 敬懇

公司：臺北市指南路二段三〇三號

電話：（〇二）二九三九一九八六

（五）邀約一

（背　面）

明日端陽佳節，中午十二時，敬
備菲酌，恭請　駕臨一敘，千
祈勿卻。此致
湘傑兄
名正肅　六月十日

（六）邀約二

（背　面）

得功兄：本周日擬往陽明山觀
光花園一遊，敬邀結伴同行，
如蒙　惠允，請於當日晨七
時薄舍同往。
名正肅　四月六日

（七）介紹一

（正　面）

擎天機械公司工程師
西陳
林董事長
陳 弟賜 福 謹 上 七月十日
公司：臺北市羅斯福路一段二○○號
電話：（○二）二三二二一七七六

（背　面）

頃聞　貴公司急需製圖人才，敝友
雲天君畢業於○○工職，品學
兼優，並有多年經驗，請　惠予
提拔。此致
再富兄
名正肅

(八)介紹二

（正　面）

春暉水電工程公司

弟 唐　光　明 拜上 八月一日

王總經理 面陳

公司：臺北市指南路六段五〇一號

電話：(〇二)二九三九一八九七

（背　面）

玉虛先生：茲介紹李偉平君趨前晉謁，如蒙 撥冗延見，賜予教益，感同身受。

名正肅

(九)辭行

（正　面）

巨輪精機有限公司董事長

今晚夜車南下，行色匆匆，不克走辭 乞諒 弟

林　達　生 敬上 即日

黃天才先生 留陳

公司：鹿港鎮中山路一〇二八號

電話：(〇四七)七七六二九九

（十）探病

（正面）　　　　　　　　　（背面）

國立臺灣大學教授

弟

王　實　齋　拜謁

即日

廣東　中山

頃聞 貴體違和，特來探望，適
值升出，未得一晤，至念。明日上午
十時，當再趨前候問。此陳
大吉兄
名正肅

（十一）餽贈

（正面）　　　　　　　　　（背面）

弟

陸　龜　年　敬賀

專送

李正明先生

四月六日

臺灣　彰化

欣逢 令尊大人花甲榮慶，因南
下治公，不克趨 府致賀，甚歉。
茲奉上水蜜桃一盒，蘋果一箱，
籍頌
福壽康寧，敬請 哂納。此上
正明兄
名正肅

(十二) 謝餽贈

（正 面）

陸龜年先生

回陳

弟 李 丕 明 再拜 四月六日

承賜 水蜜桃一盒 蘋果一箱 謹領謝

(十三) 商借

（正 面）

李明先生

西陳

弟 杜 雲 龍 拜上 二月八日

湖北 襄陽

（背 面）

頃為稽尋資料，擬請 惠借
「大辭典」一用，借期十天，如蒙
俞允，請即交來人帶回。

名正肅

(十四) 拜候一

（正　面）

重光吾師 師母
新春百福
受業 任克家 鞠躬 即日

(十五) 拜候二

（正　面）

維康世伯 伯母 大人 節安
晚 朱自立 鞠躬 即日晨十時

(十六) 橫式名片

1、拜訪

（正　面）

五尚圖書股份有限公司　　業務部

經理
弟陳銘仁 即日 鞠躬
敬懇　延見
E-mail:book@wushang.com.tw

仁義店／臺北市106仁義北路125號
書籍訂購專線
TEL：(02)2588-1688轉507～512
FAX：(02)2586-7777
忠誠店／臺中市403西區忠誠一路22號
大學用書或圖書館訂購專線
TEL：(04)2208-0091
FAX：(04)2261-7711
http://www.wushang.com.tw

2、探病

（正　面）

ABS　安畢斯人壽

留陳　王天才先生

業務主任
弟 郝　容　益　Richard　敬上 9 月 9 日

ABS安畢斯人壽　／　TS金城通訊處

臺 北 市 11038 信 義 區 佳 泰 路 2 段 80 號 13F
電話：(02) 2369–9876分機138　　　　傳真：(02) 2333–0964
E-mail: absrich@xmail.com.tw　　　　行動電話：0989–765–432
24小時保戶服務中心　0800–111–555
海外急難救助專線　886–2–2345–8585

（背　面）

頃聞　貴體違和，特來探望，適值
外出，未得一晤，至念。明日上午
十時，當再趨前候問。

名正肅

習　題

一、本縣文化中心舉辦畫展，試撰寫便條一紙，邀約好友同往參觀。

二、因本班舉行郊遊活動，擬向學長借用照相機，試撰寫便條一紙。

三、假日往訪小學同學，未遇，試以名片留言致意。

第四章
柬 帖

第一節 柬帖的意義

　　柬，為「簡」的假借字，本為古代寫字用的竹片；帖，本為小條的絹帛。這是在古代紙張尚未流行以前，因書寫材料不同而產生的異稱，其實通常都用來指稱書信。不過，根據木蘭辭「昨夜見軍帖，可汗大點兵」一語推測，「帖」應該也是公文書的一種。現在我們已經把「柬帖」合為一個名詞，用為婚喪喜慶及通常應酬的簡短文書，大多以稍硬的紙張印成卡片式或折合式二種。

第二節 柬帖的種類

　　現行的柬帖可分為下列四種：

一、婚嫁柬帖

　　婚娶與出嫁，邀請親友觀禮或參加喜宴所用的柬帖，又可分為三類：即訂婚柬帖、結婚柬帖與出嫁柬帖。目前臺灣交通方便，且為省事，出嫁柬帖多與結婚柬帖合併為一。

　　(一) 訂婚柬帖　訂婚柬帖的內容，應包括：

　　　　1、訂婚日期、地點，禮事。

　　　　2、訂婚人與具帖人間的稱謂及姓名。

　　　　3、介紹人姓名。

　　　　4、請受帖人光臨。

5、具帖人姓名，表敬辭。

6、宴客地點、時間。

(二) **結婚柬帖**　結婚柬帖的內容，應包括：

1、結婚日期、地點，禮事。

2、結婚人與具帖人間的稱謂及姓名。

3、結婚方式或介紹人、證婚人姓名。

4、請受帖人光臨。

5、具帖人姓名，表敬辭。

6、宴客地點、時間。

(三) **出嫁柬帖**　出嫁柬帖的內容，應包括：

1、出嫁日期。

2、出嫁人與具帖人間的稱謂及姓名，所適者姓名，禮事。

3、請受帖人光臨。

4、具帖人姓名，表敬辭。

5、宴客地點、時間。

二、慶賀柬帖

有喜慶事，邀請親友或有關人士觀禮或參加宴會所用的柬帖，如壽慶、彌月、遷移、開張、揭幕、慶典等事。

(一) **壽慶柬帖**　壽慶柬帖的內容，應包括：

1、祝壽的年、月、日。

2、壽星的稱謂、姓名、年齡。

3、祝壽方式、時間、地點。

4、請受帖人光臨。

5、具帖人姓名或具帖機關團體全銜，表敬辭。

(二) **彌月柬帖**　彌月柬帖的內容，應包括：

　　1、彌月的日期。

　　2、彌月者的稱謂、名字，禮事。

　　3、宴客方式、地點、時間。

　　4、請受帖人光臨。

　　5、具帖人（父母）姓名，表敬辭。

(三) **遷移束帖**　遷移束帖的內容，應包括：

　　1、遷移者自稱。

　　2、遷移的日期，遷移後的詳細地址。

　　3、宴客方式、時間、地點。

　　4、請受帖人光臨。

　　5、具帖人職銜、姓名，表敬辭。

(四) **開張束帖**　開張束帖的內容，應包括：

　　1、開張行號自稱。

　　2、開張的日期。

　　3、慶祝方式、時間、地點。

　　4、請受帖人光臨指教。

　　5、行號名稱，具帖人職銜、姓名，表敬辭。

(五) **揭幕束帖**　揭幕束帖的內容，應包括：

　　1、禮事主體。

　　2、揭幕的時間、地點、方式。

　　3、揭幕人姓名。

　　4、請受帖人光臨指教。

　　5、具帖人職銜、姓名（或團體名稱），表敬辭。

(六) **慶典束帖**　慶典束帖的內容，應包括：

　　1、慶典日期，禮事。

　　2、慶典方式、時間、地點。

3、請受帖人光臨指教。

4、具帖人職銜、姓名（或團體名稱），表敬辭。

三、喪葬柬帖

喪葬柬帖分訃聞及告窆二類。訃聞為喪家或治喪者向親友各界報告喪事的書面通知；告窆為告知親友各界安葬死者日期的通知，今多合併於訃聞中。

(一) 訃聞　訃聞的內容，應包括：

1、死者的稱謂、姓名字號。

2、死者死亡的年、月、日、時。

3、死亡的原因、地點。

4、死者出生年、月、日及年歲。

5、親屬之善後禮事（如移靈地點、遵禮成服等）。

6、開弔日期、時間、地點。

7、安葬地點。

8、訃告對象。

9、主喪者及親屬具名，表敬辭。

10、喪居地址，電話號碼。

按：今日常見的訃聞，多另紙印有死者遺照於正面，並附死者傳略，以供受帖者撰寫祭悼文辭的參考。「鼎惠懇辭」、「世鄉學寅戚友」、「聞」字皆印紅字。一般習俗對於死者八十歲以上，多印紅色底，其實仍以白底黑字以示其哀為宜。

(二) 告窆　告窆的內容，應包括：

1、發端用「謹啟者」。

2、死者的稱謂、姓名、靈柩。

3、安葬的時間、地點。

4、禮事（告窆），以聞（「聞」字套紅）。

5、治喪者姓名，表敬辭。

四、一般應酬柬帖

這是通常宴請親友的柬帖，如洗塵、餞行、陞遷、同學會、社團聚會等事，這一類應酬柬帖的內容，應包括：

1、宴會時間、方式、地點。

2、宴會事由。

3、請受帖人光臨。

4、具帖人職銜、姓名（或團體名稱），表敬辭。

關於婚嫁喜慶及一般應酬柬帖的封套，比照一般信封，但通常使用紅色底金色字；也有表面為信封格式，裡面為柬帖的，多呈折合式，加印「囍」、「壽」等字樣或圖案。喪葬柬帖今多採折合式，即表面為封面，裡面為柬帖；封面中間長方形紅色框為寫受帖人姓名處，框右寫受帖人地址，框左上方一般習俗套紅印「訃」字，其實喪家係以哀戚之心訃告，「訃」字理應印成黑色，其下亦墨印具帖人地址、電話。

此外，對於親友的婚嫁喜慶，有用紅紙開列禮品或禮金名目、數量的禮帖，以及受禮者出具收到或退還禮品或禮金以表示謝意的謝帖。

(一) 禮帖　禮帖的內容，應包括：

1、發端用「全福」。

2、用「謹具」起行。

3、列出禮物名稱、單位。數量避免用「一」、「單」、「隻」，改稱「成」、「雙」、「對」、「全」。

4、用「奉申賀敬」致意。

5、具送禮人姓名，表敬辭。

(二) **謝帖**　謝帖的內容，應包括：

1、用「謹（敬）領」起行。

2、領受物的名稱、數量、單位，接「領」字逐項列明。

3、不受者用「謹璧謝」奉還。「謝」字平抬或單抬。

4、具謝帖人姓名，表敬辭。

5、敬使（台力）數目、單位。

6、喪事謝帖，「謝」字印紅色，平抬或單抬。

對於親友的婚喪慶弔諸事，今人往往改送現金或禮券，但致送現金或禮券，就要外加封套。通常喜事使用紅色封套；喪事則用白色封套，或將一般信封上的長方形紅色框用墨塗黑替代。封套的正面，可依照在幛軸上題辭的方式書寫，包括上下款和題辭（請參見本書第五章）。不過，現在一般人都將它簡化了，只在封套正面的中間寫上係致送何種性質的禮金，有時並註明禮金數目，再在封套左下方具明送禮人的姓名和表敬辭。茲將封套正面書寫各種禮金的常用語表列於下：

種　類	用　　　　　　　　　　　語	用　　　　　　　　　　　法
婚　嫁	賀儀・賀敬・菲儀・菲敬・不腆之禮	賀婚嫁及其他喜慶通用
	卺儀・喜儀・代幛	賀結婚用
	花燭代儀・花燭之敬	賀男方用
	花粉之敬・于歸之敬・花粉代儀・妝儀・花儀・粉儀	賀女方用
	代料	賀女方用，但數額須足為衣料的代價
喜　慶	彌儀・彌敬・湯餅之敬	賀人子女滿月用
	桃儀・桃敬・祝儀・壽儀・壽敬・代桃	賀人壽誕用
	弄璋之敬	賀生子用
	弄瓦之敬	賀生女用
	晬敬❶・晬盤❷之敬	賀人子女周歲用

	喬儀・遷敬・喬遷之敬・鶯遷❸之敬	賀喬遷用
	落成之喜・落成之敬	賀落成用
	開張之喜・開幕之敬	賀開張或開幕用
喪　祭	奠儀・奠敬・楮敬・楮儀・賻儀❹・素儀	悼喪用
	弔儀・代楮	弔祭用
	代祭・代幛・代幃❺	弔祭用，但數額須足為祭幛的代價
	祭儀	祭冥壽用
其　他	程儀・贐儀❻	送遠行者之禮用
	贄儀・贄敬	對尊長、業師或初次見面送禮用
	覿儀❼・見儀	送幼輩見面禮用
	潤儀・潤敬	謝人書畫、作文用
	節儀・節敬	送節禮用
	脩儀	送學費用

注　釋

❶晬敬　送禮賀人子女周歲的用語。晬，音ㄗㄨㄟˋ。周年。❷晬盤　舊俗於嬰兒周歲日，以盤盛放代表各種行業的小物件，任其抓取，以預測他將來的志趣和前途，謂之試晬、抓周。盛物之盤曰晬盤，後亦借指嬰兒周歲。❸鶯遷　即鶯遷喬木。比喻人遷到好的地方，常用作賀人升官或遷居的頌辭。喬木，高大的樹木。語本詩經小雅伐木。❹賻儀　送給喪家辦理喪事的金錢。賻，音ㄈㄨˋ。❺代幃　送給喪家禮金的用語。意思是以金錢代替致送設置在靈堂內的帳幕。❻贐儀　送行的禮金。贐，音ㄐㄧㄣˋ。❼覿儀　送幼童初次見面的錢財。覿，音ㄉㄧˊ。相見。

第三節　柬帖的用語

一、婚嫁用語

　　1、嘉禮、吉夕、合巹：結婚。古時婚禮，將瓠（ㄏㄨˋ）分為兩

個瓢，新郎新娘各執一瓢飲酒，故稱結婚為合卺（ㄐㄧㄣˇ）。

2、文定：訂婚。本指周文王與太姒的婚約。文，禮也，即聘金。古時婚禮於問名之後，卜而得吉，則納幣為定，故稱訂婚為文定。

3、于歸：女子以夫家為家，故稱出嫁為于歸。

4、福證：請人證婚的敬語。

5、闔第光臨：請客人全家到來的敬語。

6、詹於：即「占於」。占，占卜。

二、喜慶及一般應酬用語

1、桃觴、桃樽：指祝壽的酒席。

2、湯餅：嬰孩出生三日宴客，因備有象徵長壽的湯麵，故稱為湯餅筵；今亦用以稱滿月的酒席。湯餅，水煮的麵食。古無「麵」字，凡麵食一概都叫做「餅」。

3、彌月之慶：嬰孩出生後滿月宴客的酒席。

4、弄璋：祝人生男的頌辭。璋，圭璋，玉器名，為古代王侯所執。古俗生男，就讓他把玩玉器，希望將來能執圭璋，成為王侯將相。

5、弄瓦：祝人生女的頌辭。瓦，陶製的紡錘。古俗生女，就讓她玩弄陶製的紡錘，希望將來精於女紅。

6、嵩祝：祝福壽比嵩山之高。嵩山，五嶽中的中嶽，位於河南省中部。

7、秩、晉：秩，十年。晉，通「進」。

8、祖餞、祖道、祖送、餞行：設酒宴送別將遠行的人。祖，祭名，祭祀路神。古有送行的祭禮，遠行出發之前，必祭道路之神以求福，遠行者即飲此祭神之酒，故後世稱餞行送別為

祖餞、祖道、祖送。

9、洗塵：洗去塵埃。指宴請遠來或由遠方歸來的人。俗稱接風。

10、光臨：敬稱他人的到來。

11、賁臨：即「光臨」。歡迎他人來臨的敬語。賁，音ㄅㄧˋ。

12、臺光：恭請他人蒞臨的敬語。臺，指三臺星。古代用來比喻三公，後多用於稱呼對方或與對方有關的行為。

13、光陪：請人作陪客的敬語。

三、謝帖用語

1、領謝：領受禮物並道謝。

2、璧謝：奉還原來的禮物並道謝。

3、踵謝：親自登門道謝。

4、敬使、台力：付給送禮來的僕役的小費。

四、喪葬用語

1、先祖考、先王考、顯祖考：對他人稱自己已去世的祖父。

2、先祖妣、先王妣、顯祖妣：對他人稱自己已去世的祖母。

3、先考、先嚴、先君、顯考、先父：對他人稱自己已去世的父親。

4、先妣、先慈、顯妣、先母：對他人稱自己已去世的母親。

5、先夫：對他人稱自己已去世的丈夫。

6、先室、先荊：對他人稱自己已去世的妻子。

7、先兄：對他人稱自己已去世的哥哥。

8、先姊：對他人稱自己已去世的姊姊。

9、亡弟：對他人稱自己已去世的弟弟。

10、亡妹：對他人稱自己已去世的妹妹。

11、亡兒、故寵兒：對他人稱自己已去世的兒子。

12、亡女、故愛女：對他人稱自己已去世的女兒。

13、故媳：對他人稱自己已去世的媳婦。

14、孤子：母親健在，父親去世，子稱「孤子」。

15、哀子：父親健在，母親去世，子稱「哀子」。

16、孤哀子：父母親都去世，子稱「孤哀子」。如母親先去世，父親後去世，則子稱「哀孤子」。

17、降服孤哀子：出繼或被收養，而本生父母都去世，稱「降服孤哀子」。

18、棘人：父或母喪，謝帖上之孤子、哀子或孤哀子，均宜自稱「棘人」。

19、杖期夫、杖期生：妻入門後，曾服翁、姑或太翁、太姑之喪，妻死，夫稱「杖期夫」或「杖期生」。

20、不杖期夫、不杖期生：妻入門前，丈夫的父母或丈夫的祖父母已去世，妻未及服喪，妻死，夫稱「不杖期夫」或「不杖期生」。又，丈夫的父母尚健在，妻死，夫亦可稱「不杖期夫」或「不杖期生」。

21、未亡人：丈夫去世，妻自稱「未亡人」。

22、承重孫：本身及父俱係嫡長，父先去世，現服祖父母之喪，自稱「承重孫」。

23、治喪子：在喪期內稱「孤子」、「哀子」或「孤哀子」，已除服再行葬禮稱「治喪子」。

24、壽終正寢：男喪用。如死於非命，則不能使用「壽終正寢」，而只能用「終」或「卒」。

25、壽終內寢：女喪用。如死於非命，則不能使用「壽終內寢」，而只能用「終」或「卒」。

26、享壽：卒年六十以上的稱「享壽」，不滿六十的稱「享年」，

三十以下的稱「得年」。

27、小斂：為死者穿衣。斂，亦作「殮」。

28、大斂：將死者的遺體放入棺木。斂，亦作「殮」。

29、成服：大斂次日，親屬各依服制分別穿著應穿的喪服。也有在斂前成服的。

30、反服：兒死，無孫，父在堂，父反為兒之喪持服。

31、斬衰：五服中最重的喪服，子女對父母之喪服三年。以最粗生麻布製成，不縫邊緣者為斬衰。衰，音ㄘㄨㄟ。粗麻製成的喪服。

32、齊衰：以熟麻布製成而縫邊緣的喪服，分三種。齊，音ㄗ。

（1）齊衰期（ㄐㄧ）年：對祖父母、伯叔父母、兄弟、在室姑姊妹，夫為妻，已嫁女為父母之喪，服一年。

（2）齊衰五月：為曾祖父母服用。

（3）齊衰三月：為高祖父母服用。

33、大功：對出嫁姊妹及堂兄弟之喪，服九月。喪服以熟麻布製成，比齊衰細，比小功粗。

34、小功：對堂伯叔父母及堂姑等之喪，服五月。喪服以熟麻布製成，比大功細，比緦麻粗。大功、小功，合稱「功服」。

35、緦麻：對已出嫁的姑母、出嫁的堂姊妹及族兄弟等之喪，服三月。合斬衰、齊衰、大功、小功、緦麻稱「五服」。緦（ㄙ）麻，稍細熟布製成的喪服。

36、泣血：居三年之喪者用。

37、抆淚：久哭而掩淚，比「拭淚」為重。抆，音ㄨㄣˋ。

38、拭淚：猶言「抆淚」，但較輕。

39、稽顙：音ㄑㄧˇ ㄙㄤˇ。遭三年之喪的人，居喪拜賓客時，雙膝跪下，頭額觸地，並稍稽留。

40、稽首：跪拜叩頭到地面。為眾拜中最崇敬的一種。

41、護喪：治喪之家，以知禮能幹的家長或兄弟一人主持喪事。

42、諱：稱已死尊長之名。

43、封翁：亦稱「封君」。因子孫貴顯而受封典的父祖。後為泛稱人父的敬辭。

44、權厝：暫時停放靈柩以待葬。

45、含斂：含，含玉於口。斂，亦作「殮」，納死者於棺。

46、匍匐奔喪：匍匐，急遽貌。奔喪，從遠方奔赴親喪。

47、發引：出殯時靈柩出發。引，布引，亦稱「紼」，大麻繩，用以牽引靈柩入墓。

48、告窆：將下葬時間訃告親友。窆，音ㄅㄧㄢˇ。將靈柩葬入墓穴。

49、合窆：將已去世的父母同葬在一墓穴之中。

50、開弔：喪家擺設靈堂供人弔祭。

51、世鄉學寅戚友：世交、同鄉、同學、同事、親戚、朋友交情者。寅，同事。

52、鼎賻懇辭：訃聞中懇切辭謝他人致送財物的用語。鼎賻，敬稱他人致送的財物。鼎，盛大。

第四節　束帖的範例

一、喜慶類

(一)訂婚柬帖

1、由男方家長具名

謹詹於中華民國○○年國曆○○月○○日(星期○)○午○時假○○○為男○○與○○○小姐訂婚敬備菲酌　恭候

臺光

王○○
王何○○　謹訂

席設：○○市○○路○號○○餐廳

2、由女方家長具名

謹詹於中華民國○○年國曆○○月○○日(星期○)○午○時假○○○為女○○與○○○先生令郎○○○君訂婚敬備菲酌　恭候

臺光

林○○
林朱○○　謹訂

席設：○○市○○路○號○○餐廳

3、由男女雙方家長具名

謹詹於中華民國○○年國曆○○月○○日(星期○)○午○時假○○為男○○女○○舉行訂婚典禮敬備菲酌　恭候

臺光

王○○
王何○○
林○○
林朱○○　鞠躬

席設：○○市○○路○號○○餐廳

4、由男女雙方當事人具名

茲承○○○先生介紹並徵得家長同意(或我倆情投意合並徵得家長同意)謹詹於中華民國○○年農曆○○月○○日(星期○)○午○時假○○○舉行訂婚典禮敬備菲酌　恭候

臺光

王○○
林○○　謹訂

恕邀

時間：○月○日○午○時入席

席設：○○市○○路○號○○餐廳

5、由女方家長具名——橫式

謹詹於中華民國九十五年 國曆 五 月 一 日（星期日）
農曆 三 月廿三日

為 長女 美怡與宜蘭市 黃 志 文先生 令長男俊超君
黃簡秀卿女士

舉行文定之喜敬備喜筵　恭請

闔 第 光 臨　　　　　李 文 治
　　　　　　　　　　李張賢慧　鞠躬

席設：文 山 休 閒 農 場
恕邀　　臺中縣大里市瀘城路1號
　　　　電話：（04）24920240
時間：中午十二時入席

前世定姻緣・今生共白首

(二)結婚柬帖

1、由男方家長具名

謹詹於中華民國○○年國曆○○月○○日（星期○）
為○男○○與○○小姐在○○市地方法院
舉行公證結婚典禮敬治喜筵　恭請
闔第光臨
　恕邀
席設：○○市○○路○○號○○飯店
時間：○午○時觀禮‧○午○時入席

王　○○
王何○○　謹訂

2、由女方家長具名

謹詹於中華民國○○年國曆○○月○○日（星期○）
假○○○為○○○君與○女○○舉行結婚
典禮敬備喜筵　恭請
闔第光臨
　恕邀
席設：○○市○○路○○號○○飯店
時間：○午○時觀禮‧○午○時入席

林　○○
林朱○○　謹訂

3、由男女雙方家長具名

謹詹於中華民國○○年國曆○○月○○日（星期○）
為○男○○○女○○○在○○市舉行結婚典禮敬治喜筵
恭請
闔第光臨
　恕邀
席設：○○市○○路○○號○○飯店
時間：○午○時觀禮‧○午○時入席

王　○○
王何○○
林　○○
林朱○○　鞠躬

4、由男女雙方當事人具名

茲承○○○先生介紹並徵得雙方家長同意謹詹
於中華民國○○年○月○日（星期○）假
○○○舉行結婚典禮敬備喜筵　恭請
闔第光臨
　恕邀
席設：○○市○○路○○號○○飯店
時間：○午○時觀禮‧○午○時入席

王　○○
林　○○　謹訂

5、由男女雙方當事人、家長具名──橫式

很高興向您宣布
我們要結婚了
竭誠邀請您來參加
我們的喜宴
您的蒞臨與祝福
將帶給我們無限的榮耀與喜悅

新郎　王英俊　　父　王太平
　　　　　　　　母　王何月娥
新娘　李美麗　　父　李文治
　　　　　　　　母　李張賢慧

敬　　　邀

時間：民國 99 年 6 月 5 日（星期六）
　　　農曆 4 月 23 日
　　　下午 6 時 30 分
席設：福華大飯店金龍廳
地址：臺北市仁愛路 3 段 160 號
電話：(02)2700-2323

6、由男女雙方家長具名——橫式

謹詹於民國 99 年 國曆 6 月 2 日（星期三）
　　　　　　　 農　　4　　20

為 次男 英俊 在新竹舉行結婚典禮敬備喜筵
　 三女 美麗

恭請

闔第光臨

王 太 平　　　李 文 治

王何月娥　　　李張賢慧

敬　邀

時間：民國 99 年 6 月 2 日（星期三）
　　　下午 6 時 30 分
席設：國賓大飯店竹萱廳
地址：新竹市中華路二段 188 號 9 樓
電話:(03)515-1111

附喜事封套

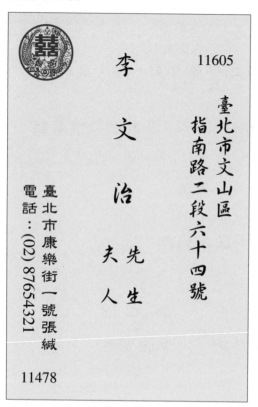

11605

臺北市文山區
指南路二段六十四號

李　文　治　先生
　　　　　　夫人

電話：(02) 87654321
臺北市康樂街一號張緘

11478

10066
臺北市吉祥街 1 號　張　緘
電話：(02) 87654321

11605
臺北市文山區指南路二段 64 號

李　文　治　先　生
　　　　　　夫　人

二、慶賀類

(一) 祝壽束帖

1、由子孫具名（男）　　　　**2、由子孫具名（女）**

（男）
國曆〇〇月〇〇日（星期〇）為
農曆
家祖父
（家父）
〇公〇秩晉〇誕辰敬備桃樽　恭候
光臨
恕邀
席設：〇〇市〇〇路〇〇號
時間：〇時入席
高　〇　〇謹訂

（女）
〇〇月〇日（星期〇）為
家祖慈
（家慈）
〇〇太夫人　〇秩晉〇誕辰敬治桃觴　恭候
臺光
壽堂設〇〇市〇〇路〇〇號〇〇廳
時間：〇時入席
周　〇　〇鞠躬

3、由祝壽會具名

〇〇月〇日為
張公〇〇先生（暨德配〇夫人）〇秩壽辰（華誕）謹於〇〇恭設壽堂同申嵩祝屆期敬備茶點　敬請
臺光
張公〇〇　先生
（暨德配〇夫人）　祝壽會謹訂
壽堂設〇〇市〇〇路〇〇號〇〇廳
時間：〇午〇時起至〇時止

(二)彌月柬帖

本月○日為○兒彌月之期○午○時

敬治湯餅　恭請

臺

光

席設……○○市○○○路○號○○餐廳

徐　○　○謹訂

(三)遷移柬帖

本公司業經於中華民國○○年○月○日遷移
○○新址營業凡我舊雨新知務祈一本以往
愛護之忱多加照顧謹訂於○年○月○日○午
○時舉行慶祝酒會　敬請

光

臨

○○公司董事長　袁○○
總經理　陶○○　謹訂

(四)開張柬帖

本公司業經籌備就緒茲訂於中華民國○○年
○月○日正式營業謹備酒會　恭請

光臨指教

○○公司董事長　高○○　謹訂

酒會時間：上午○時○分
地址：○○市○○○路○○號
電話：○○○○○○○

(五)揭幕柬帖

本公司新建○○室內溫水游泳池業已完工茲
訂於中華民國○年○月○日（星期○）○午
○時隆重開幕　恭請
○○○先生揭幕
○○○先生按鈕謹備酒會　敬請

光臨指教

○○公司董事長趙○○　謹訂

地址：○○市○○○路○○號

(六)開幕柬帖——橫式

書香世家—復興總店

謹　訂　於

2010 年 8 月 26 日上午 10 時

正式開幕・敬備茶點

恭　　請

蒞　臨　指　導

經典圖書股份有限公司

黃明德　李文治

敬　　邀

地址：臺北市復興北路○○號

電話：(02) 87654321

E-MAIL: http@webmail.○○.com.tw

懇辭花籃　花圈

(七)校慶柬帖——橫式

謹訂於中華民國九十四年五月十二日（星期四）上午九時於本校
運動場舉行創校五十一週年校慶大會

敬　請
蒞　臨　指　導

校　　長　李麗花
國立中壢高商　家長會長　吳錦貴　敬邀
校友會長　鄭金玲

※ 為配合環保並嘉惠學子，如蒙惠賜珍卉賀禮請改以代金捐贈本校活動經費

五月十二日（星期四）	五月二十一日（星期六）
09：00～10：00 校慶大會	09：30～14：30 園遊會
10：00～12：00 社區音樂會	09：30～12：00 校友大會
09：00～12：00 丘美珍客家風情畫展	12：30～14：30 好書交換
	13：00～14：30 制服走秀－美少男女選拔賽

創 校 五 十 一 週 年
校慶大會時程表

三、喪葬類

(一)訃聞柬帖

1、由妻具名

先夫〇〇公〇〇於民國〇年〇月〇日〇午〇時
蒙主恩召安息距生於民國〇年〇月〇日享壽
（或年）〇〇歲擇於民國〇年〇月〇日〇時
在〇〇教堂舉行追思禮拜隨即發引安葬於〇
〇公墓哀此訃

聞

未亡人　〇〇
孤子　〇〇
孤女　〇〇（適〇）
孝婿　〇〇
孝外孫女　〇〇
泣啟

鼎賻懇辭
公祭時間：〇月〇日〇午〇時至〇時
喪宅：〇〇市〇〇路〇〇號

2、由夫具名

先室〇〇〇女士於民國〇年〇月〇日〇午〇
時病逝於〇〇醫院享壽年〇〇歲即日移靈〇〇
殯儀館夫〇〇率子女護侍在側親視含殮遵禮
成服擇於〇月〇日〇午〇時舉行家祭〇時公
祭隨即發引安葬於〇〇公墓哀此訃

聞

杖期夫〇〇〇率　子〇〇
女〇〇
泣啟

喪宅：〇〇市〇〇路〇〇號

3、由兒女具名

顯考○公諱○○字○○府君慟於中華民國○○年○月○日下午○時
壽終正寢距生於民國○○年○月○日享壽○○歲　孝男○○　○○等
隨侍在側親視含斂遵禮成服即日移靈臺北市立第一殯儀館謹擇於
國曆○○年○○月○○日（星期六）上午八時在該館景行廳舉行家
祭九時公祭十一時發引安葬於○○墓園叨在

友
戚　　哀此訃
寅
誼

鄉
學

聞

鼎惠懇辭

孝男　○○
孝女　○○（適○）
孝媳　○○
孝婿　○○　　泣
孝孫　○○
孝孫女　○○
孝外孫　○○
胞弟　○○　　啟
胞弟媳　○○
族繁不及備載

4、由長孫具名

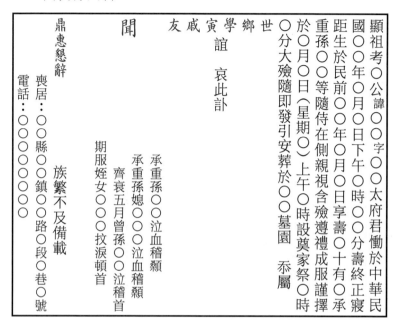

附封面式

5、由家長具名

○男○○○不幸於○年○月○日午○時病歿得年○○歲即日移靈○○擇於○月○日（星期○）○午○時舉行家祭隨即發引安葬於○○公墓謹此訃

聞

反服父○○○泣告

6、由機關、團體或治喪會具名

本（機關、團體）故（職銜）○○○先生字○○○諱○○字○○積勞成疾不幸於○年○月○日午○時病逝茲於○○○享年○○歲即日移靈於○○○擇於○月○日○午○時設奠公祭○時發引安葬於○○公墓謹此奉

聞

（○○機關團體）
故（職銜）○○○先生治喪委員會
聯絡處　○○市○○街○號
電話：○○○○○○○○○○○

(二)告窆柬帖

1、由子女具名之一

謹啟者
顯考○○府君靈柩謹筮於○月○日○時安葬
於○○先期於○月○日在○處發引　叩在
世鄉戚友
誼　謹此告窆以
聞

治喪子○○○稽顙

2、由子女具名之二

謹啟者
顯妣○○○太夫人靈柩謹筮於○○年○月○日
(星期○)○時合窆於○○先期於○月○日○
時在○○發引　叩在
世鄉戚友
誼　謹此告窆以
聞

治喪子○○○稽顙

四、一般應酬類

(一)宴會柬帖

1、普通宴客帖

謹訂於○月○日○午○時敬治菲酌　恭候

臺光

席設：○○市○○路○○餐廳○室

李○○謹訂

2、普通宴客帖附回帖

謹訂於○月○日○午○時敬治菲酌　恭候

臺光

席設：○○路○○號○○餐廳○室

吳○○謹訂

謝陪

敬

○○○謹復

3、洗塵請客帖

本月〇日〇午〇時潔樽洗塵　恭候

臺

光

席設：〇〇市〇〇路〇〇號本宅

施〇〇謹訂

4、洗塵請客作陪帖

本月〇日〇午〇時為〇〇〇兄洗塵　恭請

光

陪

席設：〇〇市〇〇路〇〇號本宅

施〇〇謹訂

5、餞行請客帖

本月〇日〇午〇時敬治薄餞　恭候

光

臨

假座〇〇市〇〇路〇〇餐廳〇室

邱〇〇謹訂

6、餞行請客作陪帖

本月〇日（星期〇）〇午〇時為〇〇〇先生餞行　敬請

光

陪

假座〇〇市〇〇路〇〇餐廳〇室

邱〇〇謹訂

7、請觀禮帖

謹訂於○月○日○時為本館新建大樓舉行

落成典禮　敬請

　　　　　　　　○○館館長吳○○謹訂

蒞臨賜教

館址：○○市○○路○○○號

8、請參觀帖

謹訂於○月○日起至○月○日止假○○○

舉行書畫展覽　敬請

　　　　　　　　鄭○○謹訂

惠臨指教

時間：上午○時至下午○時

9、茶會請帖

謹訂於本月○日○時為本公司綜合作業大

樓舉行開工典禮敬備茶點　敬請

　　　　　　　　○○公司王○○謹訂

賜　教

工地：○○路○○號

10、酒會請帖

謹訂於○月○日上午九時假○○○舉行○

年春節團拜敬備酒會藉資歡敘屆時務請

　　　　　　　　○○○○謹訂

惠賜光臨

地址：○○市○○路○段○號

(二)送禮帖

1、賀壽禮單式

壽壽壽　壽壽壽
祝敬　　　　　　全福
　　奉　　　　謹
　　桃酒麵　　幛聯燭
　　雙雙雙　　成成成
馮　申　　　　具
〇
〇　盒罈盤　　軸副輝
鞠
躬

2、賀婚禮單式

　　喜　　喜喜喜
賀敬　　　　　　全福
　　奉　　　　謹
　　禮　　　　幛聯燭
　　六　　　　全成成
高　申　　　　具
〇
〇　式　　　　幅對輝
鞠
躬

3、賀嫁女禮單式

全福	鳳花　謹 花粉 雙成　具 對盒	〇〇　奉 〇〇 〇〇 〇〇　申	賀　敬 　 李〇〇敬具

4、賀彌月、賀周歲禮單式

全福	八　金　謹 仙　印 成　全　具 列　座	玉　項 奉 獅　圈 全　成 申 對　圍	晬　彌 敬 　 王〇〇敬具

（三）謝帖

1、普通領謝帖

謝	謹（敬）領	李〇〇鞠躬	（敬使〇元）

2、璧謝帖

謝	謹璧	許〇〇鞠躬	（敬使〇元）

3、一部分敬領一部分璧謝帖　　4、祝壽謝帖

謝

謹（敬）領○○○○○○餘珍璧

高○○鞠躬

（敬使○元）

謝

遵嚴（慈）命敬領

何○○鞠躬

（敬使○元）

5、喪事謝帖

謝　敬領

棘人朱○○泣叩

（台力○元）

五、禮金封套式

1、賀壽

壽 敬〇〇元

陳〇〇鞠躬

2、賀婚禮

賀 儀〇〇元

張〇〇敬具

3、賀嫁女

花 儀〇〇元

趙〇〇敬具

4、賀彌月、賀周歲

彌晬 敬〇〇元

邱〇〇敬賀

5、喪事

```
         奠　敬
            ○
            ○
            元


      朱○○敬拜（敬具）
```

6、弔祭

```
         代　楮
            ○
            ○
            元


      吳○○敬奠（敬荐）
```

習　題

一、試代人撰擬由男女雙方家長具名之結婚柬帖一則。

二、某校新建學生活動中心落成，試代擬落成典禮柬帖一則。

三、試代人撰擬新居落成宴客柬帖一則。

第五章
對聯、題辭與標語

第一節　對　聯

一、對聯的意義

我國的文字，具有獨體、單音的特質。由於是獨體，所以可互為對仗，形成排列整齊的形象美；由於是單音，又有四聲之別，讀起來抑揚頓挫，能夠表現聲律的節奏美。對聯也就是兼能表現這種形象、節奏之美的文學體裁之一。

新春時張貼對聯在門上，是由古代的「桃符」和「宜春帖」演變而來的。古代神話，相傳滄海中的度朔山有一棵大桃樹，其上有神荼（ㄕㄨ）、鬱壘（ㄌㄩˋ）二神，能制服一切惡鬼。所以民間每逢新年，就用兩塊桃木板，繪畫這兩位神像，懸掛在門的左右，一年一換，用來驅鬼避邪，永保平安，稱為「桃符」。至於「宜春帖」，又名「春書」，在南北朝時就有了，唐段成式酉陽雜俎說：「北朝婦人，常以立春進春書。」這是用彩紙雕鏤成「宜春」二字，不僅自家貼在門柱上，還用來呈獻帝王顯貴，以示祝福之意。到了隋唐之際，此風更盛。「宜春」二字的意思，就是頌祝新春以來，一切都適宜，有招納吉祥之意，這比用「桃符」避邪為更進一步的希求。於是原來的桃符板不再只畫神荼、鬱壘的神像，也寫上迎祥納福的語句，而顯得更有意義了。

到了宋朝的時候，藉著桃符板寫嘉言吉辭，以慶新年，既含避邪納祥的意義，也可以點綴門楣。而且此時的「宜春帖」也擴大了「宜春」二字的範圍，開始寫一些雅麗的絕句，名叫「春帖子」。朱熹名臣言行錄後集記

載：歐陽脩「在翰林。仁宗一日見御閣春帖子，讀而愛之，問左右。曰：歐陽脩之辭也。乃悉取宮中諸帖閱之」。宋代的翰林必寫春帖子，在立春日張貼在宮中的門上，也是表示頌祝之意。

宜春帖的意義，既與桃符相同，後來也就合而為一，用紅紙條幅寫成對聯的形式。而且應用範圍大為推廣，不僅用於新年，平常在樓臺、亭閣、園林、祠廟，也都可題上對聯，以增光彩。甚至於當作應酬文字，題贈於人，於是對聯也就成為詩文中的一種體裁。

對聯的完整形式，最早出現在五代時，相傳後蜀主孟昶曾經在除夕題兩句話在桃符板上：

　　新年納餘慶
　　嘉節號長春

這一副迎春門聯，距今已一千多年了。但由於修辭對偶，可說是極為工整的詩句，而且語意甚佳，其中的「新」、「嘉」、「餘」、「長」，都是民間所普遍嚮往的吉祥字眼，所以到現在都還相襲沿用。

不過，春聯本來一直只流傳於皇宮內苑及官宦人家，到了明代，才開始盛行於民間。據說明太祖定都金陵後，傳旨公卿士庶之家，各於除夕日以紅紙書寫春聯，貼於門上，以示普天同慶，並賜學士陶安一副門聯：

　　國朝謀略無雙士
　　翰苑文章第一家

由於皇帝的大力提倡，從此每逢年節，家家戶戶，張貼春聯。而對聯的題詠，也成為文人學士發揮才情的機會。明清以來，作家輩出，妙對佳聯，美不勝收，至今仍然傳誦不衰。

二、對聯的種類

　　對聯的種類，就篇幅來說，可分為長聯和短聯兩種。長聯、短聯並沒有一定的界說，大體說來，每邊在三句以下的叫短聯，三句以上的叫長聯。就時間來說，可分為臨時性、永久性兩種。前者如婚喪慶弔所用，事畢即撤去；後者如寺廟、廳堂所用的對聯，大多木刻石勒，漆硃塗金，不易剝損，歷久長在。就用途來說，可分為四大類：

　　(一) 春聯　　新年專用的門聯。

　　(二) 楹聯　　宅第、亭閣、祠廟、商店等所用。

　　(三) 賀聯　　婚嫁、壽慶、新居等所用。

　　(四) 輓聯　　哀悼死者所用。

對聯應用的範圍，既然非常廣泛，它的內容當然也非常複雜，勉強分類，本來就不大容易，上面所列出的四類，不過舉其大者，並非僅此而已。

三、對聯的寫作

　　對聯，又叫做聯語，俗稱對子。通常都張貼在門上，所以也叫做門聯或門帖。但也有的是題於楹柱，或懸掛在壁間，所以又叫做楹聯或楹帖。對聯的好處，就是把原來要寫成長篇鉅製的文章，有關人、事、時、地、物等，僅用少數的字句，不論是抒情、言志、褒揚、哀悼、勸勉等，都能充分表現出來。正因為它的字數少，又容易記憶，堪稱為精緻的文字體製。大體說來，一副對聯是由上半聯（上聯）和下半聯（下聯）配合而成。其中上下聯的字數、句數必須相同，詞性、平仄兩兩相對。普通的對聯，少則四、五字，多則二、三十字，一、二百字以上的對聯也有，但並不多見。由此可知，字數的多寡、句子的長短，並無嚴格的規定，全由作者視需要決定。而且對聯不限文言、白話，一切詩文詞曲的句子，甚至於方言俗語，都可採用。只是寫作時，仍應遵守下列四項要點：

　　(一) **平仄協調**　對聯的上下聯，必須平仄相對，才算合式。要使平仄協調，首須明瞭文字的四聲，通常以「上」、「去」、「入」三聲為仄聲，「陰平」、「陽平」統稱平聲。有關句子的格律，也就是怎樣來協調平仄的問題，一般通例，上聯的末一字，必須是仄聲；下聯的末一字，必須是平聲。這是對聯「仄起平收」的原則，不可隨意移易。如：

　　　花開富貴（平平仄仄）
　　　竹報平安（仄仄平平）

如果一聯之中，分為若干句，那麼上聯的每句末一字，和下聯每句末一字亦須互分平仄，如：

　　　天上月圓，人間月半，月月月圓逢月半
　　　今夕年尾，明朝年頭，年年年尾接年頭

上聯「圓」平，「半」仄；下聯「尾」仄，「頭」平。至於每句當中，平仄也應當協調。例如三字句，不可全平或全仄。四字句，則前二字為平，後二字為仄；或前二字為仄，後二字為平。六字句，則為「仄仄平平仄仄」，或「平平仄仄平平」。如為五、七字句，則比照近體詩的格律，這樣全聯的聲韻才能和諧。本來對聯的上下聯，相對稱的每一個字都應平仄相偶，才算工整，不過有時為事實所限，如果過於考究格律，可能以辭害意，所以有「一三五不論，二四六分明」的變通辦法。但五字句的第五字正是末一字，那就非論不可了。

　　(二) **對仗工整**　寫作對聯時，上下聯的意思，必須連貫，而且要講求對仗，不但句型相同，詞性也要相同，也就是名詞對名詞，動詞對動詞，形容詞對形容詞，……以及數字對數字，聲音對聲音，顏色對顏色，……

這是對聯的正格。古人的名作中，有許多都與此暗合，例如王維的觀獵：

　　草枯鷹眼疾
　　雪盡馬蹄輕

若以現代的國語文法來分析：「草」和「雪」是名詞，「枯」和「盡」是形容詞，「鷹眼」和「馬蹄」都是名詞，「疾」和「輕」是形容詞，上下聯的詞性完全一致。

　　(三) **辭意貼切**　寫作對聯的目的，不外適應各類需要。某類需要，就有某類的事實。這事實不論是人、事、物，也就是寫作的對象。認定了對象，抓住了題旨，然後再去著筆造句，白描也好，借用典故也好，都必須與對象有關，而且要力求貼切。如文天祥孟姜女廟聯：

　　始皇安在哉？萬里長城築怨
　　姜女未亡也，千秋片石銘貞

這一副對聯，對象為孟姜女，主旨為頌揚千里尋夫、哭倒長城的精神。措辭用秦始皇築長城招致民怨，身死何益？孟姜女貞行動人，得到千秋俎豆，雖死猶生，貼切自然，一氣呵成。

　　(四) **行款正確**　對聯的行列格式及題記，應注意下列五點：

　　　　1、通常由上而下書寫（按：本書所舉範例皆橫排，但傳統格式仍採由上而下直行書寫）。

　　　　2、正文的字必須大於題款的字。通常上款書於上聯正文的右側，應比正文略低起寫；下款書於下聯正文的左側，約當正文的中間部位起寫。

　　　　3、長聯字多，可分列數行：上聯由右而左，下聯由左而右，除

末一行外，皆須到底，而且上下聯每行字數要一樣；末一行必須空出相當地位，以便上下款書寫在這上下兩聯的空白位置上。這種寫法，稱為龍門式，看起來很整齊。

4、印章蓋在署名之下，約當一個字的間距。

5、不用標點符號（按：本書所舉範例，加有標點符號，乃為教學方便計，實際應用，則不宜使用）。

6、行款實例

（1）楹聯　　　　　　　　　　（2）輓聯（龍門式）

明德兄　雅正

持其志無暴其氣
敏於事而慎於言

李文治

治李
印文

勤儉治家堅信必行艱苦之路始
有成功之果憶昔挑燈課讀夜月
光昭慈母訓母親大人　靈幃

腸斷蓼莪詩
懷忠厚之心而今無地承歡淒風
淑仁接物但知應做正直之人永

不孝○○叩輓

四、對聯的範例

(一) 春聯

一元復始
萬象更新

三陽開泰
萬象回春

普天開景運
大地轉新機

花開春富貴
竹報歲平安

爆竹一聲除舊
桃符萬戶更新

花好月圓人壽
時和世泰年豐

爆竹一聲除舊歲
桃符萬戶布新春

天增歲月人增壽
春滿乾坤福滿門

中興氣象隨春至
積善人家納福多

瑞日芝蘭❶光世澤
春風棠棣❷振家聲

爆竹二三聲，人間改歲
梅花四五點，天下盈春

數不盡春光，門前綠樹，階前瑤草
看將來得意，千里晴空，萬里青雲

(二) 楹聯

1、第宅類

平安即是家門福
孝友允為子弟箴❸　　(大門)

傳家有道惟存厚
處世無奇但率真

海納百川，有容乃大
壁立千仞，無欲則剛　　(以上廳堂)

書有未曾經我讀
事無不可對人言

世上幾百年舊家，無非積德
天下第一件好事，還是讀書　　(以上書房)

莫放春秋佳日去
最難風雨故人來

嘉賓蒞臨，輝增蓬蓽
憑窗對話，座滿春風　　(以上客房)

水色山光皆畫本
花香鳥語是詩情

園中草木春無數
湖上山林畫不如　　(以上園亭)

2、祠廟類

{ 禮樂繩其祖武❹
{ 詩書貽厥孫謀❺

{ 舉目思祖功宗德❻
{ 存心為孝子賢孫　　（以上祠堂）

{ 祖述❼堯舜，憲章❽文武
{ 德參天地❾，道冠古今❿　　（孔廟）

{ 精忠昭赤日
{ 大義貫青天　　（關廟）

{ 處暗室勿欺心，有天地鬼神，鑒臨上下
{ 入迷途快回首，怕吉凶禍福，報復循環　　（城隍廟）

3、商店類

{ 根深葉茂無疆業
{ 源遠流長有道財

{ 五湖⓫寄跡陶公⓬業
{ 四海⓭交遊晏子⓮風　　（以上商業）

{ 善事必先利器⓯
{ 周官⓰不缺考工⓱　　（工業）

{ 織緯組經，功夫細膩
{ 冬棉夏葛，花樣新奇　　（紡織廠）

{ 藏古今學術
{ 聚天地精華　　（書局）

{ 暢談中外事
{ 洞悉古今情　　（報社）

{ 亙古皆憑農立國
{ 生民咸以食為天　　（米店）

{ 隨地可安身，莫訝乾坤為逆旅⓲
{ 當前堪滿意，且邀風月作良朋　　（旅館）

{ 四時恆滿金銀氣
{ 一室常凝珠寶光　　（銀樓）

{ 胸中存灼見
{ 眼底辨秋毫　　（眼鏡店）

{ 刻刻催人資警醒
{ 聲聲勸爾惜光陰　　（鐘表店）

{ 沉李浮瓜添雅興
{ 望梅剝棗佐清談　　（水果店）

(三)賀聯

百年好合⑲
五世其昌⑳

二姓聯盟成大禮
百年偕老樂長春

詠到毛詩㉑風第一㉒
畫來眉樣㉓月初三㉔

齊家典則存三禮㉕
經國文章在二南㉖
(以上賀結婚)

南山欣作頌㉗
北海喜開樽㉘

室有芝蘭春日永㉙
人如松柏歲華新
(以上賀男壽)

瑤池㉚春不老
壽域㉛日方長

萱草㉜春長不老
玉樹㉝枝發更多
(以上賀女壽)

白首相莊㉞多樂事
朱顏並駐㉟祝長生
(賀雙壽)

擇里仁為美㊱
安居德有鄰㊲

里有仁風春日永
家餘德澤福星㊳明
(以上賀遷居)

堂構㊴鼎新㊵垂世澤㊶
箕裘㊷晉步㊸振家聲

畫棟雕梁，齊稱傑構
德門仁里，共慶安居
(以上賀新居)

基業宏開，懋遷㊹有術
貨財恆足，悠久無疆
(賀開張)

(四)輓聯

天不遺一老㊺
人已足千秋㊻

大雅㊼云亡，空懷舊雨㊽
哲人其萎㊾，悵望高風㊿
(以上輓男喪)

風木(51)有餘恨
瞻依(52)無盡時

繐幃(53)驚聽安仁(54)句
椎髻(55)猶留德曜(56)風
(以上輓女喪)

$$\begin{cases} 學子失師表❺❼ \\ 老成❺❽有典型 \end{cases} （輓教育界）$$

$$\begin{cases} 當年幸立程門雪❺❾ \\ 此日空懷馬帳❻❿風 \end{cases} （輓業師）$$

$$\begin{cases} 政績應書循吏傳❻❶ \\ 謳歌早勒去思碑❻❷ \end{cases} （輓政界）$$

$$\begin{cases} 一身肝膽生無敵 \\ 百戰靈威歿有神 \end{cases} （輓軍界）$$

$$\begin{cases} 忠厚存心，市井感欽盛德 \\ 音容隔世，經營空惜長才❻❸ \end{cases} （輓商界）$$

注　釋

❶芝蘭　香草名。比喻優秀子弟。❷棠棣　指兄弟的情誼。詩經小雅有棠棣篇。詩序說它是召公宴兄弟之詩。棣，音ㄉㄧˋ。❸箴　規誡。❹繩其祖武　繼承祖先的功業。繩，繼承。武，行跡，指德業。❺貽厥孫謀　遺傳子孫的計畫。貽，遺傳。語出書經五子之歌。❻祖功宗德　祖先的功德。宗，祖先。❼祖述　宗奉前人的言行學說，並加以傳述。中庸：「仲尼祖述堯舜，憲章文武。」❽憲章　取法前人的道理，而加以闡明。憲，取法。章，闡明。❾德參天地　功德可與天地相比。參，三者並立。指其德與天地為三。❿道冠古今　道術為古今第一。⓫五湖　太湖的別名，在今江蘇、浙江之間。⓬陶公　戰國時越國范蠡幫助越王句踐破吳以後，便泛舟江湖，後至陶（今山東省定陶縣），變名為朱公，經商致富，世稱為陶朱公。⓭四海　古代以為中國四境，皆有海環繞，故稱四方為四海。即天下。⓮晏子　即晏嬰。春秋時齊國大夫，諡平，字仲，史稱晏平仲。論語公冶長：「子曰：『晏平仲善與人交，久而敬之。』」⓯善事必先利器　是說工人要想把工作做得完美，必須先有優良的器具。語本論語衛靈公：「子曰：『工欲善其事，必先利其器。』」⓰周官　周禮的本名，也稱周官經。⓱考工　即考工記。秦火以後，漢河間獻王得周禮，但缺少冬官，因以考工記補入，現為周禮的第六篇，內容專講百工之事。⓲逆旅　旅館。⓳百年好合　夫妻相處和睦，一直到老。多用作對新婚夫婦的祝辭。⓴五世其昌　子孫昌盛。多用作對人新婚的祝辭。㉑毛詩　即詩經。以其書為毛公所傳，故稱毛詩。㉒風第一　指詩經國風第一篇關雎，是歌詠男女幸福婚姻之作。㉓畫來眉樣　漢張敞為婦畫眉，現在常用來比喻夫婦的恩愛。事見漢書張敞傳。㉔月初三　農曆月初的月亮，形狀彎曲，像蛾眉一樣。此指畫眉形狀。㉕三禮　周禮、儀禮、禮記，合稱三禮。㉖二南　詩經中周南、召南的並稱。

❷⓻南山欣作頌　欣祝壽比南山的意思。詩經小雅天保：「如南山之壽，不騫不崩。」騫，音ㄑㄧㄢ。虧損。❷⓼北海喜開樽　稱美主人好客的意思。東漢末年，孔融曾為北海相；及退閒職，賓客日盈門，他說：「坐上客恆滿，尊中酒不空，吾無憂矣。」尊，通「樽」。酒杯。❷⓽永　長。❸⓪瑤池　仙境。相傳是西王母所居。❸⓵壽域　長壽的境域。❸⓶萱草　又名金針草、忘憂草。常用為人母的代稱。❸⓷玉樹　比喻子弟的優秀。語本世說新語言語。❸⓸相莊　相敬。❸⓹朱顏並駐　祝人夫婦永保青春。朱顏，紅潤的容顏，指青春。駐，停留。❸⓺擇里仁為美　選擇在風俗仁厚的鄉里居住，是一件美事。語出論語里仁。❸⓻德有鄰　有德的人，不會孤單，一定會有志同道合的朋友群起相從。語出論語里仁。❸⓼福星　古稱木星為歲星，術士認為歲星照臨能降福於民，故又名福星。❸⓽堂構　建立屋宇的堂基、架構。常用來比喻子孫承繼祖先的產業。語出書經大誥。❹⓪鼎新　更新。❹⓵世澤　祖先遺留下來的恩澤，主要指權勢、財產、地位等。❹⓶箕裘　比喻兒子能繼承父親的事業。語出禮記學記。❹⓷晉步　進步。❹⓸懋遷　貿易；買賣。❹⓹天不遺一老　天不姑且留一老人於世。語本左傳哀公十六年：「昊天不弔，不憖遺一老。」（憖，音ㄧㄣ。願或且的意思。）❹⓺人已足千秋　是說此人雖死，但他所立的德、功、言，足以流傳千年而不朽。❹⓻大雅　文人相稱的敬詞。❹⓼舊雨　老朋友的代詞。❹⓽哲人其萎　哀悼學問、道德崇高的人去世。原是孔子病歿前自嘆之辭，見禮記檀弓。❺⓪高風　高尚的風範。❺⓵風木　和「風樹」同，以喻親亡不得侍養。是周代孝子皋魚所說的話：「樹欲靜而風不止，子欲養而親不待。」見韓詩外傳卷九。❺⓶瞻依　尊仰倚恃的意思。❺⓷繐幃　死者靈前的幃帳。繐，音ㄙㄨㄟˋ。❺⓸安仁　晉潘岳字安仁，妻死，有悼亡詩三首，為世所傳誦。❺⓹椎髻　像椎形的髮髻。東漢梁鴻的妻子孟光，平日在家，把頭髮結成椎形，穿粗布衣，便於操作。事見後漢書梁鴻傳。❺⓺德曜　孟光的字。❺⓻師表　可以讓人效法、做人表率的人。❺⓼老成　閱歷多而通達世事的人。❺⓽程門雪　即程門立雪。比喻學生尊師重道，恭敬受教的意思。宋代游酢、楊時往見其師程頤，適逢程頤閉目靜坐，兩人就侍立在旁，直到程頤醒來，門外雪已盈尺。事見宋史楊時傳。❻⓪馬帳　指師長或講座。東漢馬融常坐高堂，施絳紗帳，以授生徒。事見後漢書馬融傳。❻⓵循吏傳　史書中，記載奉法循理之吏的列傳。正史中的史記、漢書、後漢書、北齊書、隋書、南史、北史、新唐書、宋史、金史、明史都有「循吏傳」。❻⓶去思碑　賢能的長官離開後，人民為追思他的德政所立的紀念碑。❻⓷長才　特出的才能。

第二節　題　辭

一、題辭的意義

　　題辭是用簡單的語句來表達祝頌、褒揚、獎勵、祝福或哀悼的心意。就它的性質來說，是由古代的頌、讚、銘、箴這四類文體演化而來的。頌、讚的文字是以頌揚褒讚為主，所以文心雕龍頌讚說：「頌者，容也，所以美盛德而述形容也。……讚者，明也，助也。昔虞舜之祀，樂正重讚，蓋唱發之辭也。」銘、箴則屬古代聖賢用來鑒戒的文辭，含有警戒和勉勵兩種意思，所以文心雕龍銘箴說：「銘者，名也，觀器必也正名，審用貴乎盛（慎）德。……箴者，所以攻疾防患，喻鍼石也。……夫箴誦於官，銘題於器，名目雖異，而警戒實同。」但是古代的頌、讚、銘、箴大多是長篇，而題辭在應酬文字中則是最簡短的，沒有固定的格式，少的只有一兩個字，至多也不過幾句話，通常用得最多的是四個字的題辭。

二、題辭的種類

　　題辭的適用範圍極廣，可歸納為下列五類：

　　(一)**幛軸類**　如喜幛、壽幛、喜軸、壽軸、輓幛、輓軸等皆是。喜慶用紅綢或花緞，剪金紙字浮貼。哀輓用藍綢素緞，剪銀紙字浮貼。

　　(二)**匾額類**　如寺廟、廳堂、廊廡亭臺、牌坊、園林、商店開業、新居落成、及第、當選等常用。以橫（豎）長方形木版橫刻正文漆飾，懸掛於醒目處。

　　(三)**題像類**　通常用於紀念性集刊或訃聞上，請人在肖（遺）像上題數句讚辭，或者逕寫「某某先生（女士）之肖（遺）像」。

　　(四)**冊頁類**　分宣紙精裱及普通紀念冊兩種。前者多請書法家或詩

文傑出者題辭留念，後者多請師友、同學題字勉勵。

　　(五) 一般類　如著作、書刊、比賽獎牌、銀盾、獎杯、錦旗、賀生育金飾、壽屏等。

三、題辭的寫作

　　題辭的文字至為簡短。表面上看起來，似乎比其他應酬文字來得簡單、省事；但事實上，越是字少，越不好做，既要辭簡，又要意切，不能不經一番錘鍊的工夫。茲將題辭的寫作方法，分成四點說明如下：

　　(一) 取材適當　寫作題辭，首先要認清對象。對哪種事，用什麼一類的詞句；同時更要注意對方是什麼人，身分、年齡、性別、職業、宗教、彼此的關係等，都要顧慮到，然後貼切地用一個適當的句子。

　　(二) 音節協調　題辭一方面當求其切，一方面又要求其美，聲韻便是美的一種。題辭通常四字，它的音節必須「平開仄合」，或「仄起平收」，使第二、第四字平仄有變化。如「珠聯璧合」，第二字是平聲，第四字是仄聲，此即「平開仄合」；「五世其昌」，第二字仄聲，第四字平聲，此即「仄起平收」。

　　(三) 措辭雅馴　詞句雅馴，也是美的一種；鄙俚庸俗，必惹人厭惡。即使幛軸之類的物品，不過臨時懸掛而已，但總以使人看了能引起美感，方為上乘之作。何況有些題辭是具有永久性的，例如寺廟、廳堂的匾額，或刻木，或勒石，都不容易磨滅，如果題上一些粗俗不堪的字句，適足貽笑大方，那還不如藏拙了。

　　(四) 行款正確　題辭通常自上而下直寫，或從右到左橫寫，並配合上下款。書寫時應注意下列各點：

　　　　1、匾額及橫書者，正文由右而左，題於中央；如有款識，由上而下，直行書寫。上款在右上方；下款在左方，約當中間部位起寫。但近來另有一種寫法：正文由左而右橫寫於中央，

上下款亦由左而右書寫，上款在正文之上，頂格而寫，下款
在正文下方約當中間部位起寫。

2、正文直書者，題於中路，由上而下。

3、正文的字必須大於題款的字。

4、凡具有紀念價值，或可供長久懸掛的，通常在下款的左側，
還要加書一行致贈或奉獻的日期。

5、上款包括接受者的稱謂和禮事敬詞，寫法如下：

（1）稱謂　對於一般親友，可依書信箋文中對受信人的稱謂方
式來書寫。但對已婚且為人母的女性，長輩稱為「〇母〇
太夫人」，平輩稱為「〇母〇夫人」（上一個〇是她的夫家
姓氏，下一個〇是她的娘家姓氏）；已婚而未生育的女性，
則稱為〇〇女士。至於奉獻寺廟的匾額，或名勝古蹟中的
題辭，通常不加上款；題贈各種比賽，亦多半書寫比賽的
名稱。

（2）禮事敬詞　在接受者的稱謂之下，通常空一格，再書寫禮
事敬詞。常用禮事敬詞表列於下：

種　　　類	用　　　　　　　　語	用　　　　　　法
婚嫁	訂婚之喜・文定之喜	賀訂婚用
	結婚之喜・結婚誌慶・嘉禮	賀結婚用
	于歸之喜	賀嫁女用
喜慶	弄璋之喜	賀生子用
	弄瓦之喜	賀生女用
	〇秩大壽・〇秩晉〇大慶	賀壽誕用
	〇䄂雙壽・〇秩雙慶	賀人夫婦雙壽
	開張誌慶・開幕誌慶・開業誌慶	賀開張或開業用
	喬遷之喜	賀遷居用

新廈落成誌慶	賀落成用
榮退紀念	送退休用

喪悼	靈鑒・靈右・靈座	喪悼通用
	靈幃	悼女喪用
	千古・冥鑒	悼男喪用，不適用基督教徒
	仙逝・鸞馭	悼女喪用，不適用基督教徒
	生西	悼佛教徒用
	永生・安息	悼基督、天主教徒用

贈送著作	賜正・教正・誨正・斧正	對長輩用
	指正・雅正・郢正・惠正	對平輩用
	惠覽・惠閱	對晚輩用

贈紀念品	賜存	對長輩用
	惠存	對平輩用
	留念・存念	對晚輩用

6、下款包括題贈人自稱、署名、表敬詞，寫法如下：

　　(1)自稱、署名　對於一般親友，可依書信箋文中發信人的自稱、署名方式來書寫。但通常署名必須冠姓，以重禮貌。

　　(2)表敬詞　在題贈人的姓名之後，通常空一格，再書寫表敬詞。常用表敬詞表列於下：

種　　類	用　　　　　　　　　　　語	用　　　　　　　　法
慶賀	敬賀・謹賀・拜賀・鞠躬・同賀	通用
題贈	敬題・敬贈・題贈・持贈	通用
喪悼	敬輓・拜輓・叩輓・泣輓・題輓	通用
	合十	悼佛教徒用

四、題辭的範例

(一)婚嫁

1、訂婚

白首❶成約　　良緣宿締　　緣訂三生❷　　文定厥祥❸

文定之喜　　喜締鴛鴦　　盟結良緣　　誓約同心

2、結婚

珠聯璧合❹　　百年好合　　天作之合❺　　鸞鳳和鳴❻

永結同心　　花好月圓　　佳偶天成　　愛河永浴

鴛儔鳳侶❼　　連理交枝❽　　鴻案相莊❾　　瓊花並蒂❿

3、嫁女

宜室宜家⓫　　妙選東床⓬　　于歸叶吉⓭　　雀屏⓮妙選

(二)誕育

1、生子

天賜石麟⓯　　熊夢⓰徵祥　　慶叶弄璋⓱　　鳳毛濟美⓲

啼試英聲　　麟趾呈祥⓳　　芝蘭⓴新苗　　玉燕投懷㉑

2、生女

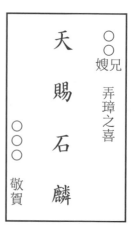

　　　　明珠入掌❷　彩鳳新雛❷　弄瓦❷徵祥　輝增綵帨❷

　3、生孫

　　　　樂享含飴❷　瓜瓞❷延祥　孫枝❷茁秀　繩其祖武

(三) 壽慶

　1、男壽

　　　　福壽康寧　　松柏長青　齒德❷俱尊　天錫遐齡❸

　2、女壽

　　　　懿德❸延年　寶婺❸星輝　瑞靄萱堂❸　慈竹❸長青

　3、雙壽

　　　　椿萱並茂❸　極婺❸聯輝　偕老同心　弧帨增華❸

(四) 居室

　1、遷居

　　　　鳳振高岡❸　鶯遷喬木❸　里仁為美　德必有鄰

　2、新居落成

　　　　美輪美奐❹　昌大門楣❹　福蔭子孫　潭第❷鼎新

　　　　鳳棲高梧❸　堂構更新　堂開華廈　華堂毓秀

(五) 慶賀

　1、校慶

福　壽　康　寧

○公世伯　七秩大壽

○○
○○
○○　同拜賀

○○大廈　落成誌慶

美　輪　美　奐

○○○　敬賀

為國育才　　卓育菁莪 ❹　百年樹人 ❹　敷教明倫

2、入營

　　青年楷模　　精忠報國　　為國干城 ❹　壯志凌霄

3、當選

　　眾望所歸　　造福梓桑 ❹　邦家楨幹 ❹　　（公職人員）

　　為民喉舌　　讜言 ❹ 偉論　憲政之光　　（民意代表）

4、開業

　　啟迪民智　　激濁揚清　　暮鼓晨鐘　　（報社）

　　萬商雲集　　近悅遠來　　駿業宏開　　（商店）

　　工業建國　　開物成務 ❺　富國之基　　（工廠）

　　仁心仁術 ❺　妙手回春 ❺　華佗 ❺ 再世　　（醫院）

　　斯文 ❺ 所賴　宣揚文化　　琳琅 ❺ 滿目　　（書店）

　　賓至如歸　　群賢畢至　　高軒蒞止 ❺　　（旅館）

　　伸張正義　　法界之光　　保障人權　　（律師）

　　仁愛為懷　　民胞物與 ❺　樂善好施　　（慈善事業）

5、退休

　　開模樹範　　功深澤遠　　銘佩同深　　懋著賢勞

　　　造福梓桑

　　　○○學長　榮膺○○鄉長

　　　○○○　敬賀

　　　○○商店　開業誌慶

　　　萬　商　雲　集

　　　○○○　敬賀

　　　功深澤遠

　　　○○先生　榮退紀念

　　　○○○　敬贈

（六）比賽優勝

文采斐然	才氣縱橫	妙筆生花 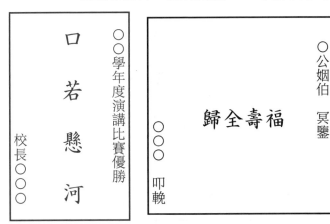58	（作文比賽）

文采斐然　　才氣縱橫　　妙筆生花❺❽　　（作文比賽）

鐵畫銀鉤❺❾　　龍飛鳳舞❻⓿　　秀麗超倫　　（書法比賽）

口若懸河❻①　　音正詞圓　　立論精宏　　（演講比賽）

玉潤珠圓❻②　　新鶯出谷❻③　　繞梁韻永❻④　　（音樂比賽）

整潔強身　　潔淨宜人　　強身之本　　（整潔比賽）

健身強國　　允文允武　　術德兼修　　（運動會）

（七）哀輓

1、老年男喪

老成凋謝❻⑤　　福壽全歸　　南極星沉　　斗山❻❻安仰

德望永昭　　道範長存　　典型足式　　碩德貽徽❻❼

2、中年男喪

人琴俱杳❻❽　　德業長昭　　哲人其萎　　音容宛在

3、少年男喪

修文赴召❻❾　　壯志未酬❼⓿　　天不假年❼①　　英風宛在

英氣頓杳　　玉樹❼②長埋　　玉折蘭摧　　玉樓召記❼③

4、老年女喪

女宗❼④安仰　　慈竹風淒　　母儀❼⑤足式　　駕返瑤池

　　萱萎北堂　　慈萱永謝　　月冷西池　　萱幃月冷

5、中年女喪

　　彤管[76]流芳　壺範[77]猶存　淑德[78]永昭　懿範[79]長留

6、少年女喪

　　蘭摧蕙折[80]　繡閣[81]花殘　曇花[82]萎謝　鳳去樓空

7、輓師長

　　梁木其頹[83]　立雪神傷[84]　高山安仰[85]　教澤[86]永懷

　　風冷杏壇[87]　桃李興悲　師表千古　永念師恩

8、輓師母（女老師通用）

　　女宗宛在　儀型空仰　風寒紗幔[88]　淑教流徽[89]

9、輓同學

　　心傷畏友[90]　痛失知音[91]　話冷雞窗[92]　伊人宛在

10、輓軍人

　　痛失干城　勛業長昭　鼓角[93]聲淒　大星遽落[94]

11、輓烈士

　　成仁取義　萬古流芳　浩氣長存　忠烈可風[95]

12、輓政界

　　國失賢良　勛猷[96]共仰　忠勤足式　甘棠遺愛[97]

春風化雨　○公吾師　賜存　○○○　鞠躬

忠勤足式　○○先生 千古　○○○　敬輓

立雪神傷　○公吾師　靈鑒　○○○　泣輓

萬姓謳思　　邦國精華　　耆德元勳　　才厄經綸❾❽

13、輓工商界

頓失繩墨❾❾　端木⓪❶遺風　貨殖⓪❶留芳　商界楷模

闤闠⓪❷興悲　闤闠風淒　少伯⓪❸高風　美利長流

(八)題贈

1、題住宅

耕讀傳家　　子孝孫賢　　誠毅勤樸　　積善之家

2、題園林

世外桃源⓪❹　魚躍鳶飛⓪❺　柳暗花明⓪❻　曲徑通幽⓪❼

3、題畢業紀念冊

鵬程萬里　　任重道遠⓪❽　學無止境　　更上層樓

4、獻業師

吾愛吾師　　春風化雨⓪❾　誨人不倦❶❿　循循善誘❶❶

注　釋

❶白首　一頭白髮。此指夫妻和諧到老。❷緣訂三生　讚美他人的姻緣是從前生延續到今生，而且還要從今生延續到來生。三生，指過去、現在、未來三世的人生。❸文定厥祥　訂婚吉祥。文定，即訂婚。❹珠聯璧合　本指日月如合璧、五星如連珠的天象，後用以比喻眾美聚集。今多用為新婚的頌辭，表示夫婦才貌匹配。❺天作之合　指美滿的婚姻為天意所配合。❻鸞鳳和鳴　比喻夫妻間感情和睦。❼駕儔鳳侶　形容男女恩愛。❽連理交枝　本指兩棵樹枝葉生長在一起，後用以比喻結為夫妻。❾鴻案相莊　指夫妻和好相敬。據後漢書梁鴻傳載：梁鴻家貧而有節操，妻孟光有賢德，每食，光必對鴻舉案齊眉，以示敬重。❿並蒂　兩朵花長於同一花萼上。❶❶宜室宜家　指女子出嫁，能使家庭和睦，夫婦和順。❶❷東床　女婿的別稱。本於晉王羲之東床坦腹的故事。見晉書王羲之傳。❶❸于歸叶吉　稱美女子出嫁協和吉祥。于歸，指女子出嫁。叶，音ㄒㄧㄝˊ。通「協」。❶❹雀屏　稱讚人家擇到好女婿。隋朝末年，竇毅為其女擇婿，李淵（唐高祖）射中屏風上所畫的孔雀眼睛，而娶得竇后。見舊唐書后妃傳上。❶❺石麟　也作「石麒麟」。對兒童前程遠大的讚語。❶❻熊夢　祝人生男的頌辭，也作

「熊羆（ㄆㄧˊ）入夢」。古人以為熊、羆在山上生活，是屬陽的吉祥徵兆，當生男。語出詩經小雅斯干。**⑰弄璋** 祝人生男的頌辭。參見 74 頁「喜慶及一般應酬用語」4。**⑱鳳毛濟美** 形容子有父風。鳳毛，鳳凰的羽毛，多用來讚美人的文采。濟美，承繼先人美好的基業。**⑲麟趾呈祥** 詩經周南麟之趾中讚美文王子孫繁昌，後用以賀人生子。**⑳芝蘭** 芝、蘭皆為香草，用以比喻人的品德、才質美好。**㉑玉燕投懷** 賀人生得貴子的頌辭。唐朝張說之母，夢玉燕入懷後成孕，產下張說，後張說成一代名相。見開元天寶遺事。**㉒明珠入掌** 賀人生女，十分可愛，就像明珠到手。**㉓彩鳳新雛** 剛出生的鳳凰。比喻有才華的子女。彩鳳，即鳳凰。**㉔弄瓦** 祝人生女的頌辭。參見 74 頁「喜慶及一般應酬用語」5。**㉕輝增綵帨** 祝人生女的頌辭。綵，五色綢。帨，音ㄕㄨㄟˋ。佩巾。古俗生女，設帨於門右。見禮記內則。**㉖含飴** 指含飴弄孫。口中含飴糖逗小孫子以為樂。飴，音ㄧˊ。麥芽糖之類的軟糖。**㉗瓜瓞** 以瓜一代一代的連綿不絕，比喻子孫繁衍興盛。瓞，音ㄉㄧㄝˊ。小瓜。**㉘孫枝** 從樹幹上長出的新枝。喻孫兒。**㉙齒德** 年紀和德行。**㉚天錫遐齡** 天賜高齡。**㉛懿德** 婦女美好的德行。**㉜寶婺** 即婺女星，多用以喻女性。婺，音ㄨˋ。**㉝瑞靄萱堂** 萱堂充滿祥瑞之氣。靄，音ㄞˇ。雲氣。萱堂，指母親。詩經衛風伯兮：「焉得諼草，言樹之背。」諼，又作「萱」。萱，草名。古人以為萱草可以使人忘憂，故又稱忘憂草。背，北堂。意謂於北堂種萱草，可以令人忘憂。古制，北堂為主婦的居室。後因以「萱堂」指母親的居室，並借以指母親。**㉞慈竹** 竹的一種。叢生，新枝盤附老枝，如母子相依。這裡指人母。**㉟椿萱並茂** 椿樹與萱草同時茂盛。祝人父母同時健在。椿，音ㄔㄨㄣ。木名。莊子逍遙遊載上古有大椿木，以八千歲為春，八千歲為秋，後人乃以椿為長壽之稱，並借以指父親。**㊱極婺** 南極星和婺女星。這裡指夫婦雙壽。**㊲弧帨增華** 祝人夫婦雙壽，增添光采。弧，木製的弓。古俗生子，設弧於門左。見禮記內則。後以設弧稱男子的生辰。**㊳鳳振高岡** 比喻高尚的人住到高尚的地方。振，奮發。岡，山脊。**㊴鶯遷喬木** 比喻人遷到好的地方，常用作賀人升官或遷居的頌辭。喬木，高大的樹木。語本詩經小雅伐木。**㊵美輪美奐** 形容房屋堂皇華麗，高大寬敞。輪，高大的樣子。奐，文采鮮明的樣子。**㊶門楣** 門第。楣，門上的橫梁。**㊷潭第** 大宅，尊稱別人的住宅。潭，深邃。**㊸鳳棲高梧** 鳳凰棲息於高大的梧桐樹上，後用以賀人新居落成。**㊹菁莪** 比喻樂育賢才。語本詩經小雅菁菁者莪。**㊺百年樹人** 指教育工作收效的久遠，或培養人才的重要。**㊻干城** 能夠負起抵抗外敵、保衛國家責任的人。干，盾牌。城，城池。**㊼梓桑** 即桑梓，比喻鄉里。語本詩經小雅小弁。**㊽楨幹** 能勝重

任的人才。古時築牆所用的木柱，豎於兩端的叫楨，豎於兩旁的叫榦。榦，音ㄍㄢˋ。⓭讜言　正直的言論。讜，音ㄉㄤˇ。⓮開物成務　開發萬物的功能，成就福利人群的事業。⓯仁心仁術　稱頌良醫能以仁慈之心，行救人之術。⓰妙手回春　稱頌醫師醫術高明，能治好重病。⓱華佗　字元化，東漢沛國譙（今安徽省亳州市）人。精通醫術，是我國古代的一位名醫。佗，音ㄊㄨㄛˊ。⓲斯文　指禮樂制度教化，或知識分子。⓳琳琅　比喻珍貴的圖書。⓴高軒蒞止　稱貴客蒞臨。高軒，稱貴客乘坐的車子。❺❼民胞物與　所有人類都是自己的同胞，一切萬物都是自己的同類。指泛愛一切人類和萬物。與，同類。❺❽妙筆生花　比喻文思豐富高妙，筆致生動。❺❾鐵畫銀鉤　比喻書法既剛勁，又柔媚。❻⓿龍飛鳳舞　形容筆勢生動活潑。❻❶口若懸河　指人能言善辯，說話如流水傾瀉下來一樣，滔滔不絕。❻❷玉潤珠圓　比喻歌聲美好。❻❸新鶯出谷　形容歌聲婉轉動聽。新鶯，初春的啼鶯。❻❹繞梁韻永　比喻歌聲美妙，餘音環繞不絕。❻❺老成凋謝　哀悼年老有德的人去世。凋謝，是說人死如花木的凋零。❻❻斗山　北斗和泰山。比喻德高望重或成就卓越為人們所敬仰的人物。❻❼碩德貽徽　形容往生者德高望重，留給世人許多美善。徽，美善。❻❽人琴俱杳　人逝世後，他所用的物品也隨之棄置，使人哀傷。杳，音ㄧㄠˇ。不見蹤影。本於東晉王徽之悲悼王獻之的故事。見晉書王羲之傳。❻❾修文赴召　弔唁有才華而早死的文士。相傳晉蘇韶死後現形，對他的兄弟說，顏淵、子夏現在地下任修文郎。見晉王隱晉書。後因以「修文郎」稱陰曹掌著作之官。而唐詩人李賀二十七歲時，忽晝見緋衣人持一板，書曰：「帝成白玉樓，立召君作記。」賀遂死。見李商隱李賀小傳。故世輓文人之死，每稱修文赴召。❼⓿壯志未酬　遠大的志願尚未實現就去世。❼❶天不假年　惋嘆人的壽命不長。假，借給。❼❷玉樹　比喻優秀的子弟。❼❸玉樓召記　悼唁早逝的才子。參見本頁注釋❻❾。❼❹女宗　婦女的模範。❼❺母儀　為人母的典範。❼❻彤管　赤色管的筆，古代女史記事所用。這裡指有文才的女性。彤，音ㄊㄨㄥˊ。❼❼壼範　婦德。壼，音ㄎㄨㄣˇ。指婦女住的內室。❼❽淑德　婦女的美德。❼❾懿範　婦女美好的模範。❽⓿蘭摧蕙折　比喻少女死亡。蘭、蕙都是香草名。❽❶繡閣　繡房，稱女子的居室。❽❷曇花　植物名。花雖美麗，數小時即萎謝。常用來比喻生命的短促。❽❸梁木其頹　比喻賢哲的死亡。原是孔子病歿前自嘆之辭。見禮記檀弓。❽❹立雪神傷　老師去世，學生追念受教時的情景，心悲神傷。參見113頁注釋❺❾。❽❺高山安仰　哀悼師長之辭。高山，以山之高比喻師長道德學問的崇高。❽❻教澤　教育的恩澤。❽❼杏壇　孔子講學的地方，後用以指教育界。❽❽紗幔　女老師的講堂。晉書韋逞母宋氏傳：「於是就宋氏家立講堂，置生員百二十人，隔絳

紗幔而受業。」幔，音ㄇㄢˋ。帳幕。❽淑教流徽　哀悼女老師去世。流徽，美名流傳於後代。徽，美善。❾畏友　可敬畏的朋友。❿知音　知己。⓬雞窗　書房。相傳晉宋處宗得一長鳴雞，置於窗間，雞作人語，使處宗學業大進。見白孔六帖雞。⓭鼓角　鼓和號角。軍中傳布號令，聲張軍威的樂器，夜晚則用來報時。⓮遽落　比喻忽然去世。⓯忠烈可風　哀悼烈士，其忠義、貞烈的精神，可以感化世人。⓰勛猷　功業。猷，音ㄧㄡˊ。⓱甘棠遺愛　稱頌賢良的官吏。甘棠，植物名。詩經召南有甘棠篇，相傳周武王時，召伯巡行南國，曾憩甘棠樹下，後人因思其德惠，乃作甘棠詩。⓲經綸　整理蠶絲。引申為規劃、治理。⓳繩墨　木匠取直的工具，用來比喻法度、規矩。⓾端木　即子貢。孔子弟子，姓端木，名賜。善經商，家累千金。⓫貨殖　買賣財物賺取利潤，即經商的意思。⓬闤闠　音ㄏㄨㄢˊ ㄏㄨㄟˋ，市場。⓭少伯　范蠡，字少伯，春秋時巨富。⓮世外桃源　比喻遠離塵俗的安樂土。語本晉陶潛桃花源記。⓯魚躍鳶飛　形容一片活躍而自然生動的景象。鳶，音ㄩㄢ。一種兇猛的鳥，與鷹略同。語出詩經大雅旱麓。⓰柳暗花明　形容綠柳成蔭、百花爭妍的美景。⓱曲徑通幽　曲折小路，通達幽靜的地方。⓲任重道遠　擔負重大的責任，經歷長遠的路程。語出論語泰伯。⓳春風化雨　是說老師教誨學生的功效，有如春風吹拂，時雨潤澤草木一樣。⓾誨人不倦　樂於教育人，而不覺疲倦。語出論語述而。⓫循循善誘　依從次序，善加誘導。語出論語子罕。

第三節　標　語

一、標語的意義

　　我國古代雖然沒有「標語」這個詞語，但「對聯」、「題辭」可說是已經具有「標語」的形式。到了現代多元化的社會，政府機關、學校、社團或民間各行各業，為各種慶典活動、政令宣傳，以及進行大眾運動時，將所抱持的主張、理念，以簡潔、明確的語句，懸掛或張貼在人潮往來的醒目地方，用來激勵士氣，造成風潮，達到預期的目標，這就是我們平常所說的「標語」。

二、標語的種類

標語的種類繁多，擇其要者可分下列四項：

(一) **政治性標語** 如政令宣導、紀念節日等。

(二) **社會性標語** 如端正禮俗、預防犯罪、交通安全、環境保護、防範災害、衛生保健等。

(三) **行業性標語** 如職業道德、工業安全等。

(四) **學校性標語** 如敦品勵學、生活規範等。

三、標語的寫作

標語的寫作，並沒有一定的格式，全憑個人的涵養、見識，只要能夠打動人心，達到預期的目標，即是上乘之作。但也有下列三項不可忽略的原則：

(一) **主題明確，避免誇大** 標語的寫作，都有特定的主題，一定要能夠明確的表達出來，因此對於訴求的對象、預期的目標，都要通盤考慮，而且內容不能誇大不實，以免惹人反感和不滿。

(二) **文字簡明，引人注意** 文字的運用，必須簡潔明瞭，使人一看就懂，且要使用警醒生動的字句，音節諧適而又響亮，不但能夠引人注意，激發好奇心，並能留下深刻印象，進而產生切實履行的意願。

(三) **製作精緻，字體優美** 標語的製作，務求布局適當，字體優美，使人看了賞心悅目，心有好感，如此才能引起共鳴，發揮作用。

四、標語的張貼

標語通常都張貼或懸掛在人潮往來的醒目之處，使人人都能看得到，才能產生最大效用。但也要注意下列三件事：

(一) **張貼在合法的地方** 標語必須張貼或懸掛在合法的適當地方，

不能侵犯他人的權益，或者有妨礙交通安全之虞。

　　(二) 保持景觀協調　在街頭張貼或懸掛標語，必須要求整齊有致，並注意與周遭景觀的協調，不可隨意破壞市容，有礙觀瞻。

　　(三) 負責維護清理　標語張貼或懸掛日久，風吹雨打，難免破損，務必隨時加以維護，時效一過，亦當負責清理乾淨，不可汙染環境。

五、標語的範例

(一) 政治性標語

1、政治宣導

　　(1) 發揚民主精神，力行民主憲政。

　　(2) 維護社會安全第一，促進民眾福祉為先。

　　(3) 提高警覺，保密防諜。

　　(4) 申請戶籍登記，保障個人權益。

　　(5) 使用標準信封，書寫郵遞區號，郵件優先處理。

2、紀念節日

　　(1) 慶祝國慶，發揚開國精神。

　　(2) 慶祝青年節，要以青年的活力開創國家的新機。

　　(3) 慶祝軍人節，發揚革命軍的傳統精神。

　　(4) 紀念孔子誕辰，發揚固有道德。

　　(5) 慶祝校慶，發揚光大優良學風。

(二) 社會性標語

1、端正禮俗

　　(1) 端正禮俗，轉移風氣。

　　(2) 祭典拜拜，虔誠為要，不必鋪張，不應浪費。

　　(3) 各種集會，守時守信，大家方便，節約時間。

　　(4) 微笑是獲得友誼的最佳工具。

（5）常說謝謝、請、對不起。

2、預防犯罪

（1）左鄰右舍勝遠親，彼此照顧保安寧。

（2）預防犯罪做得好，社會安寧才可保。

（3）支持政府掃黑行動，保障自己生命安全。

（4）存錢領款要小心，謹防身旁陌生人。

（5）錢財露白最可怕，歹徒看見笑哈哈。

3、交通安全

（1）一分注意，十分安全；一分疏忽，十分危險。

（2）高高興興出門，快快樂樂回家。

（3）人走人行道，安全又可靠。

（4）十次車禍九次快。

（5）喝酒不開車，開車不喝酒。

（6）平交道上事故多，停看聽好才通過。

（7）小心駕駛，永保安全；飛車逞快，禍在眼前。

（8）機車人人愛，要想無意外，不逞強，不比快。

（9）為了您終身幸福，騎機車請戴安全帽。

（10）飆！命運難保了。

4、環境保護

（1）把清潔還給大地，把健康留給大家。

（2）多一點心，環境清新；多一分力，環境潔淨。

（3）環境保護做得好，國家潔淨沒煩惱。

（4）無心的汙染一點點，地球的受害億萬年。

（5）隨時做環保，生活會更好。

（6）綠化環境，美化心靈。

（7）追求美好生活，須先掃除髒亂。

（8）髒亂是健康的敵人，也是落伍的標誌。

（9）善待大地，永保生機。

（10）保護環境，為子孫留下一塊乾淨的綠地。

5、防範災害

（1）人人防火，家家平安。

（2）小心火燭，謹防火災。

（3）水火無情，小心防範。

（4）多一分防颱，少一分損害。

（5）時時提高警覺，處處注意安全。

6、衛生保健

（1）擁有健康的身體，才有幸福快樂的人生。

（2）預防勝於治療，健康就是財富。

（3）捐血一袋，救人一命。

（4）維護健康，全面禁菸。

（5）健康新主張，拒吸二手菸。

（6）販賣毒品喪天良，吸食毒品失健康。

（7）向毒品說「不」。

（8）不要讓煙毒殘害我們的子女親友。

（9）撲滅煙毒，維護健康。

（10）珍惜生命和健康，請拒絕毒品的誘惑。

(三)行業性標語

1、職業道德

（1）從事正當職業，創造美滿人生。

（2）選你所愛的工作，愛你所選的工作。

（3）用雙手推動國家建設，用智慧提升生活品質。

（4）職業就是生活，技術就是財富。

（5）用戶至上，服務第一。

2、工業安全

（1）操作專心，保養細心，品質安心，前途放心。

（2）操作不專心，傷害伴你身。

（3）電線切莫裸露了，慎防電擊災害少。

（4）一點小漏氣，造成大危機。

（5）機械器具維護好，安全無憂性能高。

（6）工地環境整頓好，災害減少效率高。

（7）高架作業危險高，沒有防護命不保。

（8）工具存放要得當，物體墜落命難償。

（9）工地危險多，請戴安全帽。

（10）安全衛生做得好，勞資同樂無煩惱。

(四) 學校性標語

1、敦品勵學

（1）業精於勤荒於嬉，行成於思毀於隨。

（2）學然後知不足。

（3）一分耕耘，一分收穫。

（4）行萬里路，讀萬卷書。

（5）學而不思則罔，思而不學則殆。

（6）書到用時方恨少，事非經過不知難。

（7）戶樞不蠹，流水不腐。

（8）博學、審問、慎思、明辨、篤行。

（9）為天地立心，為生民立命，為往聖繼絕學，為萬世開太平。

（10）以德業學問鍛鍊自己，以光和熱照亮他人。

2、生活規範

（1）孝順父母，友愛同學。

(2)不遲到早退，不遊蕩滋事。

(3)服裝要整齊，儀態要大方。

(4)今日事今日畢。

(5)己所不欲，勿施於人。

(6)己立立人，己達達人。

(7)明禮義，知廉恥，守紀律，重秩序。

(8)滿招損，謙受益。

(9)犧牲享受，享受犧牲。

(10)熱誠奉獻，樂觀進取。

習 題

一、試作春聯一副。

二、賀友人生日，試擬題辭一則。

三、為布置教室，試擬標語二則，以便張貼。

第六章
慶賀文與祭弔文

第一節　慶賀文

一、慶賀文的意義

　　慶賀人家喜事的應酬文字，就叫做慶賀文。其實就性質、內容而言，對聯、題辭也都可以說是慶賀文的一種，只是在體裁、形式方面，篇幅較小而已。在重視倫理、禮儀的社會中，親朋好友家有喜事，如壽誕、婚嫁、遷居、開張等，一般習俗常以文字當作表示慶賀的一種方式，而且視為雅致的禮物。不過，關於婚嫁、遷居、開張等喜慶，近人多用「題辭」，唯祝壽所用的慶賀文字，如徵啟、壽序為較常見。

二、慶賀文的種類

　　慶賀文的種類頗多，近時仍較常見的約有下列三種：

　　(一) **徵啟**　這是為了向他人有所徵求的啟事，多用於喜慶方面，而以徵求壽詩、壽文的為最常見。徵啟主要在說明某人年高德劭，今以其華誕將至，欲求眾人撰寫詩文為他祝壽，多由子孫或親友具名為之。

　　(二) **壽序**　也稱「壽言」。這是推崇壽星生平事功、才識品德以表慶賀的文字。壽序，從「贈序」引申出來，古人為贈別詩歌作序，其後發展為無詩而僅有序；壽序原亦為祝壽的詩所作的序，後來也和贈序一樣，有無詩的壽序。

　　(三) **頌辭**　這是對受賀者表示稱揚褒美的文辭。頌，在古代是用來稱頌神明或建功立德的哲人，近代則用在慶賀方面的較多。

三、慶賀文的寫作

慶賀文的寫作,以隱惡揚善為原則,分述如下:

(一)徵啟 文字的長短,並無拘限,但語氣要懇切謙恭。文體可駢可散,習慣上,用駢體的較多,因駢文講究對仗,音韻鏗鏘。內容以能引起應徵者對受賀者的認識而產生共鳴為要,所以必須翔實敘說受賀者生平可供歌頌的事跡,以提供應徵者撰寫詩、文的參考。

(二)壽序 以散文或駢體寫作皆可,近人也有用白話寫作,文字長短亦不拘限。一般以敘事、議論或夾敘夾議體裁為多。內容在頌揚壽星的才識、品德與事功,雖多褒而無貶,但亦當根據事實,適切得體,不宜過分阿諛。大多以直條紅紙或紅綢緞書寫,也有用木製屏幅而刻文其上,或金字紅地,或金字黑地,均甚雅致。近人則寫在壽冊上,由祝賀者依次簽名。

(三)頌辭 形式上多用四字一句的韻文,或四句一換韻,或八句一換韻,或一韻到底,並無限制,近人也有用新詩或白話散文寫作。一般多不用序言,但也有少數在正文之前加有序言。

四、慶賀文的範例

(一)徵啟

〇母〇太夫人七秩壽慶徵啟

竊維蟠桃❶獻瑞,早登王母之盤;玉液❷傾香,宜醉麻姑❸之酒。祥開綵帨❹,慶溢慈幃❺。其足彰淑德❻而表芳徽❼者,端賴賦陽春❽而歌天保❾也。夏正❿某月某日欣逢

〇母〇太夫人七秩華誕,鍾型郝範⓫,歐荻⓬孟機⓭。寶婺⓮騰輝,煥中天之光曜;璇閨⓯式訓,增女界之榮華。同人等素仰坤儀⓰,愧無藻思⓱,敬祈

邦國碩彥,文壇學士,不吝金玉⓲,藉伸祝禧之忱;幸惠珠璣⓳,用紀康寧之實。聊作弁言,翹首為勞。謹啟。

發起人　〇〇〇　等

注　釋

❶**蟠桃**　古代神話中的仙桃。相傳農曆三月三日是西王母的誕辰，各方神仙齊來祝賀，西王母以蟠桃宴請諸仙。❷**玉液**　指美酒。❸**麻姑**　古代神話中的仙女名。相傳為東漢建昌（今江西省）人，於牟州東南的姑餘山修道成仙。❹**綵帨**　指女子生日。綵，五色綢。帨，音ㄕㄨㄟˋ。佩巾。古俗生女，設帨於門右。見禮記內則。❺**慈帷**　母親的代稱。此指為人母者所居住的處所。❻**淑德**　女性賢淑的美德。❼**芳徽**　美善。❽**陽春**　古代樂曲名。指格調高尚的歌曲。❾**天保**　即「天保九如」，為祝壽頌詞。詩經小雅天保：「天保定爾，以莫不興。如山如阜，如岡如陵，如川之方至，以莫不增。……如月之恆，如日之升。如南山之壽，不騫不崩。如松柏之茂，無不爾或承。」連用九「如」字，祝頌福壽綿長。❿**夏正**　指農曆。⓫**鍾型郝範**　晉司徒王渾妻鍾氏、渾弟湛妻郝氏，並有德行。後世稱賢婦，輒推鍾郝。⓬**歐荻**　宋歐陽脩幼年孤貧，母親以荻草的莖畫地教他讀書寫字。後用以稱頌母教。⓭**孟機**　相傳孟子少時逃學歸家，母親乃割斷紡織機上的布，借喻輟學猶如斷布，以警勉孟子。此用以稱頌母教。⓮**寶婺**　即婺女星，多用以喻女性。婺，音ㄨˋ。⓯**璇閨**　閨房的美稱。璇，美玉。⓰**坤儀**　婦女的模範。⓱**藻思**　優美的文思。⓲**金玉**　黃金與珠玉。此指美好的文字。⓳**珠璣**　珠玉珍寶。此指優美的詩文。

（二）壽序

孫鼎菴先生六十壽序　　　　　　　　　　曾國藩

　　程子有言：科舉之學，不患妨功，但患奪志。蓋學者之始業於制舉之文❶也，未嘗不稽經辨義，求肖於聖人之言，以得有司之一當，其志猶射者之在鵠，無惡於君子也。其後薰心仕宦，外以印綬❷屬其心目，內習一切苟得之術，猶挾寸餌以釣巨魚，既得，則并其綸竿❸而棄之。曩時稽經辨義之志，乃大為纍纍若若❹者之所奪，此先儒所用為慨然❺也。通州孫鼎菴先生，卓學❻而績文❼，其於六經❽之蘊，百氏❾精義之說，亦既輮其庭而據其席❿矣。乃屢應舉而不售⓫。十進於省試⓬，五上於春官⓭，僅而得償，一似汲汲於科舉者；及其既得，則絕意仕宦，去之惟恐浼⓮焉。其所求者，正鵠⓯反身⓰之道，而所棄者，紛華溺心之場，是豈非志定不奪⓱之君子，軼⓲於末流萬萬者哉？人之意量相去，什百千萬，至不齊也。鈞⓳是試於科目⓴也，或

爭榮一時，偷以攫取富貴，或謀慮深遠，為積累無窮之計，各蓄所懷，若背馳㉑焉。先生之先人，自高祖以下，兩世成名進士，官中外㉒各有聲，先生念非發憤特達㉓，則無以趾前美而啟後光㉔。於是既自繩㉕於學，復篤敕其子，先日出而興，後雞鳴而息，寢有誡，食有警。迨甲午歲，與嗣君㉖蘭檢學士，同舉於鄉㉗，而刻厲不改。既而學士官詞曹㉘，屢操文柄㉙，門下士以百數，而先生猶不改。又數年，以甲辰得雋禮部㉚，投紱㉛歸去，高臥林下，宜可少弛矣，而自繩以課孫者，卒帥㉜初而不改。窺其意以為不得有司㉝者之甄采㉞，終無以驗吾學之果成與否，而子弟少年之桀驁之氣，非繩之以帖括㉟繁重之業，終無以內㊱於程範㊲，而上紹㊳累葉㊴詩書之澤，於此見先生之意量為何如，豈與夫尋常試於科目者，比並㊵而論短長哉？今年十月為先生六十生日，同人各為祝詩，彙書成帙，屬國藩序其端。余與學士同登乙科㊶，又忝翰林後輩，幼承庭訓，聞家大人之論，急於科舉，而澹㊷於仕宦者，又與先生之識趣相類，故掇其大者著於篇，冀以博長者之歡娛。若其刑㊸於家而式㊹於鄉，醇德穆行㊺，所以昭令問㊻而膺㊼多福者，雜見於同人詩歌中，非甚緒要，遂不及云。

注 釋

❶**制舉之文** 指八股文。❷**印綬** 印信和繫印信的絲帶。古人印信上繫有絲帶，佩帶在身。此借指官爵。❸**綸竿** 綸，指釣絲。竿，指釣竿。❹**纍纍若若** 形容官吏眾多。❺**慨然** 感嘆的樣子。❻**阜學** 豐富的學識。阜，富有。❼**績文** 作文章。❽**六經** 詩、書、易、禮、樂、春秋六部經籍的合稱。❾**百氏** 指先秦諸子百家。❿**轢其庭而據其席** 形容著作之多。轢，音ㄌㄧˋ。超過。⓫**屢應舉而不售** 屢次參加科舉考試，卻都不能中式。不售，指考試不中。⓬**省試** 即「鄉試」。科舉時代，各省選拔舉人的考試。⓭**春官** 禮部的別稱。科舉制度，在鄉試後的第二年春天於禮部舉行會試，取中者稱「貢士」，第一名稱「會元」；然後再由皇帝親自主持殿試，分三甲錄取，一甲三名賜進士及第，二甲賜進士出身，三甲賜同進士出身。⓮**浼** 音ㄇㄟˇ。沾汙；玷汙。⓯**正鵠** 正確的目標。⓰**反身** 自我反省。⓱**奪** 奪取、動搖的意思。⓲**軼** 超越。⓳**鈞** 通「均」。⓴**科目** 指唐代以來分科選拔官吏的名目。㉑**背馳** 背道而馳。比喻彼此的意志、行動相反。㉒**中外** 朝廷內外；中央和地方。㉓**特達** 特出；突出。㉔**趾前美而啟後光** 繼承前人的功業、美德，開導後人發揚光大。㉕**自繩** 約束自己。

❷嗣君　尊稱別人的兒子。❷舉於鄉　鄉試中舉。❷詞曹　指文學侍從之官。亦借指翰林。❷文柄　考選文士的權柄。❷雋禮部　禮部考試中式。雋，中式。❸投紱　棄去印綬。謂辭官。紱，繫官印的絲帶。❸帥　通「率」。依循。❸有司　古時官吏的別稱。因其職務有所專司。❸甄采　選拔任用。❸帖括　泛指科舉應試文章。明清時亦用指八股文。❸內　通「納」。❸程範　規範。❸紹　繼承。❸累葉　累世。❹比並　比肩；並列。❹乙科　明清時代稱舉人為乙科，進士為甲科。❹澹　通「淡」。恬淡；淡薄。❹刑　典範；榜樣。❹式　法則；模範。❹醇德穆行　醇厚的道德，美好的品行。穆，美好。❹令問　令聞。美好的名聲。❹膺　承受。

(三) 頌辭

○○高商校慶頌辭

巍峨黌舍	陶鑄群英	校譽鵲起	夙具盛名
功宏化育	親愛精誠	絃歌不輟	桃李盈庭
國際貿易	商業經營	文書處理	靡不研精
百年大計	慶幸有成	前途無量	日上蒸蒸

第二節　祭弔文

一、祭弔文的意義

　　祭弔文是祭告鬼神的文字。其初本用於告饗神祇，後乃擴及祭告人鬼，而多用於喪禮，或奠祭哀悼死者，或列敘死者生平昭告世人，以表崇敬、追思之意，故亦稱哀祭文。自古以來，大家都非常重視慎終追遠的大事，對於這一類祭弔文字的寫作，也就不敢掉以輕心。而且歷時愈久，文體也愈雜。唯今日社會變動劇烈，生活方式與昔日迥異，故祭弔文仍被沿襲而常用者已較前減少。

二、祭弔文的種類

祭弔文的種類頗多，近時仍較常見的約有下列三種：

(一) **行狀**　也稱作「狀」、「述」、「行述」或「事略」，主要是敘述死者的行誼及其世系爵里生卒年月等，通常都是請人撰寫。如今常附於「訃聞」中，有時還附上照片，提供親友撰寫哀輓文字的參據。

(二) **祭文**　古代的祭文，用途較廣，包括祭祀天地、山川時的祝禱性文字，今多用於奠祭死者時，表達哀悼、崇仰或追思之情。

(三) **墓誌銘**　這是「墓誌」、「墓銘」的合稱。「墓誌」記死者生平，「墓銘」為讚揚死者行誼功德的韻文。後世多合二者為一文一石，故稱墓誌銘。誌和銘都是石刻，隨棺埋在墓壙中，以備陵谷變遷辨識之用。

三、祭弔文的寫作

(一) **行狀**　行狀的寫作，與傳記相似，文字多用散文體，內容包括死者的姓名字號、家世年里、學經歷、德業事功、嘉言善行、學術著作、卒歿時地、家庭情況等，逐一敘述，有條不紊。由於通常都是請人撰寫，所以有褒而無貶，但也不能遠離事實。

(二) **祭文**　現在通行的體裁為散文或四言韻文，間亦有用駢體者。在內容方面，多推崇死者的事功成就、去世後的影響，以及對死者悲悼之情。首段以「維」發端，末段以祈求受祭者來饗之辭作結。由於作者與所祭的人關係親疏不同，所以使用文字應該有所斟酌。

(三) **墓誌銘**　墓誌似傳，墓銘似詩。誌文多用散體，敘述死者名諱世系、生平事跡，文字要求樸實謹嚴。末附以銘文，多用四言，以簡潔凝鍊為尚。

四、祭弔文的範例

(一) 行狀 (事略)

潘故教授光晟先生事略

潘故教授光晟先生，字照涵，四川省犍為縣人，生於民國前二年十二月三日。犍為潘氏，累葉書香，蔚為望族。祖德升公，精通醫術，積善好施。父英多公，壯年遊幕，以功擢江安縣知事，有政聲。先生隨侍任所，早承趨庭之訓❶。民國十七年八月，中學畢業，考入成都師範大學文預科，後升入本科中國文學系，一年後，成都師範大學與成都大學合併為國立四川大學。時蜀中學風，言樸學❷必曰太炎❸，言辭章❹必曰湘綺❺，宿儒李培甫先生，以章太炎先生及門高第，主持系務，一見其文，歎賞不置，亟為薦譽。先生以此益自刻苦，畢業成績遂冠儕輩。間嘗從林山腴、龐石帚二先生為辭章之學，二氏於文取徑曾湘鄉❻，詩則自八代以歷三唐❼，下不廢宋賢，先生因亦獲益非淺。甫畢業，各方爭相延聘，先後任教於犍為縣立中學、嘉定聯合省立中學，二校悉為先生母校也。

抗戰前夕，時局阽危❽，先生凜於匹夫之有責，毅然報考四川省政府縣政人員訓練所，講習三月，旋出任漢源縣政府教育科長，後轉眉山縣，又歷任四川省政府財政廳助理祕書、財政部四川田賦管理處祕書。其間曾為軍事需要，親率縣民四千人，於天全縣荒山中，修築川康公路。先生以一年少書生，悉心擘畫，艱苦經營，乃能指揮若定❾，於限期前竣工，為他縣之參與築路工程者所望塵莫及。復先後督率民工修築溫江皇天壩機場、邛崍桑園機場，均能先期達成使命。於抗戰救國，卓著勞績，先生亦引為生平得意事。然志趣所在，厥為教育也。

神州變色，先生經香港輾轉來臺，初任臺灣師範大學附屬中學教席，後應師範大學聘，講授文史。四十九年改任國立政治大學中國文學系講師，積資至教授。七十年八月始及齡退休，但仍兼教授，孜孜❿以牖啟⓫後學為務。二十餘年來，坐擁皋比⓬，振鐸⓭上庠⓮，化雨⓯覃敷⓰，裁成⓱甚眾。蓋先生於課業之傳授，每不厭其詳，反覆闡說，務使融會貫通而後已。晚年雖時感手臂麻木，執筆維艱，然猶口陳指畫，為

諸生講論不輟。先生治學謹嚴，於辭章之外，尤邃於子史，所著有筆耕餘瀋、呂氏春秋高注補正、史記釋例、史記三表考異等，深造自得，左右采獲❸，為士林所推許。平居喜為詩文聯語，與時賢唱和，篇什甚富，惟待編次付梓耳。

民國五十七年八月，實施九年制國民教育，各種教科書均須重新編撰，先生應國立編譯館之聘，分編國民中學國文教科書，凡篇目之選定，題解、注釋之撰寫，無不殫精竭慮，敬謹將事，歷時三月完稿，體重驟減五公斤，然嘉惠學子，功莫大焉。自此高級中學、五年制師專國文之編撰，咸禮聘為編審委員，而各級學校教本之審查，亦常致力焉。先生體貌溫雅，治事勤慎，先後參與大學聯考試務，入闈十二次，襄助印製試題之繁重工作，備極辛勞，不眠不休，皆能圓滿達成任務，屢獲贊揚。

高等考試為國家掄才❹大典，先生以碩學宿望，歷年均膺聘為典試委員，時值溽暑，揮汗閱卷，人以為苦，而先生正襟危坐，逐句圈點，未嘗須臾怠忽，其任事之忠有如此者。山陰沈仲濤先生藏有宋元舊籍，即世所稱「沈氏研易樓藏書」者也，沈氏以年事已高，恐身後藏書散佚，爰於民國六十九年浼❺先生為之介，全數捐贈國立故宮博物院，計宋本三十二部，元明善本及珍貴鈔本、稿本五十八部，凡一千一百六十九冊之多。故宮博物院以庋藏文物圖書名天下，而所藏宋本不過六十八部，鄴架籤軸❻，一時驟富，胥❼出先生居間奔走之功，而先生亦以「書媒」自況，居恆❽津津樂道焉。

先生原配早世❾，育有二子二女，皆卓然自立，克承家聲，內外孫男女都十一人，並有外曾孫、外曾孫女，均在大陸。民國六十六年，先生與魏美月女士結婚，魏女士畢業國立臺灣大學歷史系，又留學日本，現任職故宮博物院，與先生鴻案相莊❿，伉儷情篤。而先生以內助得人，益能專精於講學著述。方期耄耋❿同登，竟偶嬰感冒，併發糖尿症，經急送三軍總醫院療治，不幸於民國七十五年四月十三日下午十時十分，與世長辭，享年七十有七。彌留之際，猶殷殷以學生課業為念。親友門生，乍聞噩耗，無不驚詫傷痛，然先生以謙謙君子，雖捐館舍❿，而功在國家，教澤永被，斯亦足以慰生者而勵來茲矣。

注　釋

❶**趨庭之訓**　指父親的教誨。有一次，孔子站在庭中，其子孔鯉從旁經過，孔子將他叫住，教導他讀詩經和禮經的道理。見論語季氏。❷**樸學**　指清代學者繼承漢儒學風而治經的考據訓詁之學。❸**太炎**　章炳麟（西元一八六九──一九三六年），浙江餘姚人，字太炎。早年立志排滿救國。精研國學，尤其專精文字、聲韻、訓詁之學。著有章氏叢書。❹**辭章**　詩、文等文學作品。❺**湘綺**　王闓運（西元一八三二──一九一六年），清湖南湘潭人，字壬秋，號湘綺。早年曾入曾國藩幕，後講學四川、湖南、江西等地。辛亥革命後任清史館館長。詩文在形式上主要模擬漢魏六朝，為晚清擬古派所推崇。著有湘綺樓全書。❻**曾湘鄉**　曾國藩（西元一八一一──一八七二年），清湖南湘鄉人，字伯涵，號滌生。道光年間進士。因率領湘軍平定太平天國，封毅勇侯。歷任武英殿大學士、直隸及兩江總督。為學主張義理、詞章、經濟、考據四方面不可或缺。卒諡文正。著有曾文正公全集。❼**三唐**　詩家論唐人詩作，多以初、盛、中、晚分期，或以中唐分屬盛、晚，謂之「三唐」。❽**阽危**　面臨危險。阽，音ㄉㄧㄢˋ。❾**指揮若定**　發令調度，從容鎮定。❿**孜孜**　勤奮不懈的樣子。⓫**牖啟**　誘導啟發。牖，通「誘」。⓬**皋比**　虎皮製的坐席。指教師的講席。比，音ㄆㄧˊ。通「皮」。⓭**振鐸**　古代宣布政教法令時，搖鈴以警眾。此指從事教職。鐸，有舌的大鈴。⓮**上庠**　古代的大學。此借指現在的大學。⓯**化雨**　比喻老師的教化。⓰**覃敷**　廣布。⓱**裁成**　栽培。謂教育而成就之。⓲**左右采獲**　各方面搜集。⓳**掄才**　選拔人才。⓴**浼**　音ㄇㄟˇ。請託。㉑**鄴架籤軸**　形容藏書豐富。唐李泌封為鄴侯，藏書二萬餘卷，置架陳列，故稱。籤軸，加有標籤便於檢取的卷軸，常用以泛稱書籍。㉒**胥**　都；皆。㉓**居恆**　平常。㉔**早世**　過早去世。㉕**鴻案相莊**　指夫妻和好相敬。據後漢書梁鴻傳載：梁鴻家貧而有節操，妻孟光有賢德，每食，光必對鴻舉案齊眉，以示敬重。㉖**耄耋**　音ㄇㄠˋㄉㄧㄝˊ。指高齡。㉗**捐館舍**　捨棄館舍，指死亡。

(二)祭文

　　　　　祭○○○同學文

　維

中華民國○○年○月○日國立○○大學○○系○○級班代表○○○暨全體同學，謹以香花清醴之儀致祭於

○○○同學之靈前曰：

維我同學	睿智神聰	溫文儒雅	沉毅謙沖
縱橫才氣	德備厥躬	力學刻苦	國故精通
延平任教	陶鑄綦豐	辭修學子	立雪景從
唐詩漢賦	矢志專攻	榮膺博士	聲譽日隆
都講上庠	滿座春風	輔導後進	作育功宏
譜曲教唱	多士推崇	及門瞻仰	泰岱華嵩
蘭芬桂馥	瓜瓞繁榮	胡天不佑	遽返仙宮
緬懷情誼	悲切慘恫	敬陳薄奠	聊表微衷
嗚呼哀哉	尚饗		

（三）墓誌銘

河南少尹裴君墓誌銘　　　　　　　　　　　韓　愈

公諱復，字茂紹，河東❶人。曾大父❷元簡，大理正。大父曠御史中丞、京畿採訪使。父虯，以有氣略❸，敢諫諍❹，為諫議大夫，引正大疑❺，有寵代宗朝。屢辭官不肯拜❻，卒贈工部尚書。公舉賢良❼，拜同官❽尉。僕射南陽公開府徐州❾，召公主書記，二遷至侍御史。入朝，歷殿中侍御史，累遷至刑部郎中。疾病，改河南少尹，輿至官❿，若干日卒，實元和三年四月二十三日，享年五十。夫人博陵崔氏，少府監頲之女。男三人：璟、質皆既冠⓫；其季⓬始六歲，曰充郎。卜葬，得公卒之四月壬寅，遂以其日葬東都芒山⓭之陰杜翟村。

公幼有文，年十四，上時雨詩，代宗以為能，將召入為翰林學士。尚書公⓮請免，曰：「願使卒學。」丁後母喪，上使臨弔，又詔尚書公曰：「父忠而子果孝，吾加賜以屬⓯天下，終喪必且以為翰林。」其在徐州府，能勤而有勞；在朝，以恭儉守其職。居喪必有聞，待諸弟友以善，教館⓰嫠妹⓱，畜孤甥，能別而有恩。歷十一官而無宅於都，無田於野，無遺資以為葬，斯其可銘也已。銘曰：

裴為顯姓，入唐尤盛，支分族離，各為大家。惟公之系，德隆位細，曰子曰孫，

厥聲世繼。晉陽❶之邑，愉愉❶翼翼❷，無外無私，幼壯若一。何壽之不遐❷，而祿之不多，謂必有後，其又信然耶？

注 釋

❶河東 今山西省太原市。❷曾大父 去世的曾祖父。大父，祖父。❸氣略 氣度謀略。❹諫諍 正言規勸。❺引正大疑 糾正政事上的重大疑難。❻不肯拜 不肯接受授職。❼賢良 指賢良方正，能直言極諫科。此為唐代制舉科目之一。被舉者對政治得失應直言極諫。登第就授予官職。❽同官 今陝西省銅川市。❾僕射南陽公開府徐州 右僕射、南陽公到徐州建府選僚屬。開府，指高級官員成立府署，選置僚屬。射，音ㄧㄝˋ。❿輿至官 用車載到任所。⓫冠 古代男子到成年時舉行加冠禮，叫做冠。通常在二十歲。⓬季 此指最小的兒子。⓭芒山 即北邙山。在今河南省洛陽市東北。⓮尚書公 指裴虯。⓯屬 激勵。⓰館 安置。此指使安居。⓱嫠妹 守寡的妹妹。⓲晉陽 唐屬河東道。裴氏祖先居河東，在今山西省太原市。⓳愉愉 和善和悅。⓴翼翼 恭敬謹慎。㉑不遐 不久遠。

習 題

一、試為校慶撰擬一則頌辭。
二、試為某人（自擬）去世撰擬一篇事略。

第七章
公 文

第一節　公文的意義

　　公文是處理公務的文書，有一定的製作、傳遞程序及格式，且發文與受文者當中，起碼有一方是機關。依此意義，公文必須具備下列三要件：

　　一、有關公務的文書　現行公文程式條例第 1 條規定：「稱公文者，謂處理公務之文書。」所謂公務，就是公眾的事務。凡私人的著述和處理私務的文書，例如私人書信、基於權利義務關係所製作的書據契約，都與公務無關，不能稱為公文。

　　二、文書的處理者，起碼有一方為機關　所謂機關，應包括官署及非官署性質的機關（例如民意機關、國營事業機關等）。凡機關相互間因處理公務而往返的文書，當然都稱為公文。至於人民（包括個人及人民團體）與機關間因申請與答復而往返的文書，由於有一方是機關，該機關依其權責，必須加以處理，也就成了公務，所以也可稱為公文。

　　三、符合一定的程式　通常一件公文，從收文到承辦、擬稿、核稿、決行、發文等，都有一定的製作、傳遞程序。且擬稿時，必須遵守特定的格式，不能標新立異。例如在公文上，應依照規定蓋用機關印信或首長簽署，並記明年月日及發文字號等；即使是個人的申請函，也應依規定署名、蓋章，並註明性別、年齡、職業及地址。凡不合程式的文書，應不得視為公文。

第二節　公文的程式

一、公文程式的意義

　　所謂公文程式，就是製作公文的程序和格式。規定製作公文的程序和格式的法律，就是公文程式條例。全國各機關，上自總統府，下至村里辦公室，所使用的公文，都必須依照公文程式條例的統一規定，作為共同遵守的準則。若各行其是，定會增加處理時的麻煩，因而影響行政效率。

二、現行公文程式條例

　　我國的公文書，在從前專制時代，被視為官書，它的製作方式，不為尋常百姓所知曉，民國肇建，推行民主政治，行政措施日趨制度化，所以在民國 17 年由國民政府制定公布了公文程式條例，並陸續於 41 年、61 年、62 年、82 年修正為十四條，民國 93 年又加以修正，規定公文採由左而右之橫行格式，由行政院發布自民國 94 年 1 月 1 日施行。

公文程式條例

　　　中華民國 17 年 11 月 15 日國民政府制定公布全文 6 條

　　　中華民國 41 年 11 月 21 日總統令修正公布全文 10 條

　　　中華民國 61 年 1 月 25 日總統令修正公布全文 14 條

　　　中華民國 62 年 11 月 3 日總統令修正公布第 2、3 條條文

　　　中華民國 82 年 2 月 3 日總統 (82) 華總 (一) 義字第 0049 號令修正公布第 2、3 條條文；並增訂第 12-1 條條文

　　　中華民國 93 年 5 月 19 日總統華總一義字第 09300094171 號令修正公布第 7、13、14 條條文；本條例修正條文第 7 條施行日期，由

行政院以命令定之

中華民國 93 年 6 月 14 日行政院臺祕字第 0930086166 號令發布第 7 條定自 94 年 1 月 1 日施行

中華民國 96 年 3 月 21 日總統華總一義字第 09600034571 號令修正公布第 2 條條文

第　1　條　稱公文者，謂處理公務之文書；其程式，除法律別有規定外，依本條例之規定辦理。

第　2　條　公文程式之類別如下：

一、令：公布法律、任免、獎懲官員，總統、軍事機關、部隊發布命令時用之。

二、呈：對總統有所呈請或報告時用之。

三、咨：總統與立法院、監察院公文往復時用之。

四、函：各機關間公文往復，或人民與機關間之申請與答復時用之。

五、公告：各機關對公眾有所宣布時用之。

六、其他公文。

前項各款之公文，必要時得以電報、電報交換、電傳文件、傳真或其他電子文件行之。

第　3　條　機關公文，視其性質，分別依照左列各款，蓋用印信或簽署：

一、蓋用機關印信，並由機關首長署名，蓋職章或蓋簽字章。

二、不蓋用機關印信，僅由機關首長署名，蓋職章或蓋簽字章。

三、僅蓋用機關印信。

機關公文依法應副署者，由副署人副署之。

機關內部單位處理公務，基於授權對外行文時，由該單位主管署名，蓋職章，其效力與蓋用該機關印信之公文同。

機關公文蓋用印信或簽署及授權辦法，除總統府及五院自行訂定外，

由各機關依其實際業務自行擬訂，函請上級機關核定之。

機關公文以電報、電報交換、電傳文件或其他電子文件行之者，得不蓋用印信或簽署。

第 4 條　機關首長出缺由代理人代理首長職務時，其機關公文應由首長署名者，由代理人署名。

機關首長因故不能視事，由代理人代行首長職務時，其機關公文，除署首長姓名註明不能視事事由外，應由代行人附署職銜、姓名於後，並加註代行二字。

機關內部單位基於授權行文，得比照前二項之規定辦理。

第 5 條　人民之申請函，應署名、蓋章，並註明性別、年齡、職業及住址。

第 6 條　公文應記明國曆年、月、日。

機關公文，應記明發文字號。

第 7 條　公文得分段敘述，冠以數字，採由左而右之橫行格式。

第 8 條　公文文字應簡淺明確，並加具標點符號。

第 9 條　公文，除應分行者外，並得以副本抄送有關機關或人民；收受副本者，應視副本之內容為適當之處理。

第 10 條　公文之附屬文件為附件，附件在二種以上時，應冠以數字。

第 11 條　公文在二頁以上時，應於騎縫處加蓋章戳。

第 12 條　應保守祕密之公文，其制作、傳遞、保管，均應以密件處理之。

第 12-1 條　機關公文以電報交換、電傳文件、傳真或其他電子文件行之者，其制作、傳遞、保管、防偽及保密辦法，由行政院統一訂定之。但各機關另有規定者，從其規定。

第 13 條　機關致送人民之公文，除法規另有規定外，依行政程序法有關送達之規定。

第 14 條　本條例自公布日施行。

本條例修正條文第七條施行日期，由行政院以命令定之。

機關公文傳真作業辦法

中華民國 82 年 4 月 7 日行政院（82）臺祕字第 08641 號令訂定發布全文 15 條

第 1 條　本辦法依公文程式條例第十二條之一訂定之。

第 2 條　機關公文傳真作業，除法律另有規定外，依本辦法之規定。但總統府
　　　　及立法、司法、考試、監察四院另有規定者，從其規定。

　　　　本辦法之規定，於公營事業機構及公立學校適用之。

第 3 條　本辦法所稱傳真，係指送方將文件資料，以電話等通訊設備，透過電
　　　　信網路傳輸，受方於其通訊設備上，即可收受該文件資料影印本之傳
　　　　達方式。

第 4 條　各機關應指定單位或指派適當人員，負責辦理公文傳真作業。

第 5 條　傳真之公文，以公文程式條例第二條第一項第四款及第六款所定之公
　　　　文為限。但左列公文，非經核准不得傳真：

　　　　一、機密性公文。

　　　　二、受文者為人民、法人或非法人團體之公文。

　　　　三、附件為大宗文卷、書籍、照（圖）片，或超過八開以上圖表之公
　　　　　　文。

　　　　四、其他因傳真可能影響正確性之公文。

第 6 條　各機關對於內容涉及重要事項，須迅予處理之公文，得以先行傳真，
　　　　事後應即補送原件之方式處理，並於文面註明。

第 7 條　承辦人員對於擬傳真之公文，應於公文原稿適當位置註明；並依規定
　　　　程序陳核、繕校、蓋用印信或簽署及編號登記後始得傳真。

第 8 條　公文傳真應以原件為之；如係影印本，應經核准，其附件亦同。

第 9 條　公文傳真作業發文程序如左：

　　　　一、登錄傳真公文登記表（簿），記載受文者、發文字號、案由、傳送
　　　　　　日期、時間、頁數及承辦單位（人員）等。

二、加蓋傳真作業辦理人員名章，於公文末頁適當位置。

三、撥通受方傳真電話，確認接收者身分後，開始傳真。

四、傳畢再通話對照傳真頁數無誤，文面加蓋傳真文件戳，附原稿歸檔。

第 10 條　受文單位傳真作業辦理人員收到傳真公文時，應於文面加蓋機關全銜傳真收文章，註明頁數及加蓋騎縫章，並按收文程序辦理。

前項傳真公文，如有頁數不全或其他有關問題，傳真作業辦理人員應通知發文單位補正。

第 11 條　各機關收受傳真公文用紙之質料及規格，均應照規定標準使用。

第 12 條　各機關因處理傳真公文需要之章戳，得自行刻用之。

第 13 條　各機關為配合實際業務需要，得依本辦法及有關規定，訂定公文傳真作業要點。

第 14 條　傳真公文之保管、保密及其他未盡事宜，依事務管理規則及其手冊等有關規定辦理。

第 15 條　本辦法自發布日施行。

機關公文電子交換作業辦法

中華民國 83 年 6 月 3 日行政院 (83) 院臺祕字第 1991 號令訂定發布全文 15 條

中華民國 88 年 6 月 14 日行政院 (88) 院臺祕字第 23294 號令修正第 5～9 條條文

中華民國 99 年 5 月 11 日行政院院授研訊字第 0992460478 號令修正發布第 7、8、13 條條文

第 1 條　本辦法依公文程式條例第十二條之一訂定之。

第 2 條　機關公文電子交換作業，依本辦法之規定。但總統府及立法、司法、考試、監察四院另有規定者，從其規定。

第 3 條　本辦法所稱電子交換，係指將文件資料透過電腦及電信網路，予以傳遞收受者。

第　4　條　各機關對於適合電子交換之機關公文，於設備、人員能配合時，應以
　　　　　電子交換行之。

第　5　條　機關公文以電子交換行之者，得不蓋用印信或簽署，並得採由左而右
　　　　　之橫行格式製作。

第　6　條　各機關應由文書單位負責辦理機關公文電子交換作業。但依公文性質、
　　　　　行文對象及時效，有適當控管程序者，不在此限。

第　7　條　機關公文電子交換作業發文處理程序及應注意事項如下：
　　　　　一、公文於電子交換前應先校對無誤，經列印者並得做成抄本（件），
　　　　　　　併同原稿退件或歸檔。
　　　　　二、發文作業人員應輸入識別碼、通行碼或其他識別方式，於電腦系
　　　　　　　統確認相符後，始可進行發文作業。
　　　　　三、檢視電腦系統已發送之訊息。
　　　　　四、行文單位兼有電子交換及非電子交換者，應列示其清單，以資識別。
　　　　　五、電子交換後，得於公文原稿標明「已電子交換」戳記，並辦理歸檔。
　　　　　六、透過電子交換之公文，至遲應於次日在電腦系統檢視發送結果，
　　　　　　　並為必要之處理。發文機關得視需要，將所傳遞公文及發送紀錄
　　　　　　　予以存證。

第　8　條　機關公文電子交換作業收文處理程序及應注意事項如下：
　　　　　一、收文作業人員應輸入識別碼、通行碼或其他識別方式，於電腦系
　　　　　　　統確認相符後，即時或定時進行收文作業。
　　　　　二、收受公文經列印者，應由收文方之電腦系統加印頁碼及騎縫標識，
　　　　　　　並得標明電子公文，按收文處理作業程序辦理。
　　　　　三、來文誤送或疏漏者，通知原發文機關另為處理。

第　9　條　機關公文電子交換之收、發文程序，應採電子認證方式處理，並得視
　　　　　需要增加其他安全管制措施。

第　10　條　機關公文電子交換之管理事項，由行政院指定機關辦理。

第 11 條　各機關辦理機關之公文電子交換事宜，其電腦化作業應依行政院訂頒
　　　　　之相關規定行之。

第 12 條　各機關為配合實際業務需要，得依本辦法及有關規定，自行訂定機關
　　　　　公文電子交換作業要點。

第 13 條　受文者為人民、法人或其他非法人團體之機關公文，以電子交換行之
　　　　　者，得不適用第六條至第八條之規定，由各機關依其業務需要另定之。

第 14 條　本辦法之規定，於公營事業機構及公立學校準用之。

第 15 條　本辦法自發布日施行。

三、現行公文程式的優點

　　我國現行公文程式條例，具有下列優點：

　　(一) 公文的製作，除公布法規、人事任免仍用「令」，對國家元首仍
用「呈」，國防部軍令系統行文仍依其規定外，各機關公文往復一律用「函」，
充分表現了高度民主與平等的精神。

　　(二) 公文得分段敘述，即採用「主旨」、「說明」、「辦法」3 段式活用，
不但簡化，而且劃一。

　　(三) 各種公文儘量使用明白曉暢、詞意清晰的語體文，並加註標點符
號，務期達到「簡、淺、明、確」的要求。於是公文完全擺脫以往的俗套，
充分發揮機關與機關、政府與民眾溝通意見、推行公務的功用，而且在行
政革新中發生引導作用。

　　(四) 鑒於國際間交往日愈密切，文書資料來往頻繁，歐美文字都是由
左至右橫式排列，國內目前直式書寫如遇引用外文或阿拉伯數字時，往往
形成扞格。為與國際接軌，並兼顧電腦作業平臺屬性，使公文製作更具便
利性，進而提升公文處理效率，自民國 94 年 1 月 1 日起公文格式改為橫行
格式。

第三節　公文的種類

依現行公文程式條例規定，公文分為 6 種：令、呈、咨、函、公告、其他公文，其用法如次：

一、令　公布法律、發布法規命令、解釋性規定與裁量基準之行政規則及人事命令時使用。

二、呈　對總統有所呈請或報告時使用。

三、咨　總統與立法院、監察院公文往復時使用。

四、函　各機關處理公務有下列情形之一時使用：

(一) 上級機關對所屬下級機關有所指示、交辦、批復時。

(二) 下級機關對上級機關有所請求或報告時。

(三) 同級機關或不相隸屬機關間行文時。

(四) 民眾與機關間之申請與答復時。

五、公告　各機關就主管業務或依據法令規定，向公眾或特定之對象宣布周知時使用。

六、其他公文　依行政院訂頒的文書處理手冊所列舉，其他因辦理公務需要之文書，例如：

(一) 書函

　　甲、於公務未決階段需要磋商、徵詢意見或通報時使用。

　　乙、舉凡答復內容無涉准駁、解釋之簡單案情，寄送普通文件、書刊，或為一般聯繫、查詢等事項行文時均可使用，其性質不如函之正式性。

(二) 開會通知單或會勘通知單　召集會議或辦理會勘時使用。

(三) 公務電話紀錄　凡公務上聯繫、洽詢、通知等可以電話簡單正確說明之事項，經通話後，發（受）話人如認為有必要，可將通話紀錄作

成 2 份，以 1 份送達受（發）話人簽收，雙方附卷，以供查考。

(四) 手令或手諭　機關長官對所屬有所指示或交辦時使用。

(五) 簽　承辦人員就職掌事項，或下級機關首長對上級機關首長有所陳述、請示、請求、建議時使用。

(六) 報告　公務用報告如調查報告、研究報告、評估報告等；或機關所屬人員就個人事務有所陳請時使用。

(七) 箋函或便簽　以個人或單位名義於洽商或回復公務時使用。

(八) 聘書　聘用人員時使用。

(九) 證明書　對人、事、物之證明時使用。

(十) 證書或執照　對個人或團體依法令規定取得特定資格時使用。

(十一) 契約書　當事人雙方意思表示一致，成立契約關係時使用。

(十二) 提案　對會議提出報告或討論事項時使用。

(十三) 紀錄　記錄會議經過、決議或結論時使用。

(十四) 節略　對上級人員略述事情之大要，亦稱「綱要」。起首用「敬陳者」，末署「職稱、姓名」。

(十五) 說帖　詳述機關掌理業務辦理情形，請相關機關或部門予以支持時使用。

(十六) 定型化表單　一般行政機關因實務需要，另有如：將不屬於本機關主管業務或職權範圍之來文，可逕以「移文單」移送主管機關，不必退還；或已行文之事項，逾期未復，須催辦、催繳、催復、催報、催發、催查者，用「催辦案件通知單」；以及如「交辦（議）案件通知單」、「機密文書機密等級變更或註銷建議單」、「機密文書機密等級變更或註銷通知單」。

前述各類公文屬發文通報周知性質者，以登載機關電子公布欄為原則；另公務上不須正式行文之會商、聯繫、洽詢、通知、傳閱、表報、資料蒐集等，得以發送電子郵遞方式處理。

第四節　公文的處理程序

　　公文書處理程序一般原則，如：各機關處理文書，應明確劃分各經辦單位之權責，以期密切配合。而且各機關應指定適當人員負責辦理收發文及分文工作；收發電報、傳真、電子交換及機密文書，並應指定專人處理。文書處理過程中之有關人員，均應於文面適當位置蓋章或簽名，並註明月日及時間（例如 11 月 8 日 16 時，得縮記為 1108/1600），以明責任。簽名必須清晰，以能辨明為何人所簽。

　　至於公文書自收文或交辦起至發文、歸檔止之全部流程，可分為收文處理、文件簽辦、文稿擬判、發文處理、歸檔處理 5 步驟，茲分別加以說明如下：

一、收文處理

　　依照先後順序，可分成以下六個步驟：

　　（一）簽收　外收發人員收到公文或函電，除普通郵遞信件外，應先將送件人所持之送文簿或清單逐一查對點收，並就原簿、單，註明收到時間蓋戳退還；如無送文簿、單，應填給送件回單。機關如未設外收發單位者，應指定專人辦理。當外收發人員收到之文件應登錄於外收文簿，其係急要文件、機密文書、電報或附有現金、票據等者，應隨收隨送總收文人員，其餘普通文件應依性質定時彙送。文件封套上指定收件人姓名者，應另用送文簿登錄，並比照上述文件性質，隨時或按時送達。收件應注意封口是否完整，如有破損或拆閱痕跡，應當面會同送件人於送文簿、單上，註明退還或拒收。至於電子交換收文人員應輸入識別碼、通行碼或其他識別方法實施身分辨識程序，並於電腦系統確認相符後，即時或定時進行收文作業，且應立即傳送回復訊息，並依一般收文作業程序繼續辦理。

　　(二)　**拆驗**　總收文人員收到文件拆封後，如為機密文書或書明親啟字樣之文件，應於登錄後，送由機關首長指定之機密文書處理人員或收件人收拆；如為普通文件，應即點驗來文及附件名稱、數量是否相符，如有錯誤或短缺，除將原封套保留註明外，應以電話或書面向原發文機關查詢。公文附件如屬現金、有價證券、貴重或大宗物品，應先送出納單位或承辦單位點收保管，並於文內附件右側簽章證明。附件應不與公文分離為原則，由總收文人員裝訂於文後隨文附送；機密文書經機關首長指定之處理人員拆封後，如須送總收文人員編號、登錄者，應在原封套加註「本件陳奉親拆」或「本件由○○○單位拆封」，以資識別。郵寄公文之封套所貼郵票，不得剪除。

　　(三)　**分文**　分文人員應視公文之時間性、重要性，依本機關之組織與職掌，認定承辦單位並由各機關規定適當位置加蓋單位戳後，依序迅確分辦；對來文未區分等級而認定內容確係急要者，應加蓋戳記，以提高承辦人員之注意。如來文內容涉及 2 個單位以上者，應以來文所敘業務較多或首項業務之主辦單位為主辦單位，於收辦後再行會辦或協調分辦。來文屬急要文件或案情重大者，應先提陳核閱，然後再照批示分送承辦單位，如認有及時分送必要者，應同時影印分送。機關首長或單位主管交下之公文，分文時應於公文上加註「○○○交下」戳記。

　　(四)　**編號、登錄**　來文完成分文手續後即在來文正面適當位置標示收文日期及編號，並將來文機關、文號、附件及案由摘要登錄於總收文登記表，分送承辦單位；急要公文應提前編號登錄分送。總收文號按年順序編號，年度中間如遇機關首長更動時，其編號仍應持續，不另更換。總收文人員於每日下班前 2 小時收到之文件，應於當日編號登錄分送承辦單位。機密文書應由機關首長指定之處理人員向總收文人員洽取總收文號填入該文件，並在總收文登記表案由欄內註明密不錄由，或以代碼或代名表示。

　　(五)　**傳遞**　在機關內傳遞屬於絕對機密、極機密文件、急要文件或

附有大量現金、高額有價證券及貴重物品之公文，應由承辦人員親自持送。文件之遞送除急要文件應隨到隨送外，普通件以每日上下午分批遞送為原則。

（六）**單位收發** 各機關內部單位應視業務需要，指定專人擔任單位收發，並應與文書主管單位及公文稽催單位保持密切聯繫，單位收發以設置 1 級為限。單位收發人員收到文書主管單位送來之文件，經點收並登錄後，立即送請主管（或副主管）批示或依其授權分送承辦人員。承辦單位收受之文件，認為非屬本單位承辦者，應敘明理由經單位主管核閱後，即時由單位收發退回分文人員改分，或逕行移送其他單位承辦並通知分文人員；受移單位如有意見，應即簽明理由陳請首長或其指定專人協調判定，不得再行移還，以免輾轉延誤。

二、文件簽辦

（一）**擬辦** 對於單位收發送交之文書，或根據工作分配須辦理者，承辦人員應即行擬辦，並將辦理情形登錄於公文電腦系統或記載於公文登記簿，以備查詢；機關首長或單位主管對主管業務認有辦理文書之必要者，得以手諭或口頭指定承辦人員擬辦；負責主辦某項業務之人員，對其職責範圍內之事件，認為必須以文書宣達意見或查詢事項時，得自行擬辦。承辦人員對於文書之擬辦，應查明全案經過，依據法令作切實簡明之簽註。依法令規定必須先經會議決定者，應按規定提會處理。法令已有明文規定者，依規定擬稿送核，無法令規定而有慣例者依慣例。適用法令時，依法律優於命令、後法優於前法、特別法優於普通法、後令優於前令及下級機關之命令不得牴觸上級機關之命令等原則處理。至於處理案件，須先經查詢、統計、核算、考驗、籌備、設計等手續者，應先完成此項手續，如非短時間所能完成時，宜先將原由向對方說明。而簽具意見，應力求簡明具體，不得模稜兩可，或晦澀不清，尤應避免未擬意見而僅用「陳核」或「請示」等字樣，以圖規避責任。無須答復或辦理之普通文件，得視必要敘明

案情簽請存查。

　　(二)　**會商**　凡案件與其他機關或單位之業務有關者，應儘量會商。會商方式，應依問題之繁簡難易及案件之輕重緩急，斟酌選用：1、以電話、電子傳遞、面洽等方式商詢。2、以簽稿送會有關單位。3、提例會討論。

　　(三)　**陳核、核定**　文件經承辦人員擬辦後，應視其性質，依規定使用公文夾遞送；如與其他單位有關者並應先行會商或送會。文書之核決，於稿面適當位置簽名或蓋章辦理，其權責區分如下：1、初核者係承辦人員之直接主管。2、覆核者係承辦人員直接主管之上級核稿者。3、會核者係與本案有關之主管人員（如無必要則免送會）。4、決定者係依分層負責規定之最後決定人。承辦人員對於承辦文件如未簽擬意見，應交還重擬，再行陳核。至如承辦人員擬有2種以上意見備供採擇者，主管或首長應明確擇定1種或另批處理方式，不可作模稜兩可之批示。

三、文稿擬判

　　(一)　**擬稿**　擬辦文書或簽具意見，經主管人員核定後，就依此撰擬文稿。擬稿必須條理分明，措詞以切實誠懇、簡明扼要為準，所有模稜空泛的詞句、陳腐套語、地方俗語，以及跟公務無關的話，都應該避免。直接對民眾的，要用語體。各種名稱如非習用有素，不宜省文縮寫，如遇譯文且關係重要者，請以括弧加註原文，以資對照。引敘來文或法令條文，以扼要摘敘足供參證為度。擬稿時，應以一文一事為原則，來文如果是一文數事的，可以分為數文答復。文稿內，遇有重要性的數字，要用大寫。擬辦復文或轉行之稿件，應敘入來文機關之發文日期及字號，俾便查考。引敘原文其直接語氣均應改為間接語氣，如「貴」「鈞」等應改為「○○」「本」「該」等。

　　(二)　**會稿**　凡先簽後稿之案件已於擬辦時會核者，如稿內所敘與會核時並無出入，應不再送會，以節省時間及手續；各單位於其他單位送

會之簽稿，如有意見應即提出，如未提出意見，一經會簽，即認為同意，應共同負責；會稿單位對於文稿有不同意見時，應由主辦單位綜合修改後，再送決定，會銜者亦同。非政策性之緊急文稿，為爭取時效，得先發後會。

(三) **閱稿** 閱稿應注意事項如下：1、簽稿是否相符。2、前後案情是否連貫。3、有關單位已否會洽。4、程式、數字、名稱、標點符號及引用法規條文等是否正確。5、文字是否通順。6、措詞是否恰當。7、有無錯別字。8、對於文稿內容如有不同意見，應洽商主管單位或承辦人員改定，或加簽陳請長官核示，不宜逕行批改。

(四) **回稿、清稿** 稿件於送會或陳判過程中，如改動較多或較為重大，或有其他原因者，會核或核決人員宜將稿件退回原承辦人員閱後，再行送繕。但文稿增刪修改過多者，應送還原承辦人員清稿。清稿後應將原稿附於清稿之後，再陳核判。其已會核會簽者，不必再會核簽。

(五) **核稿** 核稿人員對案情不甚明瞭時，可隨時洽詢承辦人員，或以電話詢問，避免用簽條往返，以節省時間及手續。核稿時如有修改，應注意勿將原來之字句塗抹，僅加勾勒，從旁添註，對於文稿之機密性、時間性、重要性或重要關鍵文字，認為不當而更改時必須簽章，以示負責。上級主管對於下級簽擬或經辦之稿件，認為不當者，應就原稿批示或更改，不宜輕易發回重擬。

(六) **判行** 文稿之判行按分層負責之規定辦理。宜注意每一文稿之內容，各單位間文稿有無矛盾、重複或不符等情形。對陳判之文稿，應明確批示。同意發文，批示「發」；認為無繕發必要尚須考慮者，宜作「不發」或「緩發」之批示。如為重要文稿之陳判，應由主辦人員或單位主管親自遞送。但決行時，如有疑義，應即召集承辦人員及核稿人員研議，即時決定明確批示。

四、發文處理

這一部分包括以下幾項工作：

（一）**繕印**　各機關文書單位之分繕人員收到判行待發之文稿，應注意稿件之緩急並詳閱文稿上之批註後登錄交繕。分繕人員收到待發之文稿如認為所註明發出之期限急迫，預計無法依限辦妥者，應向承辦單位洽商改訂，並在稿面註明，以明責任。凡機密性及重要性之文稿，應指定專人負責繕印。分配繕印之文件，應以當日繕印竣事為原則。繕印人員對交繕之文稿，如認其不合程式或發現原稿有錯誤或可疑之處時，應先請示主管或向承辦人員查詢洽請改正後再行繕印。至於各機關對外行文，應一律使用統一規格之公文紙，其版面包括字型、字體大小及行距等，得參考政府文書格式參考規範辦理。而繕印人員對文件內之金額、數字、人名、地名、日期或較重要之辭句不得因繕打錯誤而任意添註、塗改及挖補。並應力求避免獨字成行，獨行成頁。

（二）**校對**　校對人員應注意繕印公文之格式、內容、標點符號與原稿是否相符。機密及重要文件，應指定專人負責校對。校對人員發現繕印之文件有錯誤時，應退回改正；不影響全文意旨者，得於改正後在改正處加蓋校對章；其電子檔須一併改正。校對人員如發現原稿有疑義，或有明顯誤漏之處，或機密文書未註記解密條件或保密期限者，應洽承辦人員予以改正；文內之有關數字、人名、地名及時間等應特加注意校對。公文校對完畢，應先檢查受文單位是否相符及附件是否齊全後，於原稿註記校對人員章，並於登錄後送監印人員蓋印。

（三）**蓋印及簽署**　監印人員於待發文件檢點無誤後，一般公文蓋用機關印信之位置，以在首頁右側偏上方空白處用印為原則，簽署使用之章戳位置則於全文最後。公文及原稿用紙在 2 頁以上者，其騎縫處均應蓋（印）騎縫章。監印人員如發現原稿未經判行或有其他錯誤，應即退送補

判或更正後再蓋印。

(四) **編號、登錄** 總發文人員對待發之公文，應詳加檢查核對，如有漏蓋印信、附件不全或受文單位不符者應分別退還補辦。待發之文件，應按其性質依序編列發文字號及註明發文日期，如係機密文書或有時間性之文件，應分別標明，以引起受文機關注意。至於發文代字應冠以承辦單位之代字，承辦單位如為不固定機關或軍事機構，得另以代字編定統一代號使用，此項代字均以於每年開始預為編定為原則，以便統一使用。總發文字號每年更易 1 次，年度中間如遇機關首長更動時，其編號仍應持續不另更換。文號 11 碼，前 3 碼為年度，中間 7 碼為流水號，最後 1 碼為支號，其中支號係供作雙稿、多稿公文用。機密文書應由機關首長指定之人員處理，發文時先向總發文人員洽取發文字號填入文中自行封發，並在總發文登記表案由欄內註明密不錄由，或以代碼或代名表示。公文經編號發文後應依序加以登錄。

(五) **封發** 經編號待發之公文，應由專人負責複檢附件是否齊全，公文與信封是否相符後再封固，並標明速別，登錄後送外收發人員遞送。同一受文機關之公文，除最速件得提前封發外，其餘普通件得併封發出，並在封套上註明文號件數。機密文書、最速件或開會通知應於封套上加蓋戳記；機密文書應另加外封套，以重保密。

(六) **送達或付郵** 公文之送達或付郵由外收發人員統一辦理。送達公文及附件，除特殊情形經陳奉核准者外，應直接送達受文之機關。交換傳遞之公文，應填具送文簿或公文傳遞清單按規定時間、地點集中交換。至於傳送之公文，應填具送文簿或公文傳遞清單書明送出時間，派專差送達。郵遞公文則應依其性質分別填送郵遞清單付郵，郵資及收執應另備登記表登錄，以為郵費報銷之依據。人事命令、證件、有價證券、訴願文件及機密文書等均應以掛號郵件寄發。

五、歸檔處理

文書之歸檔，依相關檔案法規辦理。

收文經批存者，應區分永久保存或定期保存年限，由單位收發登錄後，得依各機關公文處理程序辦理歸檔。發文後之原稿件，除承辦單位註明發後補判、發後補會者應退承辦單位自行辦理後送檔案管理單位點收歸檔外，其餘稿件應隨同歸檔清單送檔案管理單位簽收歸檔。簽稿應原件合併歸檔，若一簽多次辦稿，得影印附卷，並註明原簽所在文號。

第五節　公文的格式

建立電子化、網路化政府是先進國家一致追求的目標，而電子化公文則是電子化、網路化政府在公務運作上的必然趨勢。隨著科技的進步，電子化作業方式已為許多機關所採用，文書處理作業電子化更為普遍。現行公文格式經多次研修，依行政院祕書處訂頒文書處理手冊規定，其重點如次：

一、配合國際紙張通行標準，公文用紙採 A4 尺寸紙張。

二、文書製作應採由左至右之橫行格式。

三、字形標準規定

(一)分項標號：應另列縮格以全形書寫為一、二、三、……，(一)、(二)、(三)……，1、2、3、……，(1)、(2)、(3)……；但其中"( )"以半形為之。

(二)內文

　　1、中文字體及併同於中文中使用之標點符號應以全形為之。

　　2、阿拉伯數字、外文字母以及併同於外文中使用之標點符號應以半形為之。

四、公文書橫式書寫數字使用原則

(一) 數字用語具一般數字意義（如代碼、國民身分證統一編號、編號、發文字號、日期、時間、序數、電話、傳真、郵遞區號、門牌號碼等）、統計意義（如計量單位、統計數據等）者，或以阿拉伯數字表示較清楚者，使用阿拉伯數字。

(二) 數字用語屬描述性用語、專有名詞（如地名、書名、人名、店名、頭銜等）、慣用語者，或以中文數字表示較妥適者，使用中文數字。

(三) 數字用語屬法規條項款目、編章節款目之統計數據者，以及引敘或摘述法規條文內容時，使用阿拉伯數字；但屬法規制訂、修正及廢止案之法制作業者，應依中央法規標準法、法律統一用語表等相關規定辦理。

數字用法舉例一覽表

阿拉伯數字／中文數字	用語類別	用法舉例
阿拉伯數字	代號（碼）、國民身分證統一編號、編號、發文字號	ISBN 988–133–005–1、M234567890、附表（件）1、院臺祕字第 0930086517 號、臺 79 內字第 095512 號
	序數	第 4 屆第 6 會期、第 1 階段、第 1 優先、第 2 次、第 3 名、第 4 季、第 5 會議室、第 6 次會議紀錄、第 7 組
	日期、時間	民國 93 年 7 月 8 日、93 年度、21 世紀、西元 2000 年、7 時 50 分、挑戰 2008：國家發展重點計畫、520 就職典禮、72 水災、921 大地震、911 恐怖事件、228 事件、38 婦女節、延後 3 週辦理
	電話、傳真	（02）3356–6500
	郵遞區號、門牌號碼	10051 臺北市中正區忠孝東路一段 2 號 3 樓 304 室
	計量單位	150 公分、35 公斤、30 度、2 萬元、5 角、35 立方公尺、7.36 公頃、土地 1.5 筆
	統計數據（如百分比、金額、人數、比數等）	80%、3.59%、6 億 3,944 萬 2,789 元、639,442,789 人、1：3
中文數字	描述性用語	一律、一致性、再一次、一再強調、一流大學、前一年、一分子、三大面向、四大施政主軸、一次補助、一個多元族群的社會、每一位同仁、一支部隊、一套規範、不二法門、三生有幸、新十大建設、國土三法、組織四法、零歲教育、核四廠、第一線上、第二專長、第三部門、公正第三人、第一夫人、三級制政府、國小三年級
	專有名詞（如地名、書名、人名、店名、頭銜等）	九九峰、三國演義、李四、三民書局、恩史瓦第三世

	慣用語（如星期、比例、概數、約數）	星期一、週一、正月初五、十分之一、三讀、三軍部隊、約三、四天、二三百架次、幾十萬分之一、七千餘人、二百多人
阿拉伯數字	法規條項款目、編章節款目之統計數據	「事務管理規則」共分 15 編、415 條條文
	法規內容之引敘或摘述	依「兒童及少年福利與權益保障法」第 86 條規定：「接生人違反第 14 條第 1 項規定者，由衛生主管機關處新臺幣 6 千元以上 3 萬元以下罰鍰。」
		胎兒出生後 7 日內，接生人如未將胎兒出生之相關資料通報衛生主管機關備查者，依「兒童及少年福利與權益保障法」第 86 條規定，可處 6 千元以上、3 萬元以下罰鍰。
中文數字	法規制訂、修正及廢止案之法制作業公文書（如令、函、法規草案總說明、條文對照表等）	1. 行政院令：修正「事務管理規則」第一百十一條條文。 2. 行政院函：修正「事務管理手冊」財產管理第五十點、第五十一點、第五十二點，並自中華民國九十三年二月十六日生效……。 3. 「○○法」草案總說明：……爰擬具「○○法」草案，計五十一條。 4. 「關稅法施行細則」部分條文修正草案條文對照表之「說明」欄──修正條文第十六條之說明：一、「關稅法」第十二條第一項計算關稅完稅價格附加比例已減低為百分之五，本條第一項爰予配合修正。

茲將公文紙格式與參考範例列舉於下：

一、公文紙格式

檔　　號：
保存年限：

（機關全銜）　　（文別）

（會銜公文機關排序：主辦機關、會辦機關）

地址：（會銜公文列主辦機關，令、公告不須此項）
聯絡方式：（會銜公文列主辦機關，令、公告不須此項）

（郵遞區號）
（地址）

受文者：（令、公告不須此項）

發文日期：
發文字號：（會銜公文機關排序：主辦機關、會辦機關）
速別：（令、公告不須此項）
密等及解密條件或保密期限：（令、公告不須此項）
附件：（令不須此項）

（本文）（令：不分段
　　　　公告：主旨、依據、公告事項 3 段式
　　　　函、書函等：主旨、說明、辦法 3 段式）

正本：（令、公告不須此項）
副本：（含附件者註明：含附件或含〇〇附件）

（蓋章戳）

（會銜公文：按機關排序蓋用機關首長簽字章
令：蓋用機關印信、機關首長簽字章
公告：蓋用機關印信、機關首長簽字章
函：上行文──署機關首長職銜蓋職章
　　平、下行文──機關首長簽字章
書函、一般事務性之通知等：蓋機關（單位）條戳）

1.5公分 1 公分　　　　　　　　　　　　　　　　　　　　　　2.5 公分

裝　　訂　　線

說明：
一、本格式以 A4 70～80 GSM (g/m2) 以上米色（白色）模造紙或再生紙製作。
二、依據「公文程式條例」，如以電子交換方式行之，得不蓋用印信。
三、一般公文蓋用機關印信之位置，以在首頁中間偏右上方空白處用印為原則，簽署
　　使用之章戳位置則於全文最後。

↕ 2.5 公分

二、電話紀錄用紙格式

2.5 公分

（全銜）公務電話紀錄

協　調　事　項	
發（受）話　人 通　話　內　容	
發　話　人 單　位　名　稱 職　姓	
受　話　人 單　位　名　稱 職　姓	
通　話　時　間	
備　註	

裝

訂

線

1.5公分　1公分

2.5 公分

說明：
　一、本格式以 A4 70～80 GSM (g/m2) 以上米色（白色）模造紙或再生紙印製。
　二、裝訂成冊後另將下列文字印刷於封面內頁：
　　（一）各機關間凡公務上聯繫、洽詢、通知等可以簡單正確說明的事項，均可
　　　　　使用本紀錄。
　　（二）本紀錄應由發（受）話人認有必要時，複寫2份，以1份送達受（發）話人。
　　（三）本紀錄發話、受話雙方均應附卷存檔，以供查考。

2.5 公分

三、公文封信封規格

(一) 信封尺寸 （容許誤差 ±2 公厘）

1、大型信封：長 353 公厘×寬 250 公厘。

2、中型信封：長 230 公厘×寬 160 公厘（內件公文 2 等份摺疊）。

3、小型信封：長 230 公厘×寬 115 公厘（內件公文 3 等份摺疊）。

(二) 紙質

1、大型信封採用 100 GSM (g/m2) 以上模造紙、再生紙，避免使用深色紙。

2、中、小型信封採用 80 GSM (g/m2) 以上模造紙、再生紙，避免使用深色紙。

(三) 製作規定

1、大型信封封口在信封右側，中、小型信封封口在信封上側。

2、中、小型信封可採透明口洞式，其口洞應以高透明且不反光、無靜電之玻璃紙保護，開窗口位置及大小如下圖：

(1) 口洞大小：長 100 公厘×寬 45 公厘。

(2) 口洞位置：距信封上緣 50 公厘，距信封左緣 23 公厘。

(3) 信封下緣起 20 公厘為條碼噴讀區，請保留空白；勿印製其他圖樣。

(4) 郵票黏貼位置應規範於信封右上角區域。

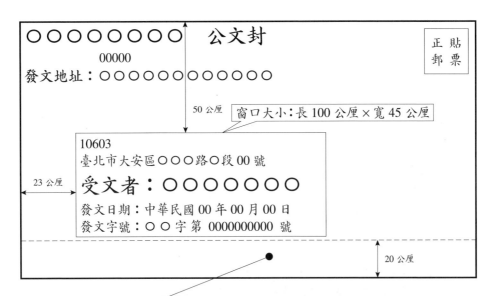

留白區域（信封下緣保留20公厘空白區域，不得打字或印刷任何資料、圖像，以利機器打印條碼，並供機器判讀需要）。

四、函稿蓋章戳參考範例

檔　號：
保存年限：

行政院　函（稿）

地址：00000 臺北市○○路 000 號
承辦人：
電話：
電子信箱：

受文者：

發文日期：中華民國 00 年 00 月 00 日
發文字號：○○字第 0000000000 號
速別：最速件
密等及解密條件或保密期限：
附件：

主旨：為杜流弊，節省公帑，各項營繕工程，應依法公開招標，並不得變更設計及追加預算，請轉知所屬機關學校照辦。
說明：
一、依本院 00 年 00 月 00 日第 00 次會議決議辦理。
二、據查目前各級機關學校對營繕工程仍有未按規定公開招標之情事，或施工期間變更原設計，以及一再請求追加預算，致弊端叢生，浪費公帑。
辦法：
一、各機關學校對營繕工程應依法公開招標，並按「政府採購法」及相關法令辦理。
二、各單位之工程應將施工圖、設計圖、契約書、結構圖、會議紀錄等工程資料，報請上級單位審核，非經核准，不得變更原設計及追加預算。

正本：臺灣省政府、福建省政府、臺北市政府、高雄市政府
副本：行政院主計處、行政院秘書處
抄本：○○○

院長　○　○　○

會辦單位：

第　層決行

承辦單位	會辦單位	決行

註記：簽署原則由左而右，由上而下簽

打字○○○	校對○○○	監印○○○	發文○○○

說明：有關檔號、保存年限、收文日期、收文字號、承辦單位、簽名、批示、會稿單位、繕打、校對、監印、電子公文交換機制及其他安全控管等項目，由各機關於空白處自行規定填寫位置。

條碼位置
流水號位置

五、公文用印及蓋章戳參考範例

<table>
<tr><td></td><td>檔 號：
保存年限：</td></tr>
</table>

行政院 函

地址：00000 臺北市○○路 000 號
承辦人：
電話：
電子信箱：

11008
臺北市○○區○○○路○段 000 號
受文者：臺北市政府
發文日期：中華民國 00 年 00 月 00 日
發文字號：○○字第 0000000000 號
速別：最速件
密等及解密條件或保密期限：
附件：

印信位置

（限：令、公告使用）

主旨： 為杜流弊，節省公帑，各項營繕工程，應依法公開招標，並不得變更設計及追加
　　　 預算，請轉知所屬機關學校照辦。
說明：
　　一、依本院 00 年 00 月 00 日第 00 次會議決議辦理。
　　二、據查目前各級機關學校對營繕工程仍有未按規定公開招標之情事，或施工期間變
　　　　更原設計，以及一再請求追加預算，致弊端叢生，浪費公帑。
辦法：
　　一、各機關學校對營繕工程應依法公開招標，並按「政府採購法」及相關法令辦理。
　　二、各單位之工程應將施工圖、設計圖、契約書、結構圖、會議紀錄等工程資料，報
　　　　請上級單位審核，非經核准，不得變更原設計及追加預算。

正本：臺灣省政府、福建省政府、臺北市政府、高雄市政府
副本：行政院主計處、行政院秘書處

院長 ○ ○ ○

會辦單位：

第　屆決行

承辦單位	會辦單位	決行
科員○ ○ ○ 07230800	科員○ ○ ○ 07231100	副秘書長 07231425
 07230810	 07231105	秘 書 長 07231455
 07230815	 07231110	副 市 長 07231555
 07230915		市長○ ○ ○ 07231610
 07230945		
局長○ ○ ○ 07231000		

註記：簽署原則由左而右，由上而下簽

說明：有關檔號、保存年限、收文日期、收文字號、承辦單位、簽名、批示、會稿單位、繕打、校對、監印、電子公文交換機
　　　制及其他安全控管等項目，由各機關於空白處自行規定填寫位置。

第六節　公文的結構與作法

一、公文的結構

公文應具備固定形式，依現行規定，為方便以電子方式傳遞交換，一般公文結構可分為下列八項：

(一) **發文機關全銜及文別**　公文上須標明發文機關的全銜，以表示發文主體；並應寫出公文的類別，使承辦人員處理時，一目瞭然。至於總統發布的令，以及對立法院、監察院所用的咨，則應寫為總統令、總統咨，而不能寫成以總統府名義行文的總統府令或總統府咨。

(二) **發文機關地址及聯絡方式**　為便利公文收發機關或民眾間相互聯絡作業，有關相互往來之公文如函等增列發文機關之地址（含郵遞區號）及聯絡方式（可為承辦人、電話、傳真、電子信箱，視業務狀況彈性運用）欄位，以提供完整發文機關資料。令、公告不須此項。

(三) **受文者**　這是行文的對象，在發文者之後，寫明受文機關的全銜或個人的姓名。郵遞公文如採用開窗式（透明口洞式）信封，則於「受文者」之上加註郵遞區號、地址，以便郵寄文件自動化處理。至於公布法律、任免官員的令，另有它的形式，不列「受文者」。公告類，因為是要使公眾周知，沒有特定的受文對象，所以也不必書寫「受文者」。至於機關內部所用的簽、報告、便箋，也可將受文者寫在正文之後，只要在對方的名銜之前加「謹陳」、「敬陳」或「此致」、「此上」等字樣即可。

(四) **管理資料**

　　1、發文日期　任何公文，在發文時都要註明發文日期（國曆年、月、日），以為法律上時效的依據。

　　2、發文字號　任何公文，在發文時都要編列發文字號，以便於檢查。這對發文、受文兩方面，同屬必要。如答復對方來文

時，須將來文的字號寫上，一方面固然便於自己的引據，另一方面也使對方易於查考。發文代字應冠以承辦單位之代字；文號 11 碼，前 3 碼為年度，中間 7 碼為流水號，最後 1 碼為支號，其中支號係供作雙稿、多稿公文用。

3、速別　係指希望受文機關辦理之速別。應確實考量案件性質，填列「最速件」、「速件」或「普通件」。令、公告不須此項。

4、密等及解密條件或保密期限　分「絕對機密」、「極機密」、「機密」、「密」，解密條件或保密期限於其後以括弧註記。如非機密件，則不必填列。令、公告不須此項。

5、附件　公文如有附件，應在此項下註明內容名稱、媒體型式、數量及其他有關字樣。

6、正本、副本　為便利電子傳遞交換時正、副本項下所列機關（單位）名稱之擷取，宜將所有正、副本發送機關全銜列明，或以明確之總稱概括表示；其地址非眾所周知者，應註明。機關內部得以加發「抄本（件）」之方式處理。但為避免因正、副本項下資料較多時，影響公文本文顯現位置，將正本及副本項目移至本文後面。

(五) **本文**　即公文的主體。茲將令、函、公告、其他公文的基本結構分別說明如下：

1、令

(1) 公布法律、發布法規命令

甲、令文可不分段，敘述時動詞一律在前，例如：

訂正「○○○施行細則」。

修正「○○○辦法」第○條文。

廢止「○○○辦法」。

乙、多種法律之制定或廢止，同時公布時，可併入同一令文處理；法規命令之發布，亦同。

丙、公（發）布應以刊登政府公報或新聞紙方式為之，並得
　　於機關電子公布欄公布；必要時，並以公文分行各機關。

（2）人事命令

甲、人事命令分：任免、遷調、獎懲。

乙、人事命令格式由人事主管機關訂定，並應遵守由左至右
　　之橫行格式原則。

2、函

（1）行政機關的一般公文以「函」為主，製作要領如下：

甲、文字敘述應儘量使用明白曉暢、詞意清晰的文字，以達到
　　公文程式條例第8條所規定「簡、淺、明、確」的要求。

乙、文句應正確使用標點符號。

丙、文內避免層層套敘來文，只要摘述要點。

丁、絕對避免使用艱深費解、無意義或模稜兩可的詞句。

戊、應採用語氣肯定、用詞堅定、互相尊重的詞句。

己、函的結構，採用「主旨」、「說明」、「辦法」3段式，案
　　情簡單可用「主旨」一段完成者，勿硬性分割為2段、
　　3段；「說明」、「辦法」兩段段名，均可因事、因案加以
　　活用。

（2）分段要領

甲、「主旨」：為全文精要，以說明行文目的與期望，應力求
　　具體扼要。

乙、「說明」：當案情必須就事實、來源或理由，作較詳細的
　　敘述，無法於「主旨」內容納時，用本段說明。本段段
　　名，可因公文內容改用「經過」、「原因」等其他名稱。

丙、「辦法」：向受文者提出的具體要求無法在「主旨」內簡
　　述時，用本段列舉。本段段名，可因公文內容改用「建
　　議」、「請求」、「擬辦」、「核示事項」等其他名稱。

(3)各段規格

甲、每段均標明段名，段名之上不冠數字，段名之下加冒號「：」。

乙、「主旨」一段不分項，文字緊接段名冒號之下書寫。

丙、「說明」、「辦法」如無項次，文字緊接段名冒號之下書寫；如分項條列，應另列縮格書寫為一、二、三、……，（一）、（二）、（三）……，1、2、3、……，（1）、（2）、（3）……。

丁、「說明」、「辦法」中，其分項條列內容過於繁雜、或含有表格型態時，應編列為附件。

3、公告

(1)公告一律使用通俗、簡淺易懂的文字製作，絕對避免使用艱深費解的詞彙。

(2)公告文字必須加註標點符號。

(3)公告內容應簡明扼要，各機關來文日期、文號及會商研議過程等，非必要者，不必在公告內層層套用敘述。

(4)公告的結構分為「主旨」、「依據」、「公告事項」（或說明）3段，段名之上不冠數字，分段數應加以活用，可用「主旨」一段完成者，不必勉強湊成2段、3段。

(5)公告分段要領

甲、「主旨」應扼要敘述公告之目的和要求，其文字緊接段名冒號之下書寫。

乙、「依據」應將公告事件之原因敘明，引據有關法則及條文名稱或機關來函，非必要不敘來文日期、字號。有兩項以上「依據」者，每項應冠數字，並分項條列，另列縮格書寫。

丙、「公告事項」（或說明）應將公告內容，分項條列，冠以

數字，另列縮格書寫。使層次分明，清晰醒目。公告內容僅就「主旨」補充說明事實經過或理由者，改用「說明」為段名。公告如另有附件、附表、簡章、簡則等文件時，僅註明參閱「某某文件」，公告事項內不必重複敘述。

(6) 公告登報時，得用較大字體簡明標示公告之目的，不署機關首長職稱、姓名。

(7) 一般工程招標或標購物品等公告，得用定型化格式處理，免用 3 段式。

(8) 公告除登載於機關電子公布欄者外，張貼於機關布告欄時，必須蓋用機關印信，於公告兩字右側空白位置蓋印，以免字跡模糊不清。

4、其他公文

(1) 書函　書函之結構及文字用語比照「函」之規定。

(2) 定型化表單由各機關自行訂定，並應遵守由左至右之橫行格式原則。

(六) 署名　發文機關首長於全文之後，應簽署職銜姓名，或加蓋印章，以示負責。機關首長出缺由代理人代理首長職務時，其機關公文應由首長署名者，由代理人署名。機關首長因故不能視事，由代理人代理首長職務時，其機關公文，除署首長姓名註明不能視事事由外，應由代行人附署職銜、姓名於後，並加註「代行」二字。機關內部單位基於授權行文，得比照辦理。

(七) 印信　公文蓋用印信，旨在防止偽造、變造，以資信守。關於公文蓋用印信，行政院訂頒的文書處理手冊有統一規定：

1、各機關任何文件，非經機關首長或依分層負責規定授權各層主管判發者，不得蓋用印信。

2、監印人員於待發文件檢點無誤後，依下列規定蓋用印信：

(1) 發布令、公告、派令、任免令、獎懲令、考績通知書、聘書、訴願決定書、授權狀、獎狀、褒揚令、證明書、執照、契約書、證券、匾額及其他依法規定應蓋用印信之文件，均蓋用機關印信及首長職銜簽字章。

(2) 呈　用機關首長全銜、姓名，蓋職章。

(3) 函　上行文署機關首長職銜、姓名，蓋職章。平行文蓋職銜簽字章或職章。下行文蓋職銜簽字章。

(4) 書函、開會通知單、會勘通知單、移文單及一般事務性之通知、聯繫、洽辦等公文，蓋用機關或承辦單位條戳。

(5) 機關內部單位主管依分層負責之授權，逕行處理事項，對外行文時，由單位主管署名，蓋單位主管職章或蓋條戳。

(6) 會銜公文如係發布命令應蓋機關印信，其餘蓋機關首長職銜簽字章。

3、一般公文蓋用機關印信之位置，以在首頁右側偏上方空白處用印為原則，簽署使用之章戳位置則於全文最後。

4、公文及原稿用紙在2頁以上者，其騎縫處均應蓋(印)騎縫章。

5、附件以不蓋用印信為原則，但有規定須蓋用印信者，依其規定。

6、副本之蓋印與正本同，抄本（件）及譯本不必蓋印，但應分別標示「抄本（件）」或「譯本」。

(八) 副署　這是依法應副署的人，在公文的首長署名之後，加以副署，以示與首長共同負責之意。依憲法第 37 條規定：「總統依法公布法律，發布命令，須經行政院院長之副署，或行政院院長及有關部會首長之副署。」但依中華民國憲法增修條文第 2 條第 2 項：「總統發布行政院院長與依憲法經立法院同意任命人員之任免命令及解散立法院之命令，無須行政院院長之副署。」不須副署的公文，也不得任意加以副署。

茲將公文結構簡表、分項標碼格式列舉於後：

1、公文結構簡表

項　目	書寫方法	對齊方式	字體大小
發文機關全銜	發文機關之全銜，不可寫簡稱。	置中對齊	20點字
文別	視公文類別而填寫，如為令則填「令」字，函則填「函」字。餘類推。	接續發文機關全銜	20點字
發文機關地址	詳細填寫發文機關之正確地址。 本項必須填寫，但令或公告可除外。	置文面首頁右上方適當處	12點字
聯絡方式	可為承辦人、電話、傳真、e-mail資料，視業務狀況彈性運用。令及公告不須此項。	置文面首頁右上方適當處	12點字
受文者	本項必須填寫，通常逐一填寫。如郵遞公文係採用開窗式信封，則於「受文者」之上加註郵遞區號、地址。但令或公告如無受文者得不列此項。	靠左對齊	16點字
發文日期	填寫發文之日期，以為法律上時效的依據。	靠左對齊	12點字
發文字號	填寫發文字號及文號，以便於查考。	靠左對齊	12點字
速別	確實考量案件性質，填列「最速件」、「速件」或「普通件」。令、公告不須此項。	靠左對齊	12點字
密等及解密條件或保密期限	視公文密等分填「絕對機密」、「極機密」、「機密」、「密」等字，並應於其後註記「公布後解密」、「○年○月○日解密」、「附件抽存後解密」等字，表示本件公文解密條件或保密期限。	靠左對齊	12點字
附件	填寫公文附件名稱及數量，無則空白。	靠左對齊	12點字
本文	依公文類別，使用適當之本文形式結構，如函之形式結構為主旨、說明、辦法；公告之形式結構為主旨、依據、公告事項。	靠左對齊	16點字
正本	列舉公文受理主體之機關（單位）或人員或概括表達。	靠左對齊	12點字
副本	列舉公文副知機關（單位）或人員，其中含附件者應註明，如要求副本收受者作為時，應在說明段內敘明。	靠左對齊	12點字
署名或蓋章戳、印信	函：上行文署機關首長職銜、姓名，蓋職章。 　　平行文蓋職銜簽字章或職章。 　　下行文蓋職銜簽字章。	靠左對齊	

參考臺北市政府公文製作參考手冊。

2、分項標碼格式

主旨：○○○○○○○○○○○○○○○○○○○○○○○○
○○○○○○○○○○○○○○○○○○○○。
說明：
□一、○○○○○○○○○○○○○○○○○○○○○○○
○○○○○○○。
□二、○○○○○○○○○○○○○○○○○○○○○○○
○○○○○○○。
□三、○○○○○○○○○○○○○○○○○○○○○○○。
□□(一)○○○○○○○○○○○○○○○○○○○○○○
○○○○○○○。
□□(二)○○○○○○○○○○○○○○○○○○○○○○○。
□□(三)○○○○○○○○○○○○○○○○○○○○○○
○○○○○○。
□□□1、○○○○○○○○○○○○○○○○○○○○
○○○○○○。
□□□2、○○○○○○○○○○○○○○○○○○○○
○○○○○○○○○○○○○○。
□□□□(1)○○○○○○○○○○○○○○○○○○○
○○。
□□□□(2)○○○○○○○○○○○○○○○○○○○
○○○○○○。
□□□□□甲、○○○○○○○○○○○○○○○○○
○○○○○○○○。
□□□□□乙、○○○○○○○○○○○○○○○○○
○○○。
□四、○○○○○○○○○○○○○○○○○○○○○○
○○○○○○○○○○○○○○○○○○○○○○○。

參考臺北市政府公文製作參考手冊。

二、「簽」、「稿」的撰擬

(一)一般原則

1、性質

(1)簽為幕僚處理公務表達意見，以供上級瞭解案情、並作抉
擇之依據，分為下列2種：

甲、機關內部單位簽辦案件：依分層授權規定核決，簽末不必敘明陳某某長官字樣。

乙、下級機關首長對直屬上級機關首長之「簽」，文末得用「敬陳○○長官」字樣。

(2)「稿」為公文之草本，依各機關規定程序核判後發出。

2、擬辦方式

(1)先簽後稿

甲、有關政策性或重大興革案件。

乙、牽涉較廣，會商未獲結論案件。

丙、擬提決策會議討論案件。

丁、重要人事案件。

戊、其他性質重要必須先行簽請核定案件。

(2)簽稿併陳

甲、文稿內容須另為說明或對以往處理情形須酌加析述的案件。

乙、依法准駁，但案情特殊須加說明的案件。

丙、須限時辦發不及先行請示的案件。

(3)以稿代簽 一般案情簡單或例行承轉的案件。

3、作業要求

(1)正確 文字敘述和重要事項記述，應避免錯誤和遺漏，內容主題應避免偏差、歪曲。切忌主觀、偏見。

(2)清晰 文義清楚、肯定。

(3)簡明 用語簡練，詞句曉暢，分段確實，主題鮮明。

(4)迅速 自蒐集資料，整理分析，至提出結論，應在一定時間內完成。

(5)整潔 簽稿均應保持整潔，字體力求端正。

（6）一致　機關內部各單位撰擬簽稿，文字用語、結構格式應
力求一致，同一案情的處理方法不可前後矛盾。

（7）完整　對於每一案件，應作深入廣泛的研究，從各種角度、
立場考慮問題，與相關單位協調聯繫。所提意見或辦法，
應力求周詳具體、適切可行。並備齊各種必須之文件，構
成完整之幕僚作業，以供上級採擇。

（二）簽之撰擬

1、款式

（1）先簽後稿　「簽」應按「主旨」、「說明」、「擬辦」3段式
辦理。

（2）簽稿併陳　視情形使用「簽」，如案情簡單，可使用便條紙，
不分段，以條列式簽擬。

（3）一般存參或案情簡單的文件，得於原件文中空白處簽擬。

2、撰擬要領

（1）「主旨」　扼要敘述，概括「簽」之整個目的與擬辦，不
分項，1段完成。

（2）「說明」　對案情的來源、經過與有關法規或前案，以及
處理方法之分析等，作簡要的敘述，並視需要分項條列。

（3）「擬辦」　為「簽」之重點所在，應針對案情，提出具體
處理意見，或解決問題之方案。意見較多時分項條列。

（4）「簽」之各段應截然劃分，「說明」段不提擬辦意見，「擬
辦」段不重複「說明」。

（三）稿之撰擬

1、草擬公文按文別應採之結構撰擬。

2、撰擬要領

（1）按行文事項的性質選用公文名稱，如「令」、「函」、「書函」、

「公告」等。

（2）一案須辦數文時，參考下列原則辦理：

甲、設有幕僚長的機關，分由機關首長及幕僚長署名的發文，分稿擬辦。

乙、一文的受文者有數機關時，內容大同小異者，同稿併敘，將不同文字列出，並註明某處文字針對某機關；內容小同大異者，用同一稿面分擬。如以電子方式處理者，可用數稿。

（3）「函」之正文，除按規定結構撰擬外，並應注意下列事項：

甲、訂有辦理或復文期限者，應在「主旨」內敘明。

乙、承轉公文，應摘敘來文要點，不宜在「稿」內書：「照錄原文，敘至某處」字樣，來文過長仍應儘量摘敘，無法摘敘時，可照規定列為附件。

丙、概括的期望語「請核示」、「請查照」、「請照辦」等，列入「主旨」，不在「辦法」段內重複；至具體詳細要求有所作為時，應列入「辦法」段內。

丁、「說明」、「辦法」分項標號條列時，每項表達一意。

戊、文末首長簽署、敘稿時，為簡化起見，首長職銜之後可僅書「姓」，名字則以「〇〇」表示。

己、須以副本分行者，應在「副本」項下列明；如要求副本收受者作為時，則應在「說明」段內列明。

庚、如有附件，得在文內敘述附件名稱及份數；正、副本檢附附件不同時，應於文內分別敘述附件名稱及份數。

三、公文的副本

公文程式條例第 9 條：「公文，除應分行者外，並得以副本抄送有關機

關或人民；收受副本者，應視副本之內容為適當之處理。」通常公文除正本之外，若公文內容涉及正本受文者以外的有關機關或人民，為了加強聯繫，提高行政效率，因此發送和正本內容、形式完全相同的副本，以簡化手續，節省人力、物力及時間。但使用副本應注意事項如下：

(一) 受理之案件，主體機關或通案分行之機關用正本，其餘有關聯或預計將有同樣詢問之機關用副本。

(二) 收到其他機關來文，一時未能函復，須向其他機關查詢者，可將查詢行文之副本抄送來文機關。

(三) 副本除知會外，尚須收受副本機關處理者，得於文內加敘「請就某一事項予以處理」之字樣。

(四) 因緊急情況越級行文時，得以副本抄送其直屬上級或下級機關。

(五) 附件以正本為限，如須附送副本收受機關或單位，應在「副本」項內之機關或單位名稱右側註明「含附件」或「含○○附件」。

(六) 已抄送副本之機關單位，如其後續來文，內容已在前送副本中列明者，不必答復。

第七節　公文的寫作要點

現行的公文，雖已較不重視文采，只須具備法定的程式即可，但仍應講求行文發生的效力。所以公文的寫作，仍有不可掉以輕心之處，茲分別說明其要點如下：

一、案情徹底瞭解　撰擬公文時，不論是創稿或復文，都必須確實掌握公務的真相，徹底瞭解整個案情的起因、演變，下筆撰文，才能合乎要求，提出具體可行的意見，收到行文的預期效果。

二、程式務求正確　公文的處理有一定的製作及傳遞程序，而且根據行文的類別，其結構、作法、用紙等，也都有一定的格式。否則必然造

成處理時的困擾，因而影響行政效率。所以，寫作公文時，應先根據行文事項的性質選用公文的類別，如函、書函、公告等，再按照公文的結構撰擬，然後送請主管人員核決，不可忽略。

三、內容符合法令　依法行政是公務人員的基本原則。任何公文的寫作，都必須有所依據。或者是依據國家政策、法律規定，或者是上級或其他機關的指示、來文，或者是會議的議決、人民的請求。但所持的依據必須真實而有效，且不能脫離行政權責。若行文毫無法令依據，甚至與法令牴觸，輕則無效，重則構成違法失職的行為。

四、態度公正平和　公文寫作的目的在處理公務，解決問題，所以態度要公正，心情要平和。對案情的分析、建議或裁決，都能合法、合理、合情。不可敷衍推諉或意氣用事。本著對事不對人的原則，為對方著想，彼此互相尊重，以免淪於偏激、武斷。

五、語氣不亢不卑　雖然依據現行公文程式條例，一般機關的公文都以「函」為主，但仍有上行、平行、下行之分。寫作公文時，必須認清彼此的關係，就本機關或本身所處的地位及所有的職權，斟酌用語，表達適當的語氣。對上行文，語氣謙遜恭謹；對下行文，語氣不驕不縱；平行之文，語氣不亢不卑。舉凡輕薄詼諧的口吻，侮辱謾罵的詞句，都應避免使用。

六、文字簡淺明確　現行公文程式條例第 8 條規定:「公文文字應簡淺明確，並加具標點符號。」簡，就是文句少而意義充足，使撰擬、閱讀都可以省時省力；淺，就是不用艱深費解的詞句，以免受文者無法瞭解被要求的事項，而不能作適當的處理；明，就是不隱晦、不誇張，把想說而該說的都清楚地寫出來；確，就是義旨堅定，提到時間、空間、數字，都要精準確實，所用的詞句也都含義清晰，不涉含糊。此外，公文尤應加具標點符號，以免受文者曲解文義，貽誤公務。

第八節 公文用語、用字與標點符號

一、公文用語

(一) 依據文書處理手冊第十八點，公文用語規定如下：

　　1、期望、目的及准駁用語，得視需要酌用「請」、「希」、「查照」、「鑒核」或「核示」、「備查」、「照辦」、「辦理見復」、「轉行照辦」、「應予照准」、「未便照准」等。

　　2、准駁性、建議性、採擇性、判斷性之公文用語，必須明確肯定。

　　3、直接稱謂用語：

　　　(1) 有隸屬關係之機關：上級對下級稱「貴」；下級對上級稱「鈞」；自稱「本」。

　　　(2) 對無隸屬關係之機關：上級稱「大」；平行稱「貴」；自稱「本」。

　　　(3) 對機關首長間：上級對下級稱「貴」；自稱「本」；下級對上級稱「鈞長」，自稱「本」。

　　　(4) 機關（或首長）對屬員稱「臺端」。

　　　(5) 機關對人民稱「先生」、「女士」或通稱「君」、「臺端」；對團體稱「貴」，自稱「本」。

　　　(6) 行文數機關或單位時，如於文內同時提及，可通稱為「貴機關」或「貴單位」。

　　4、間接稱謂用語：

　　　(1) 對機關、團體稱「全銜」或「簡銜」，如一再提及，必要時得稱「該」；對職員稱「職銜」。

（2）對個人一律稱「先生」、「女士」或「君」。

(二) 行政院於中華民國 104 年 3 月 25 日以「院臺綜字第 1040127907 號」函：為使各機關處理公文有一致遵循標準，自即日起有關公文之期望、目的及稱謂用語，均無須挪抬（空格）書寫。

(三) 茲依文書處理手冊有關公文用語規定，列舉一般行政機關常見公文用語，以供參考。

語　別	用　　　　　語	用　　　　　法	備　　　註
起首語	謹查	對上級機關用。	儘量少用。
	查・關於	通用。	
	制訂・訂頒・修正・廢止	公布法令用。	
	特任・特派・任命・派・茲派・茲聘・僱	任用人員用。	
稱謂語	鈞	有隸屬關係的下級機關對上級機關用，如「鈞部」、「鈞府」。	直接稱謂時用。
	大	無隸屬關係的較低級機關對較高級機關用，如「大院」、「大部」。	
	貴	對平行機關、或上級機關對下級機關（或首長）、或機關與人民團體間用，如「貴府」、「貴部」、「貴科長」、「貴會」。	
	鈞長	屬員對長官、或有隸屬關係的下級機關首長對上級機關首長用。	
	臺端	機關（或首長）對屬員、或機關對人民用。	
	先生・女士・君	機關對人民用。	
	本	機關（或首長）自稱，如「本縣」、「本校」、「本廳長」。	
	職	屬員對長官、或有隸屬關係的下級機關首長對上級機關首長自稱時用。	

	本人‧名字	人民對機關自稱時用。	
	全銜（簡銜）‧職稱‧該	機關全銜如一再提及可稱「該」，對職員稱「職稱」。	間接稱謂時用。
引敘語	奉	開始引敘上級機關或首長公文時用。	㈠儘量少用。
	准	開始引敘平行機關或首長公文時用。	㈡「准」、「據」亦可改用「接」。
	據	開始引敘下級機關或首長或屬員或人民公文時用。	
	復……（來文機關發文年月日字號及文別）……函	復文時用。	
	依（依據、根據）……（來文機關發文年月日字號及文別或有關法令）……辦理	告知辦理的依據時用。	
	……（發文年月日字號及文別）……諒蒙鈞察	對上級機關去文後續函時用。	
	……（發文年月日字號及文別）……諒達（計達）	對平行或下級機關去文後續函時用。	
經辦語	遵經‧遵即	對上級機關或首長用。	
	茲經‧嗣經‧業經‧經已‧復經‧並經‧均經‧迭經‧前經	通用。	
准駁語	應予照准‧准予照辦‧准予備查	上級機關對下級機關或首長用。	
	未便照准‧礙難照准‧應毋庸議‧應從緩議‧應予不准‧應予駁回		
	如擬‧可‧照准‧准如所請‧如擬辦理	機關首長對屬員或其下屬機關首長用。	
	敬表同意‧同意照辦	對平行機關用。	
	不能同意辦理‧歉難同意‧無法照辦‧礙難同意		
請示語	是否可行‧是否有當‧可否之處‧如何之處	通用。	
期望或目的語	請鑒核‧請核示‧請釋示‧請鑒察‧請核轉‧請	對上級機關或首長用。	

	核備‧請核准施行‧請核准辦理‧復請鑒核		
	請查照‧請察照‧請查照辦理‧請查核辦理‧請查照見復‧請同意見復‧請惠允見復‧請查照轉告‧請查照備案‧請查明見復‧復請查照	對平行機關用。	
	請查照‧請照辦‧請辦理見復‧請轉行照辦‧請切實辦理‧請查照轉告‧請查照轉行照辦‧請照辦並轉行所屬照辦‧請依規定辦理‧請轉告所屬切實照辦	對下級機關用。	
抄送語	抄陳	對上級機關或首長用。	有副本或抄件時用。
	抄送	對平行機關、單位或人員用。	
	抄發	對下級機關或人員用。	
附送語	附陳‧檢陳	對上級機關或首長用。	有附件時用。
	附‧附送‧檢附‧檢送	對平行及下級機關或人員用。	
結束語	謹呈	對總統簽用。	
	謹陳‧敬陳	於簽末用。	
	此致‧此上	於便箋用。	

參考袁金書新編應用文編製。

二、法律統一用字表

中華民國 62 年 3 月 13 日立法院（第 1 屆）第 51 會期第 5 次會議及第 78 會期第 17 次會議認可

中華民國 104 年 12 月 16 日立法院第 8 屆第 8 會期第 14 次會議通過新增一則

用　　字　　舉　　例	統一用字	曾見用字	說　　　　　　　　　　明
公布、分布、頒布	布	佈	
徵兵、徵稅、稽徵	徵	征	

部分、身分	分	份	
帳、帳目、帳戶	帳	賬	
韭菜	韭	韮	
礦、礦物、礦藏	礦	鑛	
釐訂、釐定	釐	厘	
使館、領館、圖書館	館	舘	
穀、穀物	穀	谷	
行蹤、失蹤	蹤	踪	
妨礙、障礙、阻礙	礙	碍	
賸餘	賸	剩	
占、占有、獨占	占	佔	
牴觸	牴	抵	
雇員、雇主、雇工	雇	僱	名詞用「雇」
僱、僱用、聘僱	僱	雇	動詞用「僱」
贓物	贓	臟	
黏貼	黏	粘	
計畫	畫	劃	名詞用「畫」
策劃、規劃、擘劃	劃	畫	動詞用「劃」
蒐集	蒐	搜	
菸葉、菸酒	菸	煙	
儘先、儘量	儘	盡	
麻類、亞麻	麻	蔴	
電表、水表	表	錶	
擦刮	刮	括	
拆除	拆	撤	
磷、硫化磷	磷	燐	
貫徹	徹	澈	
澈底	澈	徹	
衹	衹	只	副詞
並	並	并	連接詞
聲請	聲	申	對法院用「聲請」
申請	申	聲	對行政機關用「申請」

關於、對於	於	于	
給與	與	予	給與實物
給予、授予	予	與	給予名位、榮譽等抽象事物
紀錄	紀	記	名詞用「紀錄」
記錄	記	紀	動詞用「記錄」
事蹟、史蹟、遺蹟	蹟	跡	
蹤跡	跡	蹟	
糧食	糧	粮	
覆核	覆	複	
復查	復	複	
複驗	複	復	
取消	消	銷	

三、法律統一用語表

中華民國 62 年 3 月 13 日立法院（第 1 屆）第 51 會期第 5 次會議認可

統　　一　　用　　語	說　　　　　　　　　　　　　　　明
「設」機關	如：交通部組織法第四條：「交通部設左列各司、室……」。
「置」人員	如：司法院組織法第八條：「司法院置祕書長一人，特任。……」。
「第九十八條」	不寫為：「第九八條」。
「第一百條」	不寫為：「第一〇〇條」。
「第一百十八條」	不寫為：「第一百『一』十八條」。
「自公布日施行」	不寫為：「自公『佈』『之』日施行」。
「處」五年以下有期徒刑	自由刑之處分，用「處」，不用「科」。
「科」五千元以下罰金	罰金用「科」不用「處」。且不寫為：「科五千元以下『之』罰金」。
「處」五千元以下罰鍰	罰鍰用「處」不用「科」。且不寫為：「處五千元以下『之』罰鍰」。
準用「第〇條」之規定	法律條文中，引用本法其他條文時，不寫「『本法』第〇條」，而逕書「第〇條」。如：「違反第二十條規定者，科五千元以下罰金」。
「第二項」之未遂犯罰之	法律條文中，引用本條其他各項規定時，不寫「『本條』第〇項」，而逕書「第〇項」。如刑法第三十七條第四項「依第一項宣告褫奪公權者，自裁判確定時發生效力。」
「制定」與「訂定」	法律之創制，用「制定」；行政命令之制作，用「訂定」。
「製定」、「製作」	書、表、證照、冊據等，公文書之製成用「製定」或「製作」，即用「製」不用「制」。
「一、二、三、四、五、六、七、八、九、十、百、千」	法律條文中之序數不用大寫，即不寫為：「壹、貳、參、肆、伍、陸、柒、捌、玖、拾、佰、仟」。
「零、萬」	法律條文中之數字「零、萬」不寫為：「〇、万」。

四、標點符號

符　　號	名　　稱	用　　　　　　　　　　法	舉　　　　　　　　　　例
。	句號	用在一個意義完整文句的後面。	公告○○商店負責人張三營業地址變更。
，	點號	用在文句中要讀斷的地方。	本工程起點為仁愛路，終點為……
、	頓號	用在連用的單字、詞語、短句的中間。	1.建、什、田、旱等地目…… 2.河川地、耕地、特種林地等…… 3.不求報償、沒有保留、不計任何代價……
；	分號	用在下列文句的中間： 一、並列的短句。 二、聯立的復句。	1.知照改為查照；遵辦改為照辦；遵照具報改為辦理見復。 2.出國人員於返國後一個月內撰寫報告，向○○部報備；否則限制申請出國。
：	冒號	用在有下列情形的文句後面： 一、下文有列舉的人、事、物時。 二、下文是引語時。 三、標題。 四、稱呼。	1.使用電話範圍如次：(1)……(2)…… 2.接行政院函： 3.主旨： 4.○○部長：
？	問號	用在發問或懷疑文句的後面。	1.本要點何時開始正式實施為宜？ 2.此項計畫的可行性如何？
！	驚嘆號	用在表示感嘆、命令、請求、勸勉等文句的後面。	1.……又怎能達成這一為民造福的要求！ 2.來努力創造我們共同的事業、共同的榮譽！

「 」 『 』	引號	用在下列文句的後面（先用單引，後用雙引）： 一、引用他人的詞句。 二、特別著重的詞句。	1.總統說：「天下只有能負責的人，才能有擔當。」 2.所謂「效率觀念」已經為我們所接納。
——	破折號	表示下文語意有轉折或下文對上文的註釋。	1.各級人員一律停止休假——即使已奉准有案的，也一律撤銷。 2.政府就好比是一部機器——一部為民服務的機器。
……	刪節號	用在文句有省略或表示文意未完的地方。	憲法第 58 條規定，應將提出立法院的法律案、預算案……提出於行政院會議。
（ ）	夾註號	在文句內要補充意思或註釋時用的。	1.公文結構，採用「主旨」「說明」「辦法」（簽呈為「擬辦」）3 段式。 2.臺灣光復節（10 月 25 日）應舉行慶祝儀式。

第九節　公文的範例

一、令

(一) 公布令

1、公布法律

```
                                              檔　號：
                                              保存年限：

                        總統令

    發文日期：中華民國00年00月00日
    發文字號：○○字第0000000000號

    茲制定「行政院環境保護署環境檢驗所組
    織條例」，公布之。

    總　　　統　○○○
    行政院院長　○○○
```

2、發布法規命令

```
                                              檔　號：
                                              保存年限：

                      行政院　令

    發文日期：中華民國00年00月00日
    發文字號：○○字第0000000000號

                                        ┌─────┐
                                        │     │
                                        │印信位置│
                                        │     │
                                        └─────┘

    修正「臺灣地區與大陸地區人民關係條例
    施行細則」部分條文。
        附修正「臺灣地區與大陸地區人民關係
        條例施行細則」部分條文。

    院　　長　○○○
```

(二)人事命令

1、任免

檔　號：
保存年限：

○○部　令

發文日期：中華民國00年00月00日
發文字號：○○字第0000000000號

任命○○○為本部科員。

部　長　○○○

2、頒給勳章

檔　號：
保存年限：

總統令

發文日期：中華民國00年00月00日
發文字號：○○字第0000000000號

茲頒給○○○三等景星勳章。

總　　統　○○○
行政院院長　○○○

3、褒揚

檔　　號：
保存年限：

總統令

發文日期：中華民國00年00月00日
發文字號：○○字第0000000000號

資深藝文作家羅蘭，本名靳佩芬，姿性貞穎，毓秀
苕華。少歲趨庭承訓，受業名師薰沐，書香傳家，
鍾愛律呂，卒業河北省立第一女子師範學校，敏求
好古，專務惟勤。來臺後，先後出任現中國廣播公
司、警察廣播電臺節目製作兼主持人，扢揚樂音妙
理，融匯文學哲思，口若懸河，詞如瀉水；善言雅
韻，沾溉人心。尤以《羅蘭小語》、《羅蘭散文》、《飄
雪的春天》等經典佳作，文風平徹閑雅，筆觸精微
朗暢，涵泳瑤軸，元經秘旨；逸趣橫生，妙絕時人。
其《歲月沉沙三部曲》一書，刻劃大時代變遷個人
與歷史意義，為自傳性文學最佳典範，誠迺臺灣第
一代女性作家之翹楚。曾獲頒中山文藝獎、金鐘獎、
教育部社會教育獎、國家文藝獎、世界華文作家協
會暨亞洲華文作家文藝基金會終身成就獎等殊榮，
渾俗和光，卓蜚清譽。綜其生平，志道游藝─馳廣
播之弘聲，筆墨淵海─成名山之盛業，徽德懿行，
林下風範；雅化懋績，奕世流詠。遽聞鶴齡捐館，
震悼曷極，應予明令褒揚，用示政府崇禮芳賢之至
意。

總　　　統　○○○
行政院院長　○○○

注　釋

❶律呂　古代用來校正樂音的器具，後用為音律的統稱。❷瑤軸　卷軸的美稱，後泛
指詩文。❸元經秘旨　微妙的道理。❹林下風範　形容婦人舉止嫻雅、大方。❺捐館
指拋棄住所，比喻去世。館，住所。

4、追晉

```
                                          檔　　號：
                                          保存年限：

                    總統令

發文日期：中華民國 00 年 00 月 00 日
發文字號：○○字第 0000000000 號

追晉故空軍少校○○○為空軍中校。


總　　　　統　　○○○
行政院院長　　○○○
國防部部長　　○○○
```

5、獎懲

```
                                          檔　　號：
                                          保存年限：

                  ○○院　令

發文日期：中華民國 00 年 00 月 00 日
發文字號：○○字第 0000000000 號

本院祕書○○○克盡職責，成績優良，應
予記功一次，以資激勵。


院　長　　○○○
```

二、呈

司法院　呈

地址：10048 臺北市重慶南路一段 124 號
聯絡方式：（承辦人、電話、傳真、電子信箱）

受文者：總統

發文日期：中華民國 00 年 00 月 00 日
發文字號：○○字第 0000000000 號
速別：普通件
密等及解密條件或保密期限：
附件：

主旨：據行政法院呈送○○股份有限公司代表人
　　　○○○因 00 年營業稅事件，不服財政部所
　　　為之再訴願決定，提起行政訴訟一案判決
　　　書。謹檢同原件呈請　鑒核施行。

正本：總統
副本：

司法院院長　○○○　職章

三、咨

立法院　咨

地址：10051 臺北市中山南路 1 號
承辦人：
電話：
電子信箱：

受文者：總統

發文日期：中華民國 00 年 00 月 00 日
發文字號：○○字第 0000000000 號
速別：普通件
密等及解密條件或保密期限：
附件：○○法 1 份

主旨：修正○○法，咨請公布。
說明：
　一、行政院 00 年 00 月 00 日字第 0000000000
　　　號函請審議。
　二、本院第 00 會期第 00 次會議修正通過。

正本：總統
副本：

立法院院長　　○○○

四、函 （所舉參考範例，採用開窗式信封，在「受文者」之上加註郵遞區號、地址）

(一)三段式、一段完成、下行函、通函、創稿

```
                                              檔    號：
                                              保存年限：

          臺南市政府　函

            地址：70801 臺南市安平區永華路二段 6 號
            承辦人：
            電話：
            電子信箱：

73443
臺南市六甲區中山路 202 號
受文者：六甲區公所

發文日期：中華民國 00 年 00 月 00 日
發文字號：○○字第 0000000000 號
速別：普通件
密等及解密條件或保密期限：
附件：

主旨：為普及國民義務教育，對少數未按規定就學
      之國民，應派員實地調查瞭解並進行勸導，
      請照辦。

正本：各區公所
副本：

市　長　○○○
```

(二)三段式、一段完成、平行函、創稿

檔　號：
保存年限：

經濟部　函

地址：10015 臺北市福州街 15 號
承辦人：
電話：
電子信箱：

10066
臺北市中正區愛國西路 2 號

受文者：財政部

發文日期：中華民國 00 年 00 月 00 日
發文字號：○○字第 0000000000 號
速別：普通件
密等及解密條件或保密期限：
附件：

主旨：本部因業務需要，擬商調貴部秘書○○○來部服務，請查照惠允見復。

正本：財政部
副本：

部　長　○○○

(三)三段式、一段完成、上行函、創稿、請核

行政院人事行政總處　函

地址：10051 臺北市濟南路一段 2-2 號 10 樓
承辦人：
電話：
電子信箱：

10058
臺北市忠孝東路一段 1 號

受文者：行政院

發文日期：中華民國 00 年 00 月 00 日
發文字號：○○字第 0000000000 號
速別：普通件
密等及解密條件或保密期限：
附件：行政院暨所屬各部會處局署員工自強及康樂活動實施要點
　　　1 份

主旨：檢陳「行政院暨所屬各部會處局署員工自強及康樂活動實施要點」一份，請核定。

正本：行政院
副本：

人事長　○○○　[職章]

(四)三段式、二段完成、下行函、通函、創稿、有副本收受者

檔　　號：
保存年限：

臺東縣政府　函

地址：95001 臺東市中山路 276 號
承辦人：
電話：
電子信箱：

95053
臺東市新生路 641 巷 64 號

受文者：新生國民中學

發文日期：中華民國 00 年 00 月 00 日
發文字號：○○字第 0000000000 號
速別：普通件
密等及解密條件或保密期限：
附件：

主旨：各校應切實按照「課程標準」規定召開班會，使學生瞭解會議進行程序，培養其民主政治理念，請照辦。

說明：

一、各校得視實際需要情形，酌予安排學生參觀各級地方民意機關及政府活動項目，並洽請被參觀機關指定專人負責講解該機關概況，以增認識。

二、各校班會實施情形，列入視導考核重點。

正本：各國民中學
副本：各督學、教育局學管課

縣　長　○○○

(五)三段式、二段完成、下行函、核復、對副本收受者有所要求

檔 號：
保存年限：

行政院　函

地址：10058 臺北市忠孝東路一段 1 號
承辦人：
電話：
電子信箱：

10015
臺北市福州街 15 號

受文者：經濟部

發文日期：中華民國 00 年 00 月 00 日
發文字號：○○字第 0000000000 號
速別：普通件
密等及解密條件或保密期限：
附件：

主旨：所請派○○局組長○○○前往○○○及○
　　　○○洽商設立○○中心業務，准予照辦，並
　　　由外交部發給○○護照，所需經費依規定標
　　　準在推廣○○○基金項下核實列支，並由財
　　　政部核結外匯。

說明：復 00 年 00 月 00 日○○字第 0000000000
　　　號函。

正本：經濟部
副本：外交部（附原出國人員事項表及日程表）、財政部（附原預
　　　算表）、本院主計處（附原日程表及預算表）、內政部入出
　　　境管理局、經濟部○○局

院　長　○○○

(六)三段式、二段（主旨、辦法）完成、下行函、通函、創稿

<table>
<tr><td></td><td>檔 號：
保存年限：</td></tr>
</table>

行政院 函

地址：10058 臺北市忠孝東路一段 1 號
承辦人：
電話：
電子信箱：

80203
高雄市四維三路 2 號

受文者：高雄市政府

發文日期：中華民國 00 年 00 月 00 日
發文字號：○ ○ 字 第 0000000000 號
速別：普通件
密等及解密條件或保密期限：
附件：

主旨：禁止本院所屬公務人員從事不動產買賣謀取非法
　　　利益，如有違反規定，應按違抗命令予以記大過
　　　二次免職，涉及刑事責任者，並移送法辦，請轉
　　　告所屬切實照辦。

辦法：
　　一、嚴禁公務人員以本人或利用配偶或無獨立生活能
　　　　力子女之名義，從事經營不動產買賣之商業行為，
　　　　違者免職。其有壟斷、投機情事者，並依法嚴懲。
　　二、嚴禁各級公務人員利用其職務上之便利買賣不動
　　　　產，違者免職，並依法嚴懲。
　　三、公務人員利用職務上之權力、機會、方法或祕密
　　　　消息，自為或使他人為不動產買賣之營利行為而
　　　　圖利者，先予免職，並依貪汙治罪，從嚴懲處。
　　四、該管長官知其所屬人員有上述情事，而不依法處
　　　　置者，嚴予懲處。

正本：各部會處局署及省市政府
副本：

院　長　○○○

(七)三段式、二段完成、平行函、創稿

立法院　函

地址：10051 臺北市中山南路 1 號
承辦人：
電話：
電子信箱：

10058
臺北市忠孝東路一段 1 號

受文者：行政院

發文日期：中華民國 00 年 00 月 00 日
發文字號：○○字第 0000000000 號
速別：普通件
密等及解密條件或保密期限：
附件：

主旨：檢送○委員○○關於節約能源問題之質詢
　　　一份，請惠復。
說明：提經本院第 00 會期第 00 次會議報告。

正本：行政院
副本：

院　長　○○○

(八)三段式、二段完成、上行函、復函、請核

國家發展委員會　函

地址：10020 臺北市寶慶路 3 號
承辦人：
電話：
電子信箱：

10058
臺北市忠孝東路一段 1 號

受文者：行政院

發文日期：中華民國 00 年 00 月 00 日
發文字號：○○字第 0000000000 號
速別：普通件
密等及解密條件或保密期限：
附件：如文

主旨：檢陳「當前經濟情勢」報告，請鑒核。
說明：依鈞院 00 年 00 月 00 日○○字第
0000000000 號函辦理。

正本：行政院
副本：

部　長　○○○　職章

(九)三段式、二段完成、上行函

檔　號：
保存年限：

○○縣○○鎮公所　函

地址：00000 ○○縣○○鎮○○路 00 號
承辦人：
電話：
電子信箱：

00000
○○縣○○市○○路 00 號

受文者：○○縣政府

發文日期：中華民國 00 年 00 月 00 日
發文字號：○○字第 0000000000 號
速別：普通件
密等及解密條件或保密期限：
附件：競賽經費概算書 1 份

主旨：請撥款補助本鎮推行國民生活須知實踐競賽。

說明：
一、本次競賽依鈞府 00 年 00 月 00 日○○字第 0000000000 號函辦理。
二、本次競賽所需經費估為新臺幣○○元，本鎮已籌列新臺幣○○元，尚不足新臺幣○○元。

正本：○○縣政府
副本：

鎮　長　○○○　職章

(十) 三段式、二段完成、上行函、會銜、請核

檔　號：
保存年限：

行政院農業委員會、內政部　函

地址：00000 臺北市〇〇路 000 號
承辦人：
電話：
電子信箱：

10058
臺北市中正區忠孝東路一段 1 號

受文者：行政院

發文日期：中華民國 00 年 00 月 00 日
發文字號：〇〇字第 0000000000 號
速別：普通件
密等及解密條件或保密期限：
附件：如文

主旨：檢陳「農民退出農保加入國民年金專案補貼
　　　　實施計畫」草案，請鑒核。

說明：依據鈞院 00 年 00 月 00 日〇〇字第
　　　　0000000000 號函辦理。

正本：行政院
副本：

主任委員　〇〇〇　職章

部　長　〇〇〇　職章

(十一)三段式、三段完成、下行函、核復、有副本收受者

行政院　函

地址：10058 臺北市忠孝東路一段 1 號
承辦人：
電話：
電子信箱：

10055
臺北市徐州路 5 號 7 樓

受文者：內政部

發文日期：中華民國 00 年 00 月 00 日
發文字號：○○字第 0000000000 號
速別：普通件
密等及解密條件或保密期限：
附件：

主旨：核復關於中華民國社區發展研究訓練中心今後工作計畫重點及 00 年度預算一案，請照辦。

說明：本案係根據貴部 00 年 00 月 00 日○○字第 0000000000 號函，並採納本院○○處及○○委員會議復意見。

辦法：

一、所擬社區發展研究訓練中心今後工作計畫重點五項，原則照准，惟應加列「評估現行社區發展方案得失，以謀改進」一項。

二、應由貴部衡酌財力，就上列重點研擬詳細計畫報院，並就所需經費核實編列分配預算，其可節減部分應不予分配。

正本：內政部
副本：本院○○處、○○委員會

院　長　○○○

(十二)三段式、三段完成、下行函、通函、創稿

<pre>
                                          檔 號：
                                          保存年限：

              ○○縣政府　函

          地址：00000 ○○縣○○市○○路 00 號
          承辦人：
          電話：
          電子信箱：

00000
○○縣○○鄉○○路 00 號

受文者：○○鄉公所
發文日期：中華民國 00 年 00 月 00 日
發文字號：○○字第 0000000000 號
速別：速件
密等及解密條件或保密期限：
附件：
</pre>

主旨：勸導鄉、鎮、市民迅速整修房屋，疏濬河道川流，修築堤防，預防颱風之侵襲。

說明：臺灣為亞熱帶地區，易遭颱風侵襲，每年損失重大，慘痛之教訓，記憶猶新，允宜及早準備，以策安全。事關人民生命及財產之安全，不可稍有疏忽，多一分準備，即少一分損失。

辦法：如民眾無力辦理者，可設法酌予貸款支助，事後無息分期收回。

正本：各鄉、鎮、市公所
副本：

縣　長　○○○

(十三) 三段式、三段完成、平行函、創稿

檔　　號：
保存年限：

科技部　函

地址：10622 臺北市和平東路二段 106 號
承辦人：
電話：
電子信箱：

10051
臺北市中山南路 5 號

受文者：教育部

發文日期：中華民國 00 年 00 月 00 日
發文字號：○○字第 0000000000 號
速別：普通件
密等及解密條件或保密期限：
附件：

主旨：函請就主管業務，統籌規劃，積極培植科技人
　　　才，俾教育與經濟建設相配合，以適應當前情
　　　勢之需要。

說明：
　　一、近年國內經濟迅速發展，各項建設正加緊進行，
　　　　根據本部調查資料顯示，各負責工程單位，往
　　　　往缺乏科技人才，如不及時補救，其後果將更
　　　　趨嚴重。
　　二、貴部職掌全國教育，如何培植科技人才以配合
　　　　國家建設，似應作全盤規劃，迅付實施。

建議：
　　一、各大專院校應寬籌經費，充實理工科系師資及
　　　　設備，擴充班次，增設獎學金，並擬訂其他獎
　　　　助辦法，以鼓勵青年就學。
　　二、請貴部邀集有關機關及大專院校負責人，舉行
　　　　會議，商討關於充分發揮教育功能，積極培植
　　　　科技人才之具體可行辦法。

正本：教育部
副本：

部　長　○○○

(十四)三段式、三段完成、上行函、請核、有副本收受者

檔　號：
保存年限：

內政部　函

地址：10055臺北市徐州路5號7樓
承辦人：
電話：
電子信箱：

10058
臺北市忠孝東路一段1號

受文者：行政院

發文日期：中華民國00年00月00日
發文字號：○○字第0000000000號
速別：普通件
密等及解密條件或保密期限：
附件：

主旨：為本部辦理臺南市地籍航測試驗，改定試驗區範圍，並簡化本案
　　　經費處理，請核示。

說明：

一、本部為辦理地籍圖航空重測，經訂定試驗區計畫報院，並電話洽
　　准鈞院國發會答復：「本案原則上照部擬計畫辦理，即可核定。」
　　已於00月00日開始依照進度辦理講習、調查地籍及布設航測標
　　等工作中。

二、若干對測量素有研究人士反映：

　（一）鑑於外國實例：都市地區高層建物林立，以航測方式辦理測
　　　　量，頗有困難。

　（二）建議本案試驗區可儘量包括：建、什、田、旱等各種地目，
　　　　以擷取工作經驗。

三、本案委由成功大學工學院承攬，因工學院無專門會計人員，如依
　　一般規定辦理，經費報銷將有困難。

擬辦：

一、在不變更試辦面積的原則下，將試驗區改定於臺南市西區鹽埕段
　　一帶（即東自逢甲路起，西至大德街止，南自健康路西段都市計
　　畫預定道路起，北至鹽埕段五德街止）。

二、與成功大學工學院簽訂委託契約書，約定所需經費由本部補助。

正本：行政院
副本：國家發展委員會、行政院主計總處、國立成功大學工學院、本部地政司、本部會計處

部　長　○○○　職章

(十五) 試題舉例

1、試擬財政部致國內各銀行函：注意改進櫃臺業務，尤以款項收支，更不可疏忽錯誤，希轉知所屬照辦。

財政部　函

　　　　　　地址：10066 臺北市愛國西路 2 號
　　　　　　承辦人：
　　　　　　電話：
　　　　　　電子信箱：

10007
臺北市重慶南路一段 120 號
受文者：臺灣銀行

發文日期：中華民國 00 年 00 月 00 日
發文字號：○○字第 0000000000 號
速別：普通件
密等及解密條件或保密期限：
附件：

主旨： 為提高金融機構之聲譽，應注意改進櫃臺業務，尤以款項收支，更不可疏忽錯誤，請轉知所屬照辦。

說明：

一、近來迭聞銀行發生溢領、冒領情事，致與顧客發生糾紛，造成社會不良印象。

二、應確保各金融機構與顧客存取現款之正確安全，加強為顧客服務，並免爭端。

正本：各銀行
副本：

部　長　○○○

2、試擬○○縣政府致所轄鄉（鎮、市）公所函：嚴冬歲暮將屆，請結合社會福利機構或志願服務團體等民間資源，對轄區內孤苦無依、流落街頭之遊民，定點供應熱食、沐浴、理髮、乾淨衣物等服務，以保障弱勢者之基本生活權利。

檔　號：
保存年限：

○○縣政府　函

地址：00000 ○○縣○○市○○路 00 號
承辦人：
電話：
電子信箱：

00000
○○縣○○鄉○○路 00 號

受文者：○○鄉公所

發文日期：中華民國 00 年 00 月 00 日
發文字號：○○字第 0000000000 號
速別：速件
密等及解密條件或保密期限：
附件：

主旨：嚴冬歲暮將屆，應結合社會福利機構或志願服務團體等民間資源，關懷轄區內孤苦無依、流落街頭之遊民，以保障弱勢者之基本生活權利，請照辦。

說明：
一、政府對於社會救助一向秉持「主動關懷，尊重需求，協助自立」原則，依據「社會救助法」之規定，辦理各項社會救助措施，使貧窮、孤苦無依或生活陷入急困者獲得妥善協助。
二、遊民為社會弱勢之底層，其產生原因多元而複雜。本府為輔導遊民，除提供醫療、就業、安置、關懷訪視及相關福利供給等服務外，並鼓勵民間參與，同心齊力，發揮民胞物與之精神。
三、往年社會福利機構或志願服務團體等民間資源，參與各類社會救助活動，卓著成效，貢獻良多。

辦法：
一、請結合民間資源，並即著手規劃實施日期、地點、經費、工作人員等事項，對轄區內孤苦無依、流落街頭之遊民，供應熱食、沐浴、理髮、乾淨衣物等服務，如有老弱殘病者另提供緊急安置或協助就醫。
二、辦理此案有功之社會福利機構或志願服務團體、人員，請列冊報由本府予以表揚。

正本：所轄鄉（鎮、市）公所
副本：本府社會局

縣　長　○○○

3、試擬行政院致行政院農業委員會函：加強 CAS 驗證之監督、
　　管理，以提升農水畜產品及其加工食品之品質，保障消費大
　　眾飲食安全無虞。

檔　　號：
保存年限：

行政院　函

地址：10058 臺北市中正區忠孝東路一段 1 號
承辦人：
電話：
電子信箱：

10014
臺北市中正區南海路 37 號
受文者：本院農業委員會

發文日期：中華民國 00 年 00 月 00 日
發文字號：○○字第 0000000000 號
速別：普通件
密等及解密條件或保密期限：
附件：

主旨：加強 CAS 驗證之監督、管理，以提升農水畜產品及其加工
　　　食品之品質，保障消費大眾飲食安全無虞，請照辦。

說明：

一、CAS 驗證標章已成為農水畜產品及其加工食品最高品質
　　之保證，推行至今普遍得到民眾之認同與信賴。

二、日前本院消費者保護會公布自辦營養午餐學校肉品抽驗結
　　果，有 CAS 認證之肉品驗出抗生素、瘦肉精，由於攸關學
　　童健康安全，引起各界高度關注。

三、貴會為 CAS 驗證之監督、管理機關，應加強源頭管理，如
　　發現 CAS 肉品連續含有禁藥成分，應立即撤銷 CAS 標章，
　　以維護國家標章信譽；並避免民眾誤購、誤食，危害身體
　　健康。

四、協請教育部嚴格要求學校辦理營養午餐，仍須採用 CAS 認
　　證之食材；但應立即停止與提供食材含有禁藥成分之廠商
　　合作。

五、輔導廠商及畜牧生產業者做好自主管理，確保飼養畜禽之
　　資材品質，以保障國人消費安全。

正本：本院農業委員會
副本：

院　長　○○○

4、試擬臺南市議會致臺南市政府函：請注意保護市境各處名勝
　古蹟，嚴禁公私機關團體或民間因建屋、造屋而擅予破壞，
　請查照並轉行知照。

檔　號：
保存年限：

臺南市議會　函

地址：70848 臺南市永華路二段 2 號
承辦人：
電話：
電子信箱：

70801
臺南市永華路二段 6 號

受文者：臺南市政府

發文日期：中華民國 00 年 00 月 00 日
發文字號：○○字第 0000000000 號
速別：普通件
密等及解密條件或保密期限：
附件：

主旨：為保護本市境內各處名勝古蹟，嚴禁公私機關團體或民間，因建
　　　屋造屋而擅予破壞，請查照並轉行知照。
說明：
　一、依本議會第 00 次會○○案決議辦理。
　二、名勝古蹟乃一國歷史文物之表徵，又能吸引遊客，對發展觀光事
　　　業，以及繁榮地方，所關至鉅。
　三、本市為一文化古都，名勝古蹟觸目皆是，本可發展為觀光事業之
　　　重要資源，孰料近來時有公私立機關團體暨私人因建屋造屋而擅
　　　予破壞，彌足惋惜。
建議：
　一、本市境內各地古蹟古物應善加維護，幸勿坐視樓臺亭榭、古蹟名
　　　勝日就荒圮。
　二、嚴禁各公私立機關及民間團體因建屋造屋，而任意破壞。
　三、寬列維護費用專款，並責成專人負責，妥加規劃維護。
　四、遇有損毀，應即鳩工修葺，如因經費艱絀，無法興工，應專案報
　　　請上級機關撥款補助。

正本：臺南市政府
副本：

議　長　○○○

5、試擬行政院致經濟部、財政部、中央銀行函：希就當前工商
界困境，儘速研擬解決方案見復。

<pre>
                                              檔 號：
                                              保存年限：

            行政院　函

              地址：10058 臺北市忠孝東路一段 1 號
              承辦人：
              電話：
              電子信箱：
</pre>

10015
臺北市福州街 15 號
受文者：經濟部
發文日期：中華民國 00 年 00 月 00 日
發文字號：○○字第 0000000000 號
速別：普通件
密等及解密條件或保密期限：
附件：

主旨：請就當前工商界困境，於文到二週內研擬解
　　　決方案見復。
說明：
　　一、近年以來，國內經濟情況呈現重大變化，物
　　　　價不斷上升、工資相對提高，兼以各國紛紛
　　　　採取保護主義，以致出口衰退，生產停滯，
　　　　工商業面臨極大困境，投資意願亦屬低沉，
　　　　影響經濟發展至深且鉅。
　　二、為改善此一經濟低迷情勢，應即定期會商檢
　　　　討有關財經、金融政策，針對實際需要，迅
　　　　提解決方案。
辦法：本方案之會商研討，由經濟部負召集與綜合
　　　之責。

正本：經濟部、財政部、中央銀行
副本：

院　長　○○○

五、公告

(一) 登報用

檔　　號：
保存年限：

內政部　公告

發文日期：中華民國 00 年 00 月 00 日
發文字號：○○字第 0000000000 號

主旨：公告民國 00 年出生的役男應辦理身家調查。
依據：徵兵實施條例。
公告事項：
　一、民國 00 年出生的男子，本年已屆徵兵年齡，
　　　依法應接受徵兵處理。
　二、請該徵兵及齡男子或戶長依照戶籍所在地
　　　（鄉、鎮、市、區）公所公告的時間、地點
　　　及手續，前往辦理申報登記。

(二) 登公報用

檔　　號：
保存年限：

內政部警政署　公告

發文日期：中華民國 00 年 00 月 00 日
發文字號：○○字第 0000000000 號

主旨：警察人員服務證於 00 年 00 月 00 日換發，
　　　舊證同時作廢。

依據：警察人員服務證發給及管理要點。

公告事項：

一、新換發之警察人員服務證，正面樣式正紅色
　　底、鑲金邊（邊框四角採圓弧設計），右方印
　　刷警徽，警徽上方由左至右印刷白字「警察」
　　（「警察機關」），下方印刷英文白字
　　「POLICE」（「CIVILIAN EMPLOYEE」）；正
　　面相片欄下方由左至右橫式印刷白字「服務
　　證」。背面為白色底，以紅色警徽襯底加防偽
　　處理，填寫服務機關、職別、姓名、出生日
　　期、證號、發證日期及有效期限，並加蓋服
　　務機關主官職章等項，字體正楷黑色，證長
　　8 公分，寬 4.8 公分。

二、新換發警察人員服務證於 00 年 00 月 00 日
　　起使用，舊證同時作廢。

署　長　○○○

(三) 張貼用

檔 號：
保存年限：

○○市○○區公所　公告

發文日期：中華民國00年00月00日
發文字號：○○字第 0000000000 號

主旨：公告本區原忠勤里改為忠勤、忠恕、忠愛三
　　　個里及其實施日期。
依據：○○市政府○○字第 0000000000 號函。
公告事項：
　一、本區忠勤里原第0鄰至第0鄰仍為忠勤里。
　二、原忠勤里第0鄰至第0鄰改為忠恕里。
　三、原忠勤里第0鄰至第0鄰改為忠愛里。
　四、均於00年00月00日起實施。

區　長　○○○

六、書函（公文封開窗口）

檔　　號：
保存年限：

臺北市〇〇國民中學　書函

地址：00000 臺北市〇〇路 00 號
承辦人：
電話：
電子信箱：

11656
臺北市文山區新光路二段 30 號

受文者：臺北市市立動物園

發文日期：中華民國 00 年 00 月 00 日
發文字號：〇〇字第 0000000000 號
速別：速件
密等及解密條件或保密期限：
附件：

主旨：本校〇年級學生計 00 人，訂於 00 年 00 月
　　　00 日前往貴園參觀，屆時請惠予協助、指導，
　　　請查照。

說明：本案本校聯絡人：〇〇〇，電話：00000000。

正本：臺北市市立動物園
副本：臺北市政府教育局

（臺北市〇〇國民中學條戳）

七、簽

(一) 下級機關首長對上級機關首長

檔　號：
保存年限：

簽　00 年 00 月 00 日
　　　於（機關或單位）

主旨：○○部為亞洲開發銀行請撥付亞洲蔬菜研
　　　究發展中心補助費新臺幣○○○元，擬准動
　　　支本年度第二預備金，簽請核示。

說明：○○部函為○○銀行以亞洲開發銀行請自
　　　該行 B 帳戶我國繳付本國幣股本內支付亞
　　　洲蔬菜研究發展中心新臺幣○○○元，業已
　　　先行墊撥，上項亞洲蔬菜研究發展中心補助
　　　費，本年度未列預算，既由○○銀行墊付，
　　　請准在 00 年度第二預備金項下撥還歸墊。
　　　又本案事關涉外重要案件，特專案簽辦。

擬辦：擬准照○○部所請在本年度中央政府總預
　　　算第二預備金項下動支。

　　　敬陳

副○長
○　長

○○○　職章　（日期及時間）

(二)僚屬對首長 1

<pre>
                                               檔　　號：
                                               保存年限：

簽　　00 年 00 月 00 日
      於人事室

主旨：為提倡正當休閒活動，聯絡同仁感情，擬依
　　　往例舉辦自強健行活動，謹簽擬有關事宜，
　　　請核示。
說明：
　　一、本校自民國 00 年舉辦全校教職員工自強健
　　　　行活動以來，一般反應甚佳，對增進員工身
　　　　心健康，加強單位間聯繫，以及培養團隊精
　　　　神，均具成效。
　　二、本年度預算業已編列有此項經費，擬仍依往
　　　　例繼續辦理。
　　三、健行活動實施要點：
　　　　（一）日期：民國 00 年 00 月 00 日（星期六）
　　　　（二）行程：○○
　　　　（三）集合時間地點：○○
　　　　（四）參加人員：○○
　　　　（五）注意事項：○○
　　　　（六）領隊：○○○
　　四、檢陳經費概算書一份。
擬辦：如奉核可，按實施要點實施。

　　　敬陳

校　　長

職黃明德　　00 月 00 日
</pre>

(三)僚屬對首長2

檔　號：
保存年限：

簽　00年00月00日
　　於（機關或單位）

主旨：本校○○科○年○班學生○○○，參加社區
　　　服務工作，表現優異，為校爭光，請予獎勵。

說明：

　　一、○生自00學年起，持續利用寒暑例假，組隊
　　　　為社區民眾作家電用品免費維修服務，迭獲
　　　　佳評。

　　二、檢陳社區民眾代表○○○等來函及民眾服
　　　　務分社感謝狀。

擬辦：擬請准予記小功二次。

　　　敬陳

校　長

○○○　職章　（日期及時間）

八、申請函

(一) 請補發證書

申請函　　中華民國 00 年 00 月 00 日

受文者：○○商業職業學校
主旨：請補發畢業證書，以便參加普通考試。
說明：
　　一、申請人民國 00 年 00 月畢業於母校○○科。
　　二、前領畢業證書因民國 00 年 00 月 00 日水災
　　　　流失。

申請人：○○○　　私章
住址：

(二)請整修排水溝

申請函　中華民國00年00月00日

受文者：○○鄉公所
主旨：請整修○○路排水溝，以利公共衛生。
說明：
　　一、申請人住宅附近○○路排水溝，久未疏濬，
　　　　淤泥、雜物阻塞，水流不暢。
　　二、往年3月例由貴所派工疏濬此一溝渠，今已
　　　　屆7月，迄未見清理。
　　三、日來天氣炎熱，汙水經烈日蒸曬，不僅臭氣
　　　　薰人，而且滋生蚊蠅，繁殖細菌，尤易傳染
　　　　疾病，影響附近居民健康。

申請人：○○○　[私章]
性　　別：男
年　　齡：
職　　業：
身分證統一編號：
住　　址：

九、報告

(一)補辦請假

報告　於○科○年○班

主旨：請准補辦 00 月 00 日至 00 月 00 日的請假
　　　手續。

說明：

一、生於本月 00 日返○○縣○○鎮省親，因○○
　　颱風造成南北交通中斷，迄 00 日交通恢復，
　　始克返校。

二、檢陳家長證明書一紙。

　　謹陳

導　　　　師
訓導主任

○科○年○班
學　　　　生　○　○　○　［私章］（日期及時間）
學　　　　號　000000

(二) 請婚假

報告　於○○○○○

主旨：請准婚假兩週，並請○○○代理職務。

說明：

一、^職訂於 00 月 00 日與○○○小姐結婚。

二、擬請婚假自 00 月 00 日起，至 00 月 00 日止，共 12 個工作天。

三、檢陳結婚喜帖一紙。

　　敬陳

主任

處長

（蓋級職姓名章）（日期及時間）

十、通知（公文封開窗口）

檔　　號：
保存年限：

通知

　　地址：11602 臺北市試院路 1–1 號
　　承辦人：
　　電話：
　　電子信箱：

00000
臺北市〇〇路 00 號

受文者：〇〇〇先生

發文日期：中華民國 00 年 00 月 00 日
發文字號：〇〇字第 0000000000 號
速別：普通件
密等及解密條件或保密期限：
附件：

主旨：臺端應 00 年專職技術人員普通考試，業經
　　　榜示錄取，請即將證書費〇〇元整及最近半
　　　身正面 2 吋照片 2 張，逕寄本部出納科，以
　　　便轉請核頒及格證書。

正本：
副本：

考選部專技司（戳）啟

十一、通告

通告　00 年 00 月 00 日

主旨：本校 00 年元旦團拜，訂於 1 月 1
　　　日 8 時 30 分在大禮堂舉行，敬請
　　　各同仁屆時蒞臨參加。

人事室（戳）

十二、通報

通報　00 年 00 月 00 日

一、○○大學教授○○○先生於 00 月
　　00 日 00 時蒞臨本校大禮堂講演，講
　　題為「我國當前工業問題之剖析」。
二、敬請本校同仁屆時踴躍出席聽講。

祕書室（戳）

十三、公務電話紀錄

○○縣政府民政處公務電話紀錄

協　調　事　項	協調會議時間
發 （受） 話 人 通　話　內　容	發話人：選舉座談會定於 00 月 00 　　　　日舉行，如何？ 受話人：可以。
發　話　人 單　　位 職　　稱 姓　　名	民政處第○科 科長 ○○○
受　話　人 單　　位 職　　稱 姓　　名	○○鄉 鄉長 ○○○
通　話　時　間	00 年 00 月 00 日 00 時 00 分
備　　　　註	

十四、移文單（公文封開窗口）

```
                                              檔　　號：
                                              保存年限：

              行政院　移文單

          地址：10058 臺北市中正區忠孝東路一段 1 號
          承辦人：
          電話：
          電子信箱：

00000
臺北市○○區○○○路○段 000 號

受文者：○○○

發文日期：中華民國 00 年 00 月 00 日
發文字號：○○字第 0000000000 號
速別：普通件
密等及解密條件或保密期限：
附件：○○縣政府 00 年 00 月 00 日○○字第 0000000000 號報院函

主旨：○○縣政府函院，為落實憲法保障地方自治
　　　之意旨，以及考量「中央行政機關組織基準
　　　法」第 5 條第 3 項規定，不得以作用法明定
　　　機關組織之精神，建請將「國民教育法」納
　　　入規範地方政府應設特定或專責組織之作用
　　　法律進行檢討一案，因案屬貴管，移請卓辦。

正本：○○部
副本：○○部、○○處（含附件）、○○局

（行政院祕書處條戳）
```

十五、交辦（議）案件通知單 （公文封開窗口）

檔　　號：
保存年限：

行政院　交辦（議）案件通知單

地址：10058 臺北市中正區忠孝東路一段 1 號
承辦人：
電話：
電子信箱：

00000
臺北市○○區○○○路○段 000 號

受文者：○○○

發文日期：中華民國 00 年 00 月 00 日
發文字號：○○字第 0000000000 號
速別：速件
密等及解密條件或保密期限：
附件：影附原函（含附件）及意見表 1 份

主旨：○○部、○○部會銜函報「跨國境人口販運
　　　防制及被害人保護辦法」草案一案，奉交貴
　　　機關研提意見，於文到 7 日內見復，請查照。

說明：本案係依○○部 00 年 00 月 00 日○○字第
　　　0000000000 號、○○部 00 年 00 月 00 日○
　　　○字第 0000000000 號會銜報院函辦理。

正本：○○部、○○署、○○委員會、○○委員會
副本：

（行政院祕書處條戳）

十六、催辦案件通知單（公文封開窗口）

檔　號：
保存年限：

行政院　催辦案件通知單

地址：10058 臺北市中正區忠孝東路一段 1 號
承辦人：
電話：
電子信箱：

00000
臺北市○○區○○○路○段 000 號

受文者：○○○

發文日期：中華民國 00 年 00 月 00 日
發文字號：○○字第 0000000000 號
速別：最速件
密等及解密條件或保密期限：
附件：

主旨：○○部、○○部會銜函報「跨國境人口販運防制及被害人保護辦法」草案一案，業經本院 00 年 00 月 00 日以○○字第 0000000000 號交議案件通知單，奉交貴機關研提意見，請剋日見復，請查照。

正本：○○部、○○署、○○委員會、○○委員會
副本：

（行政院祕書處條戳）

習 題

一、試擬臺北市政府教育局致所屬各級學校函：希加強學生生活輔導，促進品德修養，以消弭越軌行為。

二、試代學校撰擬一則舉行學期考試的公告。

三、○○鄉公所民政課課員○○○因車禍受傷，不能上班，檢附公立○○醫院診斷書，擬請假十天，試代撰寫三段式報告。

第八章

會議文書

第一節　會議文書的意義與種類

　　國父在民權初步中說：「凡研究事理而為之解決，一人謂之獨思，二人謂之對話，三人以上而循有一定規則者，則謂之會議。」內政部訂定的會議規範第 1 條：「三人以上，循一定之規則，研究事理，達成決議，解決問題，以收群策群力之效者，謂之會議。」民主政治，可以說就是會議政治，身為現代的每一個國民，幾乎隨時都有出席會議、召集會議或主持會議的機會，對於有關會議的各種文書，也就不能不加以瞭解。

　　會議文書，就是開會所應用的文書，通常可分為以下幾種：

　　一、開會通知　會議至少有三人以上參加，所以會議的進行，在事前必須經過召集，即使是定期性的例會，為免出席人臨時忘記，也要在會前予以通知，這種召集會議的文書，就叫做「開會通知」。

　　二、委託書　當事人接到開會通知時，因故未克參加，委託他人代表出席時所使用的文書。

　　三、簽到簿　設在會議場供會議出席人員簽到的簿子，以便統計出席人數及證明會議的合法性。

　　四、議事日程　簡稱「議程」。這是在開會之前，根據實際需要，預先擬好的會議進行程序，而且大多先印好分發給出席人員，主席據以控制會議的進行。

　　五、開會儀式　也稱為「開會秩序」或「開會程序」，為開會儀節進行的次序，多用於慶典、紀念會。

　　六、會議紀錄　以書面紀錄會議全部過程及內容。因為會議中的討

論、選舉等，都是會眾共同決定的事項，必須一一執行，而且對於會眾有拘束力，所以這是會議的重要憑證。

七、提案 也稱為「議案」。出席人員提出的書面動議案，經其他出席者附署，送交會議討論表決，這是召開會議的重心所在。

八、選舉票 以投票方式決定人選時，選舉人表達其意思所使用的文件。

第二節　開會通知的作法與範例

根據會議規範第 3 條規定：「會議之召集，除各該會議另有規定外，依左列規定行之：(一) 各種永久性集會之成立會，及各種臨時性集會，或其臨時會議；由發起人或籌備人召集之。(二) 永久性集會之各次常會，或其臨時會議，由其負責人（如主席、議長、會長、理事長等）召集之。(三) 永久性集會每屆改選後之第一次會議，如議事機關之常設委員會，或各種企業組織及人民團體之理監事會等，由當選人中得票最多者，或前屆負責人召集之。召集人應根據路程遠近及交通情形，於適當時間前將開會事由、時間及地點通知各出席人或公告之；可能時，並附送議程及有關資料。」

由此可知，開會通知有兩種方式：一為個別的書面通知，即分送各出席人的開會通知。二為公告周知，即以揭示方式，或刊登於報紙，以公開通知的方式使出席人周知。兩者雖有不同，但其內容大致包括下列各項：①會議時間，②會議地點，③會議性質，④參與會議的人應注意事項，⑤被召集者，⑥召集者，⑦發出公告或通知的日期。有時還要說明「如有提案請於〇月〇日前送至某處」；假如有附發文件（這只限於通知），還要註明附件的名稱和份數。此外，還可視會議性質，增加項目，如聯絡人、交通、接待等。茲將用紙格式與參考範例列舉於後：

一、開會通知單用紙格式

2.5 公分

檔　　號：
保存年限：

（機關全銜）　　開會通知單

（郵遞區號）
（地址）

裝

受文者：

發文日期：
發文字號：
速別：
密等及解密條件或保密期限：
附件：

開會事由：
開會時間：
開會地點：

訂

主持人：
聯絡人及電話：

出席者：
列席者：
副本：

1.5公分 | 1公分

備註：

2.5 公分

（蓋章戳）

線

說明：
　一、本格式以 A4 70～80 GSM (g/m2) 以上米色（白
　　　色）模造紙或再生紙製作。
　二、依據公文程式條例，如以電子交換方式行之，得
　　　不蓋用印信。

2.5 公分

二、範例

(一)個別通知（公文封開窗口）

檔　號：
保存年限：

○立○○高級商業職業學校校友會　開會通知單

11600
臺北市文山區○○路 00 號

受文者：○理事○○

發文日期：中華民國 00 年 00 月 00 日
發文字號：○○字第 0000000000 號
速別：最速件
密等及解密條件或保密期限：
附件：議程暨有關資料計 3 件

開會事由：商討春節校友團拜暨自強聯誼活動籌備事宜
開會時間：00 年 00 月 00 日（星期○）○午 00 時
開會地點：母校第一會議室
主持人：○○○會長
聯絡人及電話：○○○　02-00000000
出席者：全體理監事
列席者：母校○○○主任

副本：
備註：

○立○○高級商業職業學校校友會（會戳）

(二) 公告周知（張貼用）

```
                                              檔　號：
                                              保存年限：

        ○○區○○里辦公處　公告

  發文日期：中華民國 00 年 00 月 00 日      ┌──────┐
  發文字號：○○字第 0000000000 號         │ 蓋印 │
                                            └──────┘
  主旨：公告里民大會開會時間、地點及提
        案辦法，並請準時出席。
  公告事項：
    一、開會時間：00 年 00 月 00 日○午 00
        時 00 分。
    二、開會地點：○○○○○○。
    三、提案辦法：提案應有里民三人以上
        附署，於開會前二日以書面送交里
        辦公處。

  里　　長　○○○
```

第三節　委託書的作法與範例

依照會議規範第 20 條規定：「出席人有發言、動議、提案、討論、表決及選舉等權利，出席人有遵守會議規則、服從決議等義務，未出席者同。」又第 23 條第 1 項規定：「出席人因故不能出席會議時，得以書面委託同一團體之其他出席人，代表其發言。」同條第 2 項規定：「前項規定，如各該會議另有規定者，從其規定。」綜合以上條文，可知會議出席人不能出席會議時，可委託同一團體之其他出席人代表其發言，或依各該會議之規定委託適當人選代表出席，但皆必須出具委託書。茲將通行的形式舉例於後：

一、第一式

　　　　　　委託書○○年○月○日

　　茲委託

○○○先生代表本人出席本學會第○次會員大會，並代表行使大會期間一切權利與義務。此致

○○學會

委託人　○○○（簽章）

受託人　○○○（簽章）

二、第二式

　　　　　　委託書

一、茲委託○○○君為本股東代理人，出席本公司○○年○月○日舉行之股東常
　　會，代理本股東就會議事項行使股東權利，並得對會議臨時事宜全權處理之。

二、請將出席簽到卡、表決票寄交代理人，憑以準時參加。如因故改期開會，本委
　　託書仍屬有效（限此一會期）。

　　此致

○○股份有限公司

委託人（股東）：○○○（蓋章）

受託代理人姓名：

身分證編號：

住址：

中　華　民　國　○　○　年　○　○　月　○　○　日

第四節　簽到簿的作法與範例

依照會議規範第 4 條規定：「各種會議之開會額數，依左列規定：(一)永久性集會，得自行定其開會額數。如無規定，以出席人超過應到人數之半數，始得開會。前款應到人數，以全體總數減除因公、因病人數計算之。(二) 處理議案之委員會，應有全體委員過半數之出席，始得開會。(三) 會員無定額者，不受開會額數之限制。開會時間已至，不足開會額數者，得宣布延長之，延長兩次仍不足額時，主席應宣告延會，或改開談話會。」

由此可知，開會額數有明文規定，所以通常召開會議時，在會場會設有簽到簿，供會議出席人員簽到，以便清查出席人數，決定會議可否開始，並證明會議的合法性。大型會議，出席人數眾多時，也會改用簽到卡。茲將通行的形式舉例於後：

一、簽到簿

〇立〇〇高級商業職業學校〇〇學年度第〇次校務會議

時間：中華民國〇〇年〇月〇日（星期〇）上午〇時

地點：本校第一會議室

出席單位及出席人姓名

單　　　　　　　　位	出　　席　　人　　姓　　名

二、簽到卡

出席簽到卡	○立○○高級商業職業學校○○學年度第○次校務會議
	時間：中華民國○○年○月○日（星期○）上午○時
	地點：本校第一會議室
	出席人：○○○（簽章）

第五節　議事日程的作法與範例

議事日程通常由主席或召集人預先擬訂，如係重要會議或規模較大的永久性會議，就由常設的祕書處或程序委員會編訂。根據會議規範第 8 條規定，它的主要項目如下：

一、由主席或臨時主席（發起人或籌備人）報告出席人數，並宣布開會

　　(一)推選主席（由臨時主席宣布開會者，應正式推選主席，但臨時主席得當選為主席）。

　　(二)主席報告議程，及各項程序預定之時間（已另印發議事日程者，此項從略）。

　　(三)主席報告議程後，應徵詢出席人有無異議，如無異議，即為認可；如有異議，應提付討論及表決。

二、報告事項

　　(一)宣讀上次會議紀錄（如係第一次會議此項從略）。

　　(二)報告上次會議決議案執行情形（無此項報告者從略）。

　　(三)委員會或委員報告（無此項報告者從略）。

　　(四)其他報告（如有其他各種報告，應將報告之事項或報告人，

　　　一一列舉，無則從略）。

　　(五)以上各款報告完畢後，得對上次決議案之執行，或其他會務

　　　　進行情形，檢討其利弊得失，及其改進之方法。

　三、討論事項

　　(一)前會遺留之事項（如前會有未完之事項，或指定之事項，須

　　　　於本次會議討論者，應將其一一列舉，如無此種事項者，從

　　　　略）。

　　(二)本次會議預定討論之事項（應將各預定討論事項一一列舉）。

　　(三)臨時動議。

　　(四)選舉（如有必要，此項得移於討論事項之前）。

　　(五)散會。

　茲將通行的形式舉例於後：

一、條列式

　○○縣基層建設研究會成立大會議程

　　　　　　時間：

　　　　　　地點：

項　　　　　　　　　　　　　　　　　　　　目	時　　間	備　　　　註
一、開會儀式	10分鐘	
二、報告事項		
㈠報告大會議程	10分鐘	
㈡籌備委員會報告籌備經過	10分鐘	另附書面報告
三、討論提案		
第一號：茲擬訂本會章程草案一種，是否可行，請公決案。	50分鐘	全案另附
第二號：本會擬組織考察團，前赴本縣各鄉鎮考察基層建設現況，以為本會計劃改善促進基層建設之參考，當否？請公決案。	20分鐘	全案另附
四、臨時動議	30分鐘	
五、選舉理監事	20分鐘	
六、散會		

二、表格式

○○大會議事日程

項目 時間 日期 星期		○ 月 ○ 日 一	○ 月 ○ 日 二	○ 月 ○ 日 三
上午	8:00—8:50	報到	討論章程	首長講話
	9:00—9:50			選舉
	10:00—10:50	開幕典禮	分組審查提案	
	11:00—11:50			
下午	2:00—2:50	預備會議	討論提案	討論大會宣言
	3:00—3:50			閉幕典禮
	4:00—4:50		討論提案	
	5:00—5:50			
晚間	7:00—8:50	討論章程	討論提案	晚會
附註	一、本日程表由大會預備會議通過實施之。 二、本表如有變更由大會祕書處承大會主席團決定之。			

第六節　開會儀式的作法與範例

　　開會儀式，也稱為「開會秩序」或「開會程序」，著重於儀式的推演，也就是開會儀節進行的次序。大多用於機關學校團體的週會、動員月會、紀念會、慶祝會、成立大會及慶典活動的開幕、閉幕典禮，通常用大幅紅紙繕寫，張貼在會場，由司儀逐項口呼，以控制大會的進行，與「議事日程」多用於討論議案的會議略為不同。茲將通行的形式舉例於後：

一、週會儀式

　　○立○○高級商業職業學校週會儀式

一、週會開始

二、主席就位

三、全體肅立

四、唱國歌

五、向國旗暨　國父遺像行三鞠躬禮

六、主席恭讀　國父遺囑

七、主席致詞

八、演講

九、唱校歌

十、禮成

二、畢業典禮儀式

○立○○高級商業職業學校畢業典禮儀式

一、典禮開始

二、主席就位

三、全體肅立

四、奏樂

五、唱國歌

六、向國旗暨　國父遺像行三鞠躬禮

七、頒獎

八、頒發畢業證書

九、主席致詞

十、來賓致詞

十一、家長代表致詞

十二、在校生代表致歡送詞

十三、畢業生代表致謝詞

十四、畢業生贈送母校紀念品

十五、唱校歌

十六、唱驪歌

十七、奏樂

十八、禮成

第七節　會議紀錄的作法與範例

　　根據會議規範第 11 條規定，開會應備置會議紀錄，它的主要項目如下：①會議名稱及會次，②會議時間，③會議地點，④出席人姓名及人數，⑤

列席人姓名，⑥請假人姓名，⑦主席姓名，⑧紀錄姓名，⑨報告事項，⑩選舉事項，選舉方法，票數及結果（無此項目者，從略），⑪討論事項，表決方法及結果，⑫其他重要事項等，並可注明散會時間，最後由主席、紀錄分別簽署。以上各項，可視實際情況而加以增減，並非一成不變。茲將通行的形式舉例於後：

○○企業股份有限公司員工福利委員會第○次會議紀錄

時　　間：民國○○年○月○日（星期○）○午○時

地　　點：本公司交誼廳

出　　席：○○○　○○○　○○○　○○○　○○○　○○○　○○○

列　　席：○○○　○○○

請　　假：○○○　○○○

主　　席：○○○

紀　　錄：○○○

主席致詞：略

報告事項：

　　一、員工福利社本年○月至○月業務報告（見附件一）。

　　二、福利社業務繁忙，自本年○月起增聘臨時職員一名，報請追認。

　　決定：准予追認。

討論事項：

　　一、為增進本公司員工福利，特擬訂本會新年度工作計畫草案（見附件二），提請討論案。

　　決議：修正通過。

　　二、擬動用上年度業務費節餘金額新臺幣○○萬元，移作添購書刊及康樂器材之用，以充實員工同仁精神生活，提請公決案。

　　決議：通過。

臨時動議：

　　○委員○○提：建議利用星期假日舉辦登山活動，以增進同仁及眷屬聯誼，是

　　否可行？提請公決。

　　決議：原則通過。推請○○○、○○○籌辦。

散　　會：○午○時○分

（主席簽署）（紀錄簽署）

第八節　提案的作法與範例

　　根據會議規範第 34 條規定：「動議以書面為之者稱提案，提案除依特別規定，得由個人或機關團體單獨提出者外，須有附署。」提案，即議案，必須包括：①案由，②理由（或作「說明」），③辦法，④提案人，⑤附署人。茲將通行的形式舉例於後：

○○市議會第○屆第○次大會提案

案由：請市政府迅即籌款興建大型標準體育館，以提倡全民體育，迎合世界潮流案。

理由：

一、政府提倡全民體育，民間反應極為熱烈。

二、全世界體育使節訪問之風頗盛 ，且我國亦常主動邀請外國體育隊伍前來比

　　賽。

三、外國隊伍來華比賽時，每苦於無適當場地，勉強湊合應付場面，使外隊之興

　　趣大減。

四、原有之○○體育館，為私人所有，規模既嫌狹小，建築亦已逾齡，管理則更

　　欠佳。除此以外，本市則無一場地可作公開比賽之用。

五、本市亟需一規模龐大，設備標準之綜合性體育館。此項建築與設備，投資額

　　頗大，非民間財力所能負擔。

辦法：送請市政府辦理。

　　　　　　　　　　　提案人　○○○

　　　　　　　　　　　附署人　○○○　○○○　○○○

　　　　　　　　　　　　　　　○○○　○○○

第九節　選舉票的作法與範例

　　依照會議規範第 89 條規定，會議中的選舉，有「舉手選舉」和「投票選舉」兩種方式。「投票選舉」雖然可分為選舉人在選票上署名的「記名」和選舉人不在選票上署名的「無記名」兩種，但通常都採用「無記名」，而且又分為「無記名圈選法」和「無記名書寫法」。所謂「圈選法」，就是選舉票上印有候選人姓名，由選舉人以規定的符號在候選人姓名之上圈選；所謂「書寫法」，就是選舉票上沒有候選人姓名，由選舉人把所要選舉的候選人姓名自行書寫在選舉票上。

　　採用「無記名圈選法」的選舉票上應包括：①選舉的名稱，②候選人的編號及姓名，③選舉年月日，④辦理選舉機關或團體蓋章。至於「無記名書寫法」的選舉票，沒有候選人的編號及姓名，其餘與「無記名圈選法」的選舉票同。但一般選舉票，如有規定加蓋監選人印章的，應從其規定加蓋。茲將通行的形式舉例於後：

一、「無記名圈選法」選舉票

(一)直式

中華民國○○○年○月○日	○○○○選舉委員會印製	4	3	2	1	圈選候選人	選舉票
		○	○	○	○		(印)
		○	○	○	○		
		○	○	○	○		

(二)橫式

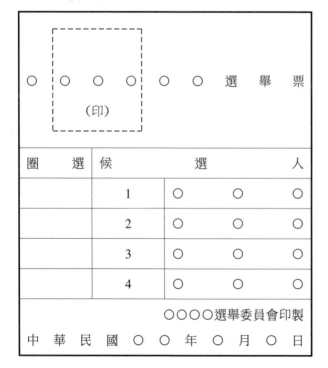

圈選	候 選 人			
	1	○	○	○
	2	○	○	○
	3	○	○	○
	4	○	○	○

○○○○選舉委員會印製

中 華 民 國 ○○ 年 ○ 月 ○ 日

二、「無記名書寫法」選舉票

(一)直式

(二)橫式

○○○○選舉票
（此空欄由選舉人書寫所選的人姓名）
監選人　私章
中　華　民　國　○○　年　○　月　○　日

習　題

一、○○同鄉會召開會員大會，改選第○屆理監事暨聯誼餐會，試擬開會通
　　知單一則。

二、試擬班會紀錄，包括編壁報、舉行同樂晚會等決議案。

三、試擬一改善學校環境衛生之提案。

第九章
簡報與演講辭

第一節 簡報

一、簡報的意義與種類

　　機關、學校、團體或工商業界簡明扼要地對他人介紹本身的組織體系或某一業務、計畫及產品等的運作情形或內容的文書，就稱為簡報，也稱為報告、簡介或概況。在注重行銷的時代，任何機關、學校、團體或工商業界都必須與大眾多作溝通，簡報便是具有這種功能的一種方式。

　　由於簡報的使用日漸普遍，種類繁多，依其主題性質，可大別為下列七種：

　　(一) **組織簡報**　機關、學校、團體或工商業界組織結構的介紹。

　　(二) **業務簡報**　某一工作或某一業務的介紹。

　　(三) **產品簡報**　某一新產品上市的介紹。

　　(四) **設備簡報**　某一設備、裝備的功能或性能的介紹。

　　(五) **環境簡報**　某地區自然生態或人文景觀的介紹。

　　(六) **計畫簡報**　某一建設工程、企畫案或行動計畫的介紹。

　　(七) **綜合簡報**　綜合某一機關、學校、團體或工商業界的組織、業務、設備、環境、產品及未來發展計畫等均包含在內的介紹。

二、簡報的方式

　　簡報因使用的工具、設備、環境及接受簡報人數的多寡，而有不同的方式，通常有下列八種：

(一)口頭簡報　由機關、學校、團體、工商業界的負責人或指定的成員擔任簡報人，宣讀擬妥的「簡報」內容，或稍加解說與補充的方式。優點是簡易方便，而且可以隨時根據接受簡報的人的反應，適度修改內容；缺點是容易流於單調乏味，如擔任簡報者口才不佳，也會影響其效果。

(二)書面簡報　將擬妥的「簡報」內容，編印成小冊子或單張，分送給接受簡報的人自行閱讀，擔任簡報者必要時僅作簡短的口頭補充，甚或不作任何說明的方式。優點是接受簡報的人保有一份可隨時參閱的書面資料，缺點是無法確知接受簡報的人一定會看，也無法瞭解接受簡報的人的反應，所以通常只在規模較大、不甚重要或時間匆促的集會中採用。

(三)看板簡報　由擔任簡報者利用書寫在看板或大張紙上的大綱、圖表，面對接受簡報的人作口頭簡報的方式。製作容易，但接受簡報的人數受到限制。

(四)投影簡報　將簡報的內容大綱、圖表製成投影片，利用投影機投射在螢幕上，同時由擔任簡報者作口頭簡報的方式。製作投影片費用不高，但接受簡報的人數太多時不甚適用。

(五)幻燈簡報　將簡報的內容大綱、圖表製成幻燈片，配合錄音說明作同步播放的方式。優點是較生動，可重複密集使用，而且只要場地能夠容納，接受簡報的人數較不受限制。缺點是場地須有聲光設備，以及專人操作，不易隨時更新資料。

(六)電影簡報　將簡報的內容拍攝成影片播放的方式。其優缺點與幻燈簡報相同，且更活潑有趣，但使用經費亦較多。

(七)電視簡報　將簡報的內容製作成錄影帶，透過閉路電視系統播出的方式。機動性高，對場地的要求較幻燈簡報、電影簡報為寬，器材操作亦較方便；但必須委託專人製作，費用較高，不易隨時更新資料，接受簡報的人數太多時亦不甚適用。

(八)多媒體簡報　將文字、圖形、影像、聲音及視訊動畫等各種媒

體整合在一起，藉由良好的規劃、設計以達到傳遞訊息的方式。優點是多采多姿，具有震撼的效果，使人留下深刻印象；缺點是播放的機具、場地水準要求較高，而且必須專業人員製作、操作。

三、簡報的結構

　　一份書面簡報的結構應包含多少項目，並無一定的標準，通常「綜合簡報」的內容涵蓋較廣泛，所以項目較多，其他類別的簡報則視其需要從中加以取捨，但亦可增加其他項目。茲就「綜合簡報」所包含的項目分述如下：

　　(一) 標題　印在封面上的標題，包括簡報主體全銜（即簡報的機關、學校或團體）、內容主題及簡報名稱三項。如「三民書局業務簡報」，「三民書局」是簡報主體全銜，「業務」是內容主題，「簡報」是簡報名稱。但也有逕稱「簡報」或「簡介」的；而「綜合簡報」通常會省略內容主題，只有簡報主體全銜和簡報名稱二項。

　　(二) 目錄　通常在封面或封面後的第一頁，將簡報內容的項目及其頁次列出，以便接受簡報的人能略知梗概，並易於翻檢。

　　(三) 前言　扼要說明簡報內容，或歡迎蒞臨指教等客套話，通常文字不宜太多。

　　(四) 沿革　介紹簡報主體的成立緣起、任務、發展經過等，通常按時間先後以撮要或條列的方式敘述。

　　(五) 地理環境　介紹簡報主體所在地及其附近的地理形勢、交通路線等。

　　(六) 組織　介紹簡報主體的行政組織系統，這是簡報的主要項目之一，敘述可稍詳細；也可以行政組織結構圖示意，較為醒豁明白。

　　(七) 業務　介紹簡報主體的工作項目、功能、產品及成果，是簡報的重心所在，敘述應較詳細。

(八) **設備**　介紹簡報主體的土地面積、建築狀況及特殊設施。如為展示性質的場所，通常會描繪平面配置、展示內容，以及開放時間、注意事項、參觀路線等資訊。

(九) **檢討**　簡報主體就本身業務運作情況及其成果的檢討，提出未臻理想及所遭遇到的困難之處。

(十) **展望**　提出簡報主體未來的發展，或即將推展的工作。

(十一) **結語**　最後的總結，通常都是一些自我策勵及請求支持、指教的話。

以上十一項，並非固定不變，可視實際情況加以斟酌損益。

四、簡報的寫作要點

簡報的使用日益普遍，手法也推陳出新，但就簡報文字而言，仍有其共同的寫作要點，說明如下：

(一) **資料確實充足**　編寫一份簡報，首先要從資料的搜集著手，資料必須充足，就簡報的目標、對象、主題加以取捨、剪裁，務使內容長短適度。且所用的資料務必確實，年代久遠的也不宜採用，經得起查證、複核，才能建立簡報主體的信譽，以達成溝通的效果。

(二) **結構嚴整有序**　簡報的種類或方式不同，其結構可能就不一樣；項目的斟酌損益，必須看簡報的實際需要而定。至於各個項目的先後順序，雖非固定不變，但總要符合介紹的程序，以及思維的邏輯原則。項目確定，每項自成段落，並冠以數目及小標題，以醒眉目。

(三) **措詞明白懇切**　簡報的措詞用語必須簡淺明白，以口語化為原則，把主題清楚地表達出來。對於專業的術語，如果非用不可，一定要運用一般人能夠接受的理念加以解說，外國文字亦以少用為原則，以免接受簡報的人無法瞭解，造成溝通不良的現象。此外，語氣必須堅定懇切，不亢不卑，讓接受簡報的人，即使身分、學識、經驗各不相同，卻都樂於接受。

(四)配合圖形圖表　為增進視覺效果，將複雜的資料、數據利用圖形或圖表具體的顯示出來，令人一目瞭然，可以加深理解，留下清晰的印象。否則，僅有文字說明，往往過於冗長累贅，且易流於呆板而無變化。所以，在簡報中適當的配合圖形或圖表，以釐清抽象的觀念、表達數據間的關係，也是必要的方法。

五、簡報的範例

三民書局業務簡報

一、前　言

三民書局給讀者的印象，似乎就與它出版的教科書封面中規中矩一般——謹慎、嚴肅。

「是黨營機構吧！」這是很多人對於三民書局的直覺。事實上，三民書局與政黨無關，也與宣揚三民主義無關，只因創立時主要有三位股東，所以稱為「三民」。

一九五三年三民書局開創時，沒有資金與背景；如今卻已發展出每年出版三百多冊書、員工三百餘人的大型出版機構，更有占地近千坪、擁書十五萬種的門市。

以教科書起家，堅持出版品質的三民書局，如何走出出版的坦途？

二、讀書人的夥伴

年紀輕輕就從大陸隻身來臺的劉振強董事長，因戰亂中斷了學業，卻不曾放棄求知的希望。拮据的生活並無餘錢可以買書，流連書店又不時遭到店員白眼相待。一九五一年一月一日，他選擇了書店工作，從此恣意地悠遊書海。

雖然只是一名書店的學徒，他卻不自限自己的工作。短短三個月中，除了對書店內約三千種書的書名、作者、定價瞭若指掌，還把書上的序文、前言都背了下來。這樣的苦學強記，成為他日後出版專業教科書的知識根基。

一九五三年七月十日，年僅二十二歲的他決定自己創業。於是與兩位朋友在衡陽路上，分租了一間小店面，擺上幾個書架，掛起「三民書局」招牌。他立志有一天要開一家像圖書館的書店，讓每個想唸書的人，都能自在地駐足閱讀。

三、法學教科書起家

在動亂的時代，需要什麼樣的書？

「應該是教導法治觀念的書！」劉振強董事長認為：唯有落實法治觀念，才能讓國家社會安定下來。因此，出版有關法治觀念的書籍，成為三民書局出版的第一個方向。此外，他希望將學術理論本土化，所以拋開過去翻譯國外學術著作的習慣，邀請國內教授、學術研究者，針對教師與學生的需求，編寫合適的教學叢書。

初踏入出版界的三民書局既無財力，也無名氣，靠的就是劉振強董事長的「勤與誠」。一九五六年，三民獲得授權出版知名法學教授鄭玉波的法學緒論；一九五七年再出版鄒文海教授的政治學；這兩本深受好評的法學教科書，為三民奠下了出版事業的根基，也確立了教科書的出版權威。

多年來，教科書始終是三民的出版命脈，從大專圖書到農工職校用書，從法學、政治、經濟到國學、藝術、電腦……；劉振強董事長不僅集聚學者耆宿，也慧眼發掘年輕教授。一九六四年，他力邀當時在臺大哲學系擔任講師的傅偉勳撰寫西洋哲學史，三十年後，傅先生撰文談到，當年就是深受劉振強「敬重學者的商人態度」所感動，從此展開雙方長久的友誼與出版關係。

四、開啟文學的殿堂

五〇年代後期，三民觸角延伸至文學作品。如一九五七年鍾梅音的短篇小說遲開的茉莉、一九五八年張秀亞的愛琳的日記、一九六三年謝冰瑩與左松超所編著的文學欣賞，均為一時之選，且不斷再版。

謝冰瑩在文學欣賞的前言中提到：「三民書局能夠站在發揚文化，提倡健康的文藝觀點上，出版這類有益青年的作品，實在太難得了！」而鍾梅音在遲開的茉莉的再版後記中也提到：「……感謝三民書局，正當短篇小說與散文大走霉運時，冒著賠錢的風險來再版這本小書！」足見當時三民出版文藝作品的重大意義。

一九六六年，三民文庫誕生，在序言上標示著：「我們出版界的責任，就是要提供好書，供應廣大的需要。不但在內容上要提高書的水準，同時在價格上也要適合一般的購買力……。知識是多方面的，社會科學、自然科學的知識，文學、藝術、

哲學、歷史的知識……山川人物的記載，個人經歷的回憶，也都包括在知識的範圍以內；這樣廣博知識的匯集，就是我們要出版的三民文庫……。」為了方便讀者隨身攜帶，三民文庫採當時歐、美、日甚為風行的袖珍文庫本，並以一般讀者買得起的價位推出。

琦君、林海音、鍾梅音、余光中、水晶、畢璞、胡品清等知名作家，都曾透過三民文庫展現文風，這些「大家」們泛黃的讀本，讀者即使現在重新閱讀，仍能深刻體會到他們在那個時代的感觸、憂慮與快樂。

第一本古籍今注新譯叢書——新譯四書讀本，也在一九六六年出版。以「復興中華文化」為主要訴求，透過謝冰瑩、邱燮友……等國文系教授譯註，搭配注音與白話解釋。這一系列包括楚辭、古文觀止、唐詩三百首、詩經欣賞研究等等，是老師推薦的課外讀本，也成為學生國文課的最佳參考書。隨著海峽兩岸的交流，注譯成員，也由臺灣各大學的教授，擴及大陸各有專長的學者，如今已出版一百多部有關經、史、子、集的重要古籍。

一九七二年，三民推出介於學術與通俗間的中國古典名著。以三國演義、水滸傳、紅樓夢等古典小說為主，透過繆天華、饒彬、劉本棟等教授詳加註解、校對、導讀，重新賦予時代內涵，帶領習慣閱讀白話文體的讀者，體會古典小說的樂趣。

五、為工具書出版立典範

一九七一年，三民書局企劃籌編一部收納千萬言、引文正確、以注音標示聲符的大辭典。

視大辭典的編纂有如研究工作，著實讓三民吃了不少苦頭。除了解釋單字的字音、字義，還企圖考證所有辭語用法的出處與正確性。三民聘請師大、臺大、政大幾十位教授，負責撰寫「辭條」，同一時期進行編纂的教授最多曾達一百多位；由於每條引文一定要有最正確的出處，光是對照各種原文版本，就動用三十幾位工作人員。

其後的印務更如一場惡夢——為求每個字都符合標準國字寫法，三民由寫字鑄模做起，重新鑄造六萬多個字，耗鉛七十噸，光是鑄字就花了八年，而其後的排版

更費時五年；為求印刷品質精美，更運往日本印刷裝訂，成本累積達一億六千萬。

這次編纂工作前後歷時十四年，可說是出版界空前的大手筆。投注的不僅是龐大的資金，更是三民對於出版的誠心——為求完美，不怕麻煩的編書精神。所以大辭典一出版就榮獲金鼎獎，也為三民書局出版工具書的態度，立下典範。

六、擴大出版版圖

為了讓出版工作分類分工、相輔相成，一九七五年，三民成立了東大圖書公司與弘雅圖書公司，由東大負責中學、職校教科書、學術叢書，弘雅負責出版品的行銷業務，主幹三民則負責大學教科書、工具書、文學叢刊等。

東大圖書的滄海叢刊於一九七五年創刊，囊括國學、哲學、宗教、史地、語文、美術、應用科學、社會科學等八大類，將文學藝術與學術著作皆蒐羅其中。除了錢穆等大家，也有張默、蕭蕭等當代作家的身影，而莊申的扇子與中國文化一書，更榮獲一九九二年金鼎獎的圖書美術編輯獎。

一九八五年大辭典問市，三民進入多產的時期，來自各領域的思想文化學者，更有系統地從學術角度探討問題，但又不若論文般的艱深。其中，傅偉勳與韋政通主編的世界哲學家叢書，參與撰寫的海內外華人及日、韓學者，超過兩百人，陳榮捷的朱熹一書，榮獲金鼎獎推薦。傅偉勳與沈清松主編的世界思想文化史叢書，將歐、美、日等先進國家的思想文化史，引介到臺灣。羅青主編的滄海美術叢書，則有高木森的中國繪畫思想史獲一九九二年金鼎獎圖書著作獎。比較文學叢書由葉維廉主編，其中歷史傳釋與美學一書，榮獲金鼎獎儀表圖書獎。此外，西洋文學文化意識叢書、現代社會學叢書、大雅叢刊以及圖書資訊學叢書等等，都是在此時企劃出版。

七、引導潮流

八〇年代中期，政府的大陸政策逐漸開放，三民開始規劃山河叢刊，引介傑出的當代大陸文學工作者。值得一提的是，海峽兩岸分治近四十年來，第一本正式取得大陸作者授權、並通過新聞局立案，就是一九八七年七月山河叢刊創刊之作——白樺的遠方有個女兒國。由於封閉多年的大陸書籍出版政策一夕之間開放，良莠不

齊的出版社一窩蜂地出版大陸著作，三民於是打住腳步，山河叢刊在一九九〇年停刊，總計出版了六本書。

一九八九年三民叢刊創刊，其前身即為三民文庫，以「人文素養，社會關懷」為主題，希望「藉由人文性思考作品的推出，以濟臺灣社會人的主體性喪失危機」。在時代潮流的轉變下，三民叢刊的版型、封面、字體、編排都有了變化。琦君、彭歌、謝冰瑩、小民等資深作家，仍撐起一片天；加上龔鵬程、李瑞騰……等觀察現代之作，更豐富了三民叢刊的內涵。

進入九〇年代，三民開始嘗試將學術理論大眾化。傅偉勳與楊惠南主編的現代佛學叢書、傅偉勳主編的生死學叢書、以關注生活藝術為出發的普羅藝術叢書等，皆從理論基礎出發，涵蓋與主題相關的各個層面，並使用深入淺出的方式說明，希望承載知識的工具能夠更親近大眾。

自大辭典出版後，三民又陸續出版了新辭典、學典等中文辭典。近年來，更致力於英漢辭典的開發，已出版三民新英漢辭典、三民廣解英漢辭典、三民皇冠英漢辭典、三民簡明英漢辭典等。持續編纂實用的中英文工具書，是三民未來的目標之一。

此外，三民也開始接觸過去陌生的領域——親子叢書與兒童文學叢書的出版。從一九九六年的我愛阿瑟系列、救難小福星系列等編譯自國外的兒童讀物，到一九九七年出版的小詩人系列，邀請鄭愁予、陳黎、張默、向陽等詩人，以及陳璐茜、曹俊彥等插畫家，一同為小朋友寫童詩、畫童詩，在在表現三民對於兒童讀物投入的心力與企圖心——希望降低三民讀者的年齡層，讓小朋友也會喜歡三民的書。

八、實踐社會責任

「將最好的作品，以最佳的編排方式及最精美的印刷，呈現讀者面前」，一直是三民對出版品的堅持，更是不變的社會責任。

製作大辭典時，發現臺灣印刷字體多來自日本漢字，遇到筆畫不同或缺字，只得拆字重組，失去國字的美感與意義，為求出版正確精美的中文圖書，三民集合近百位的編輯，重新書寫屬於中國人的印刷字體，從楷體、黑體、仿宋到宋體等等，而且全部輸入電腦系統中。因此，近年來，三民投入大筆經費，默默地進行「造字」

工程。

　　已故哲學教授傅偉勳先生，在劉振強默默耕耘文化事業四十年一文中，談及三民幾個書系的出版時，說道：「一九八六年，我偶然提及戰後日本文化出版事業的蓬勃發展，以思想史及文化史來說，已有數十套之多，反觀我國出版界，一直沒有出現一套此類叢書。……振強兄一聽，立即表示同感，並促我籌畫一套世界思想文化史叢書……；一九八八年，我又向振強兄說，隨著經濟社會的急速發展，宗教方面的學術出版與啟蒙教育，乃是提高文化水平的必須工作。振強兄信任我的建議，又讓我策畫一套現代佛學叢書……。」

　　三民尊重學者的建言，以整體環境生態利益為目標的心態，而不以名利為依歸，重視與著述者間互信的理念共鳴，和對社會責任的執著，由此可見一斑。

　　九、不忘初衷

　　從一家小書店出發，三民已在出版領域開創一片天地，不過劉振強董事長始終沒有忘懷創立三民時的初衷：「開一家像圖書館的書店」。

　　三民重南店過去是門市與編輯部的所在，歷經一九八八年與一九九三年兩次整修，已擴展為三層樓門市，開闢了兒童閱讀空間，並首創在書店裡設立電扶梯。

　　一九九三年七月，第二家門市──三民復北店開幕，是臺灣第一家「圖書館式」的書店，從地下一樓到四樓五個樓層，收納近十五萬種的圖書，在分類上採用賴永祥「十進制分類法」──與國家圖書館所使用的分類法相同，是一種穩定性高的分類方式，讓每一本書都有固定的住所，不會隨著市場變化而改變類別，「無論是小學生，還是世界頂尖的學者，都可以在這兒找到想要的書。」這正是劉董事長規劃「圖書館式書店」的目的。

　　「樓上備有舒適的座位」，這樣的歡迎詞出現在三民書局內。從草創初期的擁擠簡陋，到現在的富麗堂皇，三民不曾將買不起書的愛書人擋在門外。沒有錢的學生，也可以在三民讀著老師指定的教科書或是做起筆記。一九九六年五月，三民成立網路書店，提供二十萬種圖書，讓讀者直接透過網路查詢或購買圖書，為傳統書店經營打開另一扇窗。

　　無論是引領讀者與潮流同步的書系發展，或是圖書館式的書店經營理念，數十年來，三民書局稱職地扮演讀書人的夥伴，而「閱讀」三民時，打動讀者的，應該就是出版與經營都有這一份淑世的真精神吧！

第二節　演講辭

一、演講辭的意義與種類

　　面對眾人，以語言為媒介，抒發自己的情感、闡述自己的理念，以引起聽眾內心共鳴，稱為演講或演說；而演講人事先擬妥的文書，就稱為演講辭或演講稿。事實上，演講辭也是一篇文章，只是用口頭表達而非刊印出來；而且演講的時候，除了語言之外，還要配合面部表情、手勢、身體的動作等。但一場成功的演講，事先擬妥的演講辭是否完美至關緊要。

　　演講辭的形式，可以有「腹稿」和「文稿」的分別；但所謂「腹稿」，其實就是已經擬訂好演講的綱領、內容而未寫出來的「文稿」。至於演講辭的種類，根據它的目的、性質，可粗略分為下列四種：

　　(一)宣傳性演講辭　演講者為達成宣傳的目的，對聽眾闡揚某種思想、理論或信仰，使聽眾產生同情共感，深信不疑。如政治人物的宣言、傳教士的證道辭。

　　(二)學術性演講辭　演講者以其學識、經驗或研究成果，在適當的場所向聽眾發表，以啟發聽眾對某一問題的認知，進而產生興趣，共同討論或從事研究。如學術性集會上發表論文或專題演講的講辭。

　　(三)鼓動性演講辭　演講者鼓舞聽眾情緒，使聽眾不僅接受演講者的理念，而且採取具體的實際行動表示支持。如選舉活動中候選人發表政見或推銷人員介紹產品的講辭。

　　(四)社交性演講辭　凡是在餐會、酒會、晚會、婚喪喜慶、迎新送

舊、……等社交性質的場合，應邀發表應酬性的講辭。

二、演講辭的結構

通常一篇演講辭的結構可分為三大部分：開頭、正文與結尾。正文是重心所在，演講的主題在這一部分發揮，但開頭、結尾亦不宜忽略。茲分別說明如下：

(一) 開頭　開始演講，先要打個招呼，然後再講幾句話或一段話，俗稱開場白。開場白並無定規，但必須三言兩語就把聽眾的興趣集中在演講的主題上。通常有兩種方式：一是與聽眾建立情感，可述說趣事、自我介紹，或讚美聽眾，縮短演講者與聽眾之間的距離，並巧妙地引入正題，為演講的成功打下良好基礎。二是點明宗旨，直接由演講的題目及演講的原因講起，也可提出與講題相關的故事或問題，或援用古今哲理名言，或就當前的情勢引出主題，使聽眾覺得自然、順暢。

(二) 正文　演講時，到底要說些什麼？「要說什麼」的部分就是演講辭的正文。在一般演講中，演講者所要講的內容不外兩方面：一是講理，二是敘事。講理就是論證事理或發揮自己的主張，使聽眾瞭解明白某一種事理或相信演講者的主張真確，因此必須提出充分的證據或理由，或者用邏輯學中的「演繹」、「歸納」、「辯證」諸法來作論斷，如有容易引起疑問之處，還得逐一剖析解答，務使人完全信服，而不致被認為獨斷。敘事就是介紹事件或人物，對於事件的發生、發展的過程、後來的影響，以及時間、地點、人物，都要條理井然，不可雜亂無章。人物的介紹，更要根據實在的資料，列舉出足以感動人心的具體事跡。即使是工作報告、景物介紹，也須要求層次分明、內容詳略得當。事實上，在一篇敘事的演講辭裡，透過對人物、事件、景物的記載和描寫，往往會表現出演講者的思想、感情。也就是說，能夠把事件或人物講得「活」起來，不但生動，而且具有感染力，使聽眾如見其人、如臨其境，從而受到激勵和啟發。

　　(三) **結尾**　頭難開，尾亦難收。演講辭的結尾方法很多，並無定規，但總要以能夠概括總結全篇旨意為原則。所以通常會在結尾部分呼應正文，提綱挈領地強調重點，以深化主題，這也是幫助聽眾對演講的內容再一次有系統的回憶，以留下完整而深刻的印象。不過，若只是平淡地重複述說，亦足以令人生厭。一篇動人心絃的演講辭，結尾更不能平淡而無特色，必須別出心裁，使演講者的感情能進入聽眾的心靈深處。自古文人演講、寫文章，對結尾和開頭都一樣重視，有所謂「豹尾」和「撞鐘」的比喻。也就是說，結尾要像金錢豹的尾巴一樣強而有力，足以警醒大眾；要像撞鐘一樣餘音繞梁，令人回味無窮。

三、演講辭的寫作要點

　　演講在今天這個時代非常的重要，不論年齡、地位或性別，每個人都有機會被邀請參加大小不一的各種集會，並且發表演講。但一場成功的演講，常植基於一篇好的演講辭。美國第十六任總統林肯就曾經放下一切工作，專心草擬，而且一再修改，才完成那篇很有名的蓋茨堡（Gettysburg）演講辭。所以，演講辭的撰擬，不能掉以輕心。茲將撰寫演講辭在整體上必須注意的要點說明如下：

　　(一) **確定主題**　準備演講的第一步工作，就是確定主題。首先要瞭解演講的目的、性質，是社交性的？宣傳性的？鼓動性的？還是學術性的？將在某種場地與時機之下演講？自己是以何種身分來演講？聽眾都是一些什麼人？他們的性別、年齡、籍貫、職業、教育程度、社會地位、政治背景等如何？他們所關心的問題是什麼？然後推敲出演講的主題，擬訂一個能吸引人且充分反映主題的題目。其實，一般演講的主題有時是根據聽眾的需求來確定，但也必須是演講者對此一主題具有深刻的認識與瞭解，才能提供具體的真知灼見，使聽眾在心靈上感到有所提升或受益。

　　(二) **整理資料**　撰寫演講辭之前，必須儘可能搜集豐富的資料。資

料的來源，可以是自己的創見、讀書心得和日常生活的經驗；或是廣泛閱讀與演講主題相關的書報雜誌，予以分析歸納，採用那些最能闡明主題的資料；甚至可以實地考察，取得第一手資料。但演講者如果搜集許多材料，往往會東拉西扯，而在滔滔不絕之餘，成為一篇冗長的演講辭。事實上，好話說得太長，也會使人失去傾聽的意願，不可不慎。

(三) **組織內容**　一般聽眾的心理，總希望演講者能夠說出自己想說而又說不清、說不出的話；或者希望聽了演講之後，對他能夠有所收穫。所以在撰寫演講辭的時候，必須考慮到內容要具有建設性，亦即能夠提出對聽眾有所幫助的意見。即使是痛心時弊，也必須積極地提出自己的見解及主張，讓聽眾採納。此外，成功的演講者，能讓聽眾自始至終都保持濃厚的興趣，除了內容新穎、理論精闢之外，語言還應當有味道。所以，在演講辭中，一方面必須灌注演講者的感情，避免採用機械式的表達方式；另一方面，幽默詼諧的語言，應用得當，不但富有哲理，且常令人回味無窮，只是在一次演講中，不宜使用頻繁，也不能太庸俗，讓人覺得無聊。

(四) **注意修辭**　撰寫演講辭，必須注意修辭在「達意」和「動聽」兩方面的作用。「達意」就是演講者把自己的意思用平易的字句，使每一個聽眾都能領悟瞭解。所以措詞務必清晰確切，完全合乎平時講話的習慣，也就是「口語化」。但演講時是訴之於聽覺，聽眾對於一長串沒有間歇的音符，不容易完全接受領會，為免聽眾漏失或誤解原意，在撰寫演講辭的時候，就必須考慮語句的長短適度，使聽眾易於接受。至於「動聽」就是要使聽眾深受感動而信服，這或許與臨場的表情、聲調、語氣等有關，但撰寫演講辭，若能注意修辭，更能收到事半功倍的效果。例如運用人人都熟悉而又警醒有力的成語；對於演講辭中最精要的所在，採用重複說明的方式，以加強所要表達的意義，而使聽眾覺得動聽。

四、演講辭的範例

從民間信仰看忠義精神
——在臺南縣教育會演講（節錄）

我是在本縣六甲鄉出生、長大，小學畢業，在新營念了三年初中，三年高中，一直到民國四十九年夏天，考上國立政治大學，然後到木柵去念書。算起來，離開這個生長的家鄉已經數十年了。今天能夠有這麼一個機會回到家鄉來，與家鄉教育界的前輩共聚一堂，報告一些個人平時讀書的心得，實在感到十分興奮。

今天我想從臺灣本地的民間信仰來談一談忠義的精神。我們常說：我們是一個禮儀之邦。但是我們所說的禮，它的涵義實在很複雜，而它所牽涉的範圍也很廣，舉凡政令、制度、民風、習俗等等，沒有一項不可稱之為禮，不論是精神的、物質的，包括人與人、人與物、人與超自然的合理關係，沒有一項不屬於禮的範圍。所以「禮」這個字，在世界各國的語文當中，很難找到一個相當的文字來翻譯它。我們可以說：禮就是代表著我們的傳統文化。

民間的信仰，其實也就是禮的一種表現。古代天子祭天地名山大川，這就代表一個社會人群對自然界現象所表現出來的禮。又如無論在大城小邑，都建有城隍廟，城隍就是城池之神，歷代都明定祭祀的典禮。又如全國各地都有「福德祠」祭祀土地神，所以俗語說：「田頭田尾土地公。」可見土地廟之多。這些土地廟都是在崇敬一位我們想像中主管土地的神，我們的傳統觀念，認為我們既然生長在土地上，冥冥中有祂來作我們的主宰，我們就要對祂表示敬意。雖然這是一種禮的表現，但也就因此而構成了我們民間的信仰。

過去，我們是一個農業社會，對五穀、農桑、紡紗織布，由飲食穿衣推而至於醫藥，也都各有它不同的神，所以神農、后稷、嫘祖等，都成為特領某一生產部門的神。即使是教育，也有至聖先師孔子；甚至唱平劇的也崇奉一神，五代時的梁莊宗便是他們的神；做木匠的也有一神，戰國時代的公輸班便是他們的神；據說木柵指南宮的呂洞賓，祂還是理髮業的神！所以說：凡是被認為是某一部門生活的創始者，

都被尊奉為這個部門的神，給以敬禮，永作紀念。

這樣說來，一切自然現象和人事安排都有神，我們豈不成為一個多神教的國家嗎？這又不盡如此。照我們傳統的看法，天地萬物雖說各有神明，但這也是因為天地萬物提供我們人類生活上的資料，基於飲水思源、報本反始的心理，所以我們憑著個人的良心，對祂們表示敬意，定一份崇拜之禮，以資永遠不忘。因此民間所信仰的各種神，都是對社會人生有重大貢獻，對文化學術有特殊創作的人。也就是把自然與人文打成一片，都給以禮的待遇。所以在我們的觀念裡，神的世界與人的世界是非常密切的，那也可說是「天人合一」。

比神降一級的就是鬼，我們每個人都有自己的祖先，一般人的父母雖然對整個社會沒有什麼大功，但是對我們個人卻有養育的大功，我們應該對父母有所崇報，所以父母不幸去世，便為他立神位。立神位，也就是把他看做是神，但是在別人卻稱之為鬼。別人也各有他的父母，在他也是奉之為神，在我也是把他稱之為鬼。鬼在我們的心裡，地位狹小，而且時間短暫；神在我們的心裡，那是廣大而悠久的。我們千萬不要認為人一死就沒有了，至少為人父母的，在他的子女心上還是「有」，還是「存在」的。所以自古以來，我們特別重視祖先的祭祀，這也是我們民間信仰的一個主要特色。

在臺灣北部姓張的人家聚居的地方，往往就會有集應廟和忠順廟，集應廟所奉祀的是保儀尊王，忠順廟所奉祀的是保儀大夫，在木柵，這兩座廟都在相同的一條馬路上，所以這條路也就取名為保儀路。只是保儀尊王和保儀大夫究竟是歷史上的何等人物，事實上沒有什麼明確的紀錄。不過，根據一般的說法，以唐朝安史之亂，死守河南睢陽城而盡忠殉節的張巡、許遠兩人最為可靠。

唐朝天寶十四年十一月安祿山之亂，唐玄宗派許遠為睢陽太守兼防禦使，當時張巡也正起兵討賊，因為賊兵斷絕了他的餉路，因此張巡就到河南睢陽和許遠會合。後來安祿山死了，賊將安慶緒派遣尹子琦率兵十幾萬，聲勢浩大的先後兩次前來包圍睢陽城，可是城內張巡和許遠的士兵一共才只有幾千人，在這種敵我兵勢懸殊的情況下，張巡仍然堅決抵抗。史書上記載：當時許遠自認才幹不及張巡，所以就把

軍權讓給張巡。本來張巡是到睢陽來投靠許遠的，結果許遠反而自願屈居其下，專管錢糧軍備的事，這種和衷共濟，為著大局著想而不貪戀名位的做法，首先就讓我們深感敬佩。而當時張巡臨危受命，憑著幾千個步卒，面對十幾萬的賊兵，前後經過了四百多次的大小戰役，愈戰愈勇，氣勢一點也不稍減退。只是城被包圍了，救援不至，城內的糧食愈來愈少，很多士卒餓得連拉弓的力氣都沒有。後來張巡殺了他的愛妾，許遠也殺了他的奴僮，煮熟了要給士兵充飢，大家都非常感動，流著眼淚不忍心吃。張巡勉強他們吃下去，希望他們有氣力來殺敵報國，這是多麼悲慘的局面啊！

最後，城被攻破了，張巡、許遠也先後壯烈成仁了，當時城裡所剩下來的軍民只有四百人而已；其他有的是戰死，有的是餓死，有的是在人吃人的慘劇下犧牲了。他們都知道據守著被包圍的孤城，最後一定會死，可是始終沒有一個人逃亡的，這完全是張巡、許遠那種忠義凜然的志節感動了他們，所以在唐朝中興以後，就在睢陽為張巡許遠蓋廟，稱為「雙忠廟」。後來在河南一帶，大家也就把他們奉之為神，以張巡為保儀尊王，許遠為保儀大夫，專司驅逐害蟲，保護禾苗之責。

我們讀歷史，發現許多不朽的英雄人物，常常是悲劇型的，但也是最能感動而振奮人心的；至於那些成大功立大業的往往就是受他們影響最深刻的人，事實上，這些忠貞之士所以能夠寧死不屈，從容就義，也是由於過去文化的薰陶所培養而成。我們傳統文化，在全世界各民族中，擁有最悠久的歷史，不能不說是這些英雄人物留下千古典型，而奠下深厚的基礎所造成的，所以我們說這些忠貞之士，也正是開拓世界的豪傑。

不過話說回來，那些歷史人物，當他壯烈犧牲時，他決不是為了要留名後世，只是憑仗著一股氣，盡其在我，為著報答國家社會的恩澤，而無愧於讀聖賢書的意義。所以在我們的道德精神上，非常重視「忠義」這兩個字，而且把「忠」字和「義」字相提並論。也就是說：能夠忠於國家民族的人，他一定不會為個人的利害得失、安危生死作打算、作計較，他只管這件事該不該做。而所謂「該不該」，其實就是「義不義」。

　　根據民國四十八年臺灣省文獻委員會的統計，全臺灣有一百九十二座關帝廟，臺南縣就有十六座，僅次於宜蘭縣的十七座，但是臺南縣有個關廟鄉，應該更具特色。關廟是祭祀三國時代的關羽，把關羽稱為關公，而不直呼他的名字，是三國演義的作者羅貫中的傑作，因此關公也就變成一個被大家所崇拜的偶像。關公一生的德行，不論是表現在史書上的記載，或者表現在戲曲小說的描寫，感人最深的一點，就是他的「義」。

　　關公的「義」確實是他的人格上大過一般人的地方，曹操也常稱道，正史也有很多信而有徵的事實。當初劉備占領了徐州，就讓關羽守下邳。漢獻帝建安五年，曹操東征，關羽戰敗被俘，結果曹操反而拜他為偏將軍，對他禮遇有加，很想籠絡他，可是關羽卻對曹操派來試探他的張遼說：「我知道曹公待我極好，可是我和劉將軍卻是同生共死的，我決不背叛劉將軍，不過我會報答曹公的厚意，然後才離開的。」不久，袁紹派大將軍顏良圍攻駐守在白馬坡的東郡太守劉延，於是曹操就派關羽和張遼為先鋒去解圍。關羽見到顏良的麾蓋，認清顏良的位置，策馬衝鋒陷陣，在千軍萬馬中，將顏良斬首，再馳回本陣，顏良的部將沒人敢加以阻擋。後來曹操上表封他為漢壽亭侯，並且重重的賞賜他。但關羽認為已經報答了曹操的厚意，而且也得到劉備的消息，於是將曹操的賞賜一律留下，拜書告辭，直奔劉備。關羽這種財帛不動於心、爵祿不移其志的表現，實在值得後人感佩。

　　不過世俗一般人對於關公的印象，得自小說戲曲的，比得自正史的不但多得多，而且更為深刻，所以我們可以說：世人所崇拜的是三國演義裡的關公，而不是陳壽三國志上的關羽。現在我們就撇開歷史的事實，單憑三國演義這本小說上的描述來講，三國演義描寫關公的「義」，有幾件動人的情節。

　　翻閱第一回就是桃園三結義，萍水相逢的三個人，相談之下，意氣相投，抱負相同，就締結起比骨肉兄弟還要親密的情誼，「不求同年同月同日生，但願同年同月同日死」。後代的人，凡是換帖結拜的也都套用了這兩句話。事實上，他們三個人不是說說就算了，而且還真真正正的實行出來。後來經過多少大劫，屢次遭到失敗，徐州當陽的那幾次戰役，更造成彼此失散，但他們三個人絕不相負，最後仍然

復合為一，真正實踐了結義時「同心協力，救困扶危，上報國家，下安黎庶」的誓詞。所以今天有人想要結拜的話，一定要到關帝廟舉行，並非全然無故。只是有些年少不更事的青少年，竟也學會這一套，結成幫派，他們也說是「結義」，卻常常做出一些讓社會大眾痛心厭惡的事，這就是不曉得「義」的涵義的緣故。

在一般青年朋友的口中，經常提到跟「義」這個字相關的詞語「義氣」，而最能表現「義氣」的就是朋友往來，譬如對朋友親如手足，休戚相關，協力同心，禍福與共，肝膽相照，貴賤不相忘，生死不相負，但是所有這些表現，必須是合理的，所以我們平常把「義」和「理」兩個字合起來說是「義理」。否則彼此勾結，美其名說是「結義」，卻是好勇鬥狠，逞強撒野，那只能說是假的義，而且是陷朋友於不義。

剛才我們引正史提到關羽在下邳戰敗被俘，曹操優禮有加，想盡辦法來籠絡他，這一件事在三國演義裡還有更感人的描寫。有一天，曹操看見關公的戰袍已經穿得很舊了，就做了一件新戰袍送他，但是關公卻把它穿在裡面，外面仍用舊戰袍罩著。在曹操以為關公是節儉，用舊戰袍罩著來保護新戰袍，沒想到關公卻說舊戰袍是兄長劉備所賜，穿在身上就如同見到兄長的面，而且不敢因為丞相送了新袍子，就忘記兄長舊日所送的，所以把舊袍子穿在上面，曹操聽了讚嘆說：真義士也。

其實在三國演義中，作者以誇張的手法來描寫關公的「義」，最出色的一段是在華容道放走曹操這一回。當然啦！這是小說家虛構的情節，不過也是關公的一些後代信士最敬佩的事。根據小說的描寫，關公向諸葛孔明討了把守華容道的差使，曾經納下軍令狀，捉不了曹操回來，他要把自己的頭顱奉上。有了這麼嚴重的誓約，結果竟然放走了曹操，真是「擔著血海的關係」，小說上有這麼一首詩：「曹操兵敗走華容，正與關公狹路逢，只為當初恩義重，放開金鎖走蛟龍。」為著恩人而甘願拿自己的性命去報德，這是「義」的表現，也是關公活在後代人們心中的緣故。而歷代帝王也不斷地加給關公一些尊榮的封號，表示他們和臣民對關公一致的崇敬。於是關羽由侯而公而王而帝。到了清朝，他更是雄踞武聖廟，與孔子的文聖廟並列，咸豐、同治皇帝都曾經親自去拈香。到了清末，關公的廟號全稱是「忠義神武靈佑

仁勇威顯護國保民精誠綏靖翊贊宣德關聖大帝」。

　　臺灣各地的關帝廟，也叫做恩主公廟，我們看到整天人進人出，前去祭拜武聖關公，不免想起現在的一般社會風氣，正需要我們發揚「義」的精神。由於近代工商業發達，大家都想發財，個人的思想，以及所有的時間都用到求利上面去了，難免就忽略了人際間的「義」，也因此而把自己封閉起來，避免跟不相干的人打交道，深恐暴露自己，而產生不利。古語說得好：「見義不為無勇也。」可惜一般庸俗的人，卻抱著「事不關己不勞心」的觀念，生怕惹禍上身，其實這一種人走進關帝廟的時候，應該深感慚愧才對。

　　今天雖然說是要談一談民間信仰，其實只提到張巡、許遠死守睢陽而成為「忠」的典型，而關羽因為三國演義的描寫而成為「義」的楷模，其他還有許多民間信仰的神，也都出自於「忠孝節義」的，我們沒能夠談到。我們深切的期望：民間信仰不要流於盲目無知的舉動，而能夠切實發揚這些古聖先賢所以受到後人崇拜的道理，以改善社會風氣。

習　題

一、試撰擬本校校園簡報一篇。
二、試以「有恆為成功之本」為題撰擬演講辭。

第十章
規　章

第一節　規章的意義與特質

　　政治是管理眾人的事，但「眾人的事」是何等的複雜繁難，所以機關、團體為了辦事，必須先規定好事情應該怎麼辦，使大家知所遵循，才能有條不紊地推展業務，因此就有規章的產生。

　　規章的範圍，廣義來說，可以將國際間締結的條約、立法機關所制定的法律包括在內。但條約的締結、法律的制定，事屬專門，責有專司，並非一般人所能勝任。通常所說的規章，是指機關、團體以分條列舉方式，規定它的設立宗旨、組織、權責或辦事程序、執行方法等的文書。這些規章有一個基本條件，就是不能牴觸憲法及法律，有時還要經主管機關的核准，才能施行。

　　綜上所述，可引申出規章的五種特質：

　　一、規章必以書面記載。

　　二、規章必採分條列舉方式。

　　三、規章必由機關、團體訂定；有時還要經主管機關的核准，才能施行。

　　四、規章不能牴觸憲法及國家法律。

　　五、規章通常都具有強制的效力，一經發布施行，各該機關、團體或相關人員即必須遵守履行。

第二節　規章的種類

　　規章，只是概括的通稱，種類繁多，名目紛歧。茲列舉日常習見的十

二種，分別加以解說如下：

一、章程　這是機關及團體所通用，規定組織、權利、義務、計畫、進行程序等基本事項。製發者及接受者，可立於平等地位，也可立於上對下的地位。對外具有表現性，對內兼有指導性。

二、規則　這也是機關、團體所通用。規定應為及不應為的事項，使大家共同奉行遵守，純粹立於上對下的地位。大多是為整頓風氣、維持秩序而訂定，所以具有紀律性。

三、規程　這是兼具有規則與章程的作用。在規定施行程序中，並規定其應為及不應為的事項。大多是機關、團體為某一特定事件而作，不但具有表現性、指導性，而又具有紀律性。

四、準則　這是機關、團體規定作為的準據、範式或程序，具有紀律性與指導性。

五、綱要　這是將某種事項，提綱挈領，加以概括的規定，側重於重大條款而不及細目，所以稱之為綱要。也稱「綱領」、「大綱」。

六、細則　這是將法律中所記載的事項，用詳盡的文字，編成更周密的條文，逐項說明其施行手續。

七、辦法　這是針對某種事件，直接指示其辦理方法。

八、簡章　這是把章程的重要條文，用簡單文字摘取出來，具有表現性、指導性。

九、須知　凡欲使人對某一特定事項的程序及辦法知所遵守的，都可訂定。

十、注意事項　這是用來指示人對處理業務、推進工作，或專對某事必須注意遵守的事項。

十一、要點　這是針對某一特定事項，訂定簡明扼要的執行重點。

十二、標準　這是針對某一特定事項，標明準繩，以為處理的依據。

第三節　規章的用語

　　規章是處理公務或具有法律性的文書，所用術語，各有特定的意義，不容混淆，除「法律統一用字表」、「法律統一用語表」所規定的以外，茲將一般規章常用術語，解說如下：

　　一、凡　概括一切的意思。如私立○○高級商業職業學校圖書館借書須知三：「凡欲借書，須由本人親自辦理，……」

　　二、應　肯定非如此不可的意思。如電力調度原則綱要第 3 條：「輸配電業應設置中央、區域及配電調度中心，以執行電力網運轉操作。」

　　三、須　與「應」相似，也是必須如此的意思，但語氣則較為緩和。如私立○○高級商業職業學校圖書館借書須知二：「借還書須在本館開館時間內辦理，每日上午八時至下午五時。」

　　四、得　可以的意思。就是在某種情況下，可以這樣做，但沒有強制性。如○○股份有限公司章程第 10 條：「股東因故不能出席股東會時，得出具公司印發之委託書載明授權範圍，簽名蓋章委託代理人出席。」

　　五、不得　不可以怎麼樣的意思，是一種硬性的規定。如○○股份有限公司章程第 19 條：「本公司股息定為年息壹分，但公司無盈餘時，不得以本作息。」

　　六、但　通常稱為「但書」，表示例外的意思。就是原則業經規定，如有例外，就用「但」作轉語詞，把例外說出來。如○○股份有限公司章程第 11 條：「本公司股東每股有一表決權，但一股東而有已發行股份總數百分之三以上者，其超過部分以○折計算。」

　　七、均　兩件以上事項，同等看待的意思。如○○股份有限公司章程第 8 條：「股票之更名過戶，自股東常會開會前一個月內，股東臨時會開會前十五日內或公司決定分派股息及紅利或其他利益之基準日前五日內均停

止之。」

八、及、並 表示兩個以上項目同時兼備的意思。如電力調度原則綱要第 20 條:「輸配電業應擬具操作單線圖之開關設備編號原則及繪圖符號等規定。」電力調度原則綱要第 21 條:「前項相關事項規定,除經電業管制機關指示檢討外,輸配電業應至少每三年檢討一次,並提報執行與檢討分析報告,報請電業管制機關備查。」

九、或 連舉幾個應備的項目,表示具此不必具彼的意思。如私立〇〇高級商業職業學校圖書館借書須知六:「借書到期應即歸還,未辦理續借或逾期歸還者,每書每逾期一天,罰款新臺幣五元,……」

十、除……外 這是一種兩面俱到的規定術語。有兩種作用,一是規定例外,如財政部賦稅署貨物稅評價委員會組織規程第 8 條:「前項人員,除執行祕書由委員中指派兼任外,其餘均為專任。」二是增加項目,如老人福利專業人員資格要點九:「公立老人福利機構專業人員,除符合公務人員相關法規外,並得就本要點所訂資格者遴任之。」

十一、遇……時 與「除……外」用法相近,有時作「必要時」。可以規定例外,如印花稅法施行細則第 2 條:「印花稅票之發行,必要時得由財政部委託地方政府辦理之。」也可以用來表示增加項目,如財政部賦稅署貨物稅評價委員會組織規程第 10 條:「本會每月開會一次,必要時得召開臨時會。」

十二、視同 表示與所規定的事項同等看待。通常為行文之便,或用「以……論」、「作……論」,也是視同一律的意思。如私立〇〇高級商業職業學校圖書館借書須知七:「預約書回館經通知三日內,預約人如未前來辦理借書手續,視同棄權。」又如世界華文教育協進會華文教學研習班第 47、48 期招生簡章九:「㈡本班隨時點名,凡缺席日數逾 6 天（12 節課）以上者,概以自動退學論。」

十三、其他 用來概括列舉不盡或不能確定的事項,通常都用在列

舉項目之末。如財政部賦稅署貨物稅評價委員會組織規程第 6 條：「四、其他交辦事項。」

以上十三種是一般規章裡常用的術語。此外像「如」字，在規章裡是用來假定例外的事情發生預先謀求解決辦法作規定的，在普通文章裡也可用「倘」字來代替，但在規章裡，卻不用「倘」字，像這一類習慣上的用語，也就不必一一備舉了。

第四節　規章的寫作

規章的種類很多，作用各不相同，寫作的方法也不是一成不變，只能提出一些共同點來加以說明：

一、確定名稱　凡作規章，必先定名，可從訂定的機關、施行的效用、施行的範圍、規章的類別四方面考慮。例如「世界華文教育協進會華文教學研習班第 47、48 期招生簡章」，「世界華文教育協進會」是訂定的機關，招生是施行的效用，「華文教學研習班第 47、48 期」是施行的範圍，「簡章」是規章的類別，但並非所有規章的名稱都具備這四種要素。而且通常名稱的字數不宜過多，必須用很少的字概括全文，音節也要諧適而又響亮，使人留下深刻的印象。

二、分配章節　規章的內容必須層次分明，所以在形式上，章節的分配要適當。最繁的形式，可以分為編、章、節、目、條、項、款七級，普通分為章、節、條、款四級，最少的僅有一級。分配章節時，應斟酌事實需要，既不可有意求繁，也不必勉強求少，要以分配適宜為度。

三、安排次序　一般規章的結構，大體可分三部分，一是總則，二是分則，三是附則。規章的依據、定名、宗旨、會址等，大都列在總則部分；各種特殊事項，如會員、組織、職權、任期、會期、經費等，大都列在分則部分；至於規章的通過、公布、施行、修訂等規定，大都列在附則

部分。但所謂總則、分則、附則等字樣,並不一定要標明,通常只須按照各種性質編列即可。

四、根據法規 規章雖為行政命令,但具有法律性質的約束力,所以不能沒有法律的依據。一般規章,在開始時首先載明本規章所根據的法規,就是這個道理。如無明文可資引據,那就說明訂定此規章的宗旨,但不可與現行法令違背。

五、考慮周密 規章的作用,在規定辦法,俾眾遵循,所以一切有關事項,都要詳加考慮,逐項規定。如有列舉事項,更要體驗事實,將可能發生的情況一一列舉,不可有所遺漏。

六、文字明確 規章既然具有法律的性質,所以文字當求簡明確切。只要據事直書,不必詳說理由。只求觀者明瞭,不必講求典麗。而且文字不宜過長,應力求簡明。尤其是規章的性質,多具強制性,所以語氣必須肯定,「大概」、「容或」、「似宜」之類,語涉模稜,都不可使用。

第五節　規章的範例

一、章程

○○股份有限公司章程

第一章　總　則

第　1　條　本公司依照公司法規定組織之,定名為○○股份有限公司。

第　2　條　本公司所營事業如下:

　　　　　1、○○○○○○○○

　　　　　2、○○○○○○○○

第　3　條　本公司設總公司於○○○,必要時經董事會之決議得在國內外設立分公司。

第　4　條　本公司之公告方法依照公司法第廿八條規定辦理。

第二章　股　份

第　5　條　本公司資本總額定為新臺幣○○元，分為○○股。每股金額新臺幣○○元，全額發行。

第　6　條　本公司實際發行股份為○○股，計新臺幣○○元整。

第　7　條　本公司股票概為記名式，由董事三人以上簽名蓋章，經依法簽證後發行之。

第　8　條　股票之更名過戶，自股東常會開會前一個月內，股東臨時會開會前十五日內或公司決定分派股息及紅利或其他利益之基準日前五日內均停止之。

第三章　股東會

第　9　條　股東會分常會及臨時會二種，常會每年召開一次，於每營業年度終結後六個月內由董事會依法召集之，臨時會於必要時依法召集之。

第　10　條　股東因故不能出席股東會時，得出具公司印發之委託書載明授權範圍，簽名蓋章委託代理人出席。

第　11　條　本公司股東每股有一表決權，但一股東而有已發行股份總數百分之三以上者，其超過部分以○折計算。

第　12　條　股東會之決議除公司法另有規定外，應有代表已發行股份總數過半數股東之出席，以出席股東表決權過半數之同意行之。

第四章　董事及監察人

第　13　條　本公司置董事○人，監察人○人，任期三年，由股東會就有行為能力之股東中選任，連選得連任。

第　14　條　董事會由董事組織之，由三分之二以上董事之出席及出席董事過半數之同意，互推常務董事○人，並依同一方式，由常務董事互推董事長一人，副董事長一人，董事長對外代表公司。

第　15　條　董事長請假或因故不能行使職權時，其代理依公司法第二百零八條規

定辦理。

第 16 條　全體董事及監察人之報酬由股東會議定之，不論營業盈虧得依同業通常水準支給之。

第五章　經理人

第 17 條　本公司得置總經理一人，副總經理及經理若干人，其委任、解任及報酬依照公司法第廿九條規定辦理。

第六章　會　計

第 18 條　本公司應於每營業年度終了，由董事會造具：㈠營業報告書，㈡資產負債表，㈢財產目錄，㈣損益表，㈤盈餘分派或虧損彌補之議案等各項表冊依法提交股東常會，請求承認。

第 19 條　本公司股息定為年息壹分，但公司無盈餘時，不得以本作息。

第 20 條　本公司年度總決算如有盈餘，應先提繳稅款，彌補已往虧損，次提百分之十為法定盈餘公積，其餘除派付股息外，如尚有盈餘作百分比再分派如下：

㈠股東紅利百分之〇。㈡員工紅利百分之〇。㈢董事監察人酬勞百分之〇。

第七章　附　則

第 21 條　本章程未訂事項，悉依公司法規定辦理。

第 22 條　本章程訂立於民國〇〇年〇月〇日。

二、規則

立法院會議旁聽規則

第 1 條　本規則依立法院議事規則第六十二條規定訂定之。

第 2 條　持有旁聽證者，方得進入議場旁聽。

第 3 條　旁聽者進入議場時，須將旁聽證佩掛胸前明顯處，以供辨識；必要時，得查驗身分證或其他證明。

第　4　條　旁聽證限持有人當日（上午、下午）使用，截角後入場旁聽，離場即行作廢，並不得轉借。

第　5　條　服裝不整、酒醉或精神異狀者，不得入場旁聽。

第　6　條　不得攜帶七歲以下兒童進入議場旁聽。

第　7　條　旁聽者不得攜帶武器、危險物品或各種標幟、標語、海報及其他物品等進入議場，並不得拒絕檢查。違反者，不得入場旁聽；已入場者，得強制其離場。

第　8　條　會議進行中或中途休息時，均應保持肅靜，不得鼓掌、喧鬧或其他妨礙議場秩序或議事進行之行為。違反者，得強制其離場。

第　9　條　如遇貴賓演講時，不得中途離席。

第　10　條　旁聽證於祕密會議不適用之。

第　11　條　本規則經提報院會後施行。

三、規程

財政部賦稅署貨物稅評價委員會組織規程

第　1　條　本規程依貨物稅條例（以下簡稱本條例）第十七條第二項規定訂定之。

第　2　條　產製廠商申報應稅貨物之出廠價格及完稅價格，經主管稽徵機關調查發現有不合本條例第十三條至第十六條之情事，應予調整者，由貨物稅評價委員會（以下簡稱本會）評定之。

第　3　條　本會置主任委員，由賦稅署署長兼任，副主任委員，由賦稅署副長兼任。

第　4　條　本會置委員，由財政部部長就本部及其他有關機關主管人員聘兼之。

第　5　條　本會設下列二科：

一、稽核科。

二、管理科。

第　6　條　稽核科掌理下列事項：

一、關於應調整出廠價格或完稅價格案件之稽核。

二、關於應稅貨物各項成本、費用與銷售價格之稽查。

三、關於應稅貨物產銷情形、通常價格之調查與分析。

四、其他交辦事項。

第 7 條 管理科掌理下列事項：

一、關於應調整出廠價格或完稅價格案件之行政業務處理。

二、關於產製廠商產銷情形與應稅貨物市場通常價格資料之蒐集。

三、關於評定案件或交議案件之查報與處理。

四、其他應處理或交辦事項。

第 8 條 本會置執行祕書、科長、專員、科員及雇員。

前項人員，除執行祕書由委員中指派兼任外，其餘均為專任。

第 9 條 本規程所列各職稱之官等及員額，另以編制表定之。

各職稱之職等，依職務列等表之規定。

第 10 條 本會每月開會一次，必要時得召開臨時會。

第 11 條 本會開會時，由主任委員任主席，執行祕書及科長列席，必要時得指
定主管稽徵機關有關人員列席。主任委員不能出席時，由副主任委員
擔任主席。

第 12 條 本規程自發布日施行。

四、準則

公立就業服務機構設置準則

第 1 條 本準則依就業服務法（以下簡稱本法）第十二條第三項規定訂定之。

第 2 條 公立就業服務機構之設置，應符合本準則之規定。

公立就業服務機構得視業務區域勞動供需、經濟發展及交通狀況，設
立就業服務站或就業服務臺辦理就業服務。

第 3 條 公立就業服務機構掌理下列事項：

一、求職、求才登記及推介就業事項。

二、職業輔導及就業諮詢。

三、就業後追蹤及輔導工作。

四、被資遣員工再就業之協助。

五、雇主服務。

六、應屆畢業生、退伍者、更生保護會受保護人等專案就業服務。

七、職業分析、職業訓練諮詢及安排。

八、就業市場資訊蒐集、分析及提供。

九、雇主申請聘僱外國人辦理國內招募之協助。

十、特定對象之就業服務及就業促進。

十一、就業保險失業給付申請、失業認定等事項。

十二、中央主管機關委任或委辦之就業服務或促進就業事項。

十三、其他法令規定應辦理事項。

公立就業服務機構得將前項所定掌理事項，委託相關機關（構）、團體辦理之。

第 4 條 公立就業服務機構置主管一人，綜理業務；並得依實際業務需求，置若干工作人員。

前項工作人員之員額、職稱及官、職等，由主管機關另以編制表定之。就業服務站或就業服務臺所需工作人員，就前項所定公立就業服務機構編制員額內派充之。

第 5 條 公立就業服務機構所置工作人員之員額，由主管機關參考下列因素定之：

一、勞動力。

二、失業率。

三、廠商家數。

四、學校數。

五、業務量。

六、業務績效。

七、交通狀況。

八、區域發展需要。

九、財務狀況。

第　6　條　直轄市、縣（市）主管機關設置原住民公立就業服務機構，應符合本
　　　　　　法第十二條第二項及本準則之規定，並應依原住民族工作權保障法之
　　　　　　規定優先進用原住民。

第　7　條　本準則自發布日施行。

五、綱要

電力調度原則綱要

第　1　條　本綱要依電業法（以下簡稱本法）第八條第二項規定訂定之。

第　2　條　本綱要用詞定義如下：

一、調度日：指輸配電業實際執行電力運轉操作當日。

二、短期：指調度日次日起七日內。

三、中期：指調度日當月及次月。

四、長期：指調度日當年度及次一年度。

五、備轉容量：指輸配電業執行調度運轉時，因應負載預測誤差、發
電機組故障或系統頻率調整等所需準備之供電容量；其容量包含執行
輔助服務時所需之容量及其他應用容量。

第　3　條　輸配電業應設置中央、區域及配電調度中心，以執行電力網運轉操作。
　　　　　　前項中央調度中心應設置異地實體備援調度中心；區域調度中心與配
電調度中心，應具備調度備援監控功能及相關機制。

　　　　　　區域及配電調度中心，應接受中央調度中心之指揮調度。

第　4　條　輸配電業應建構電力調度相關管理系統，其功能至少應包含電能管理、
電力調度排程及相關計量與結算等項目。

第 5 條　輸配電業應於電力系統安全穩定前提下，依相關環保法令規定，執行
　　　　電力調度運轉操作，並優先調度再生能源。

　　　　輸配電業應依系統可靠度影響程度、雙邊合約規範、發電機組升降載
　　　　特性及儲能系統等因素，擬具調度優先順序。

第 6 條　輸配電業應分別擬具電業設備及自用發電設備之併網技術規範，其內
　　　　容至少須包含系統衝擊分析。

　　　　輸配電業應定期就系統衝擊分析模型及參數進行檢討，並提供模型及
　　　　參數予申請併網之發電業者。

　　　　不同能源類別之發電設備於同一日申請併網同一變電所時，輸配電業
　　　　應優先辦理再生能源發電設備之併網。

　　　　輸配電業應擬具設備加入電力系統規定，該規定至少應包含電業設備、
　　　　自用發電設備及用戶用電設備。

第 7 條　輸配電業應擬具短期、中期及長期之電力調度運用計畫，其內容至少
　　　　應包含系統發電排程、機組歲修排程、備轉容量規劃、電力潮流分析、
　　　　故障電流計算、穩定度分析、區域間總傳輸能力及可傳輸能力等項目。

　　　　前項短期計畫應每日滾動調整；中期計畫應每月滾動調整。滾動日期
　　　　如遇假日，須提前於假日之前一工作日完成。

　　　　第一項備轉容量之計算原則，由輸配電業擬具，並報請電業管制機關
　　　　核定；長期電力調度運用計畫應於每年五月底前，報請電業管制機關
　　　　備查。

第 8 條　輸配電業應於調度日依短期電力調度運用計畫內容及線上即時安全分
　　　　析結果，執行即時電力調度，並依調度情形滾動檢討系統發電排程、
　　　　備轉容量、電力潮流、故障電流及電力系統穩定度等事項。

第 9 條　輸配電業應擬具電力調度運轉操作規定，其內容至少應包括操作程序、
　　　　時間校正、電壓與頻率控制方法、電力網運轉安全及保護電驛運用規
　　　　範。

輸配電業於調度日，應依前條即時電力調度及前項電力調度運轉操作規定，執行電力調度運轉操作。但為因應調度日電力系統之即時狀態，如天氣變化、機組故障等情事，不在此限。

第一項涉及電壓與頻率之範圍，應符合本法第二十六條第二項所定之標準。

第 10 條 輸配電業執行前條電力調度運轉操作程序時，應依規定傳達調度指令。輸配電業應擬具前項電力調度指令傳達方式、發布與撤銷程序及紀錄方式等，並留存相關紀錄至少一年，以供查核。

第 11 條 輸配電業應依電力系統實際運轉操作情形及供電穩定與安全，擬具與電業設備、自用發電設備及用戶用電設備等之點檢維護、歲修、改善、試驗及工程等維修相關協調作業計畫。

備用容量率低於目標值時，輸配電業不得安排機組於夏月期間進行前項之歲修作業。但因故須調整作業計畫，並經電業管制機關核准者，不在此限。

第 12 條 輸配電業應擬具符合國際標準之電力系統可靠度指標，至少應包括系統平均停電時間及系統平均停電次數。

系統平均停電時間指標指總用戶停電時間除以總供電戶數；系統平均停電次數指標指總停電次數除以總供電戶數。上述兩指標均應分別計算當年度含天災天數及扣除天災天數之數值。

第 13 條 輸配電業應擬具電力品質標準、電力品質管理及改善措施等規定。前項電力品質標準，至少應包括穩態及暫態電力品質。

第 14 條 輸配電業應擬具各項輔助服務需求量之評估方式，並依其評估結果準備輔助服務容量，相關評估與準備資料之紀錄至少留存三年，以供查核。

前項評估方式及結果，輸配電業應定期檢討之。

第一項輔助服務項目，至少應包含調頻備轉容量、即時備轉容量、補

充備轉容量、全黑啟動、無效電力及電壓調整。

前項之調頻備轉容量至少應符合北美電力可靠度標準之頻率控制效能標準 1（CPS1）規定；即時及補充備轉容量應符合北美電力可靠度標準之頻率擾動控制標準（DCS）規定，兩項容量均以線上單一發電機組最大裝置容量為原則。

第　15　條　輸配電業取得輔助服務來源之程序及內容應公開透明，不得有歧視或差別待遇之情事。

前項輸配電業應將前項程序及結果之相關資訊，予以揭露。

第　16　條　輸配電業應就事故、電源不足、設備超載等事項，擬具預警、緊急處置、負載限制、事故通報、事故分析及全黑復電程序等相關因應機制。

輸配電業就前項事故、電源不足、設備超載等事項因應機制之執行情形，應留存相關紀錄至少五年，以供查核。

第　17　條　輸配電業依再生能源發電業申請進行轉供電能後，得要求再生能源發電業出具與轉供電量相符且由標準檢驗主管機關核發之再生能源憑證，以供查核。

第　18　條　輸配電業應將電力網供電必要資訊，即時或定期公開於資訊網頁，或提供予系統參與者。

前項供電必要資訊之項目，至少應包含電力調度範圍之總發電量、尖峰負載、不同燃料類別機組發電量、系統發電排程、機組歲修排程、備轉容量率、負載預測、線路壅塞、區域間總傳輸能力與可傳輸能力、線路損失率及各級變電所主變壓器裝置容量等。

第　19　條　輸配電業應擬具電力調度運轉人員定期訓練及考核計畫，其執行情形應作成紀錄，至少留存五年備查。

第　20　條　輸配電業應擬具操作單線圖之開關設備編號原則及繪圖符號等規定。

前項規定其有國際標準或國家標準者，應從其規定。

第　21　條　輸配電業依本綱要擬具相關事項規定後，除另有規定外，應報請電業

管制機關核定；修正時亦同。

前項相關事項規定，除經電業管制機關指示檢討外，輸配電業應至少每三年檢討一次，並提報執行與檢討分析報告，報請電業管制機關備查。

第 22 條　本綱要自發布日施行。

六、細則

印花稅法施行細則

第 1 條　本細則依印花稅法（以下簡稱本法）第三十條之規定訂定之。

第 2 條　印花稅票之發行，必要時得由財政部委託地方政府辦理之。

第 3 條　本法第三條所稱通用貨幣，在臺灣地區及金門馬祖等外島，係指新臺幣。

第 4 條　本法第五條第六款所稱各種娛樂場所，係指以娛樂設備或演技，供人視聽玩賞，以娛樂身心之場所而言。不包括風景區、花園、運動競技場所及文物展覽場所在內。

第 5 條　本法第六條第三款所稱內部所用，不生對外權利義務關係之單據，係指該營業或事業組織內部各部門之間，或與所屬人員之間，因業務上需要，彼此來往所用，不生對外權利義務關係之單據而言；所稱總組織與分組織，係指營業或事業組織之總機構與所屬分支機構而言（如總公司與分公司、總店與分店、總處與分處），其屬於轉投資性質之獨立組織，不得視為分支機構。

第 6 條　本法第六條第四款所稱催索欠款所用之帳單，係指於約定付款時間，或依習慣於年節開列結欠數目之催帳單而言。但開列品名、數量或價格交給顧客憑以付款，而不另立營業發票或銀錢收據者，不得視為催索欠款之帳單。

本法第六條第四款所稱核對數目所用之帳單，係指銀錢業或商號開給往來戶以便查對收付數目有無錯誤之帳單而言。

第 7 條 本法第六條第五款所稱副本或抄本，應以其內容與已貼印花稅票之正本完全相符者為限。

第 8 條 本法第七條第一款所稱之糧食業，以領有糧商執照並以執照內所載營業範圍為限。所稱糧食，以米穀、小麥、大麥、麵粉、米粉、麵類（包括麵乾、麵條等）、大豆（包括黃豆、青皮豆）、落花生、高粱、甘薯、甘薯簽、甘薯澱粉、大麥片、糕粉、味噌等項為限。

第 9 條 本法第七條第三款之承攬契據，如必須俟工作完成後始能計算出確實金額者，應在書立後交付或使用時，先預計其金額貼用印花稅票，俟該項工作完成時，再按確實金額補足其應貼印花稅票或退還其溢貼印花稅票之金額。

第 10 條 本法第十三條第一項所稱同一憑證而具有兩種以上性質，係指一種憑證之內容，包括兩種以上性質而言，至於兩種憑證聯印於一紙或正反面者，仍應分別貼用印花稅票。

本法第十三條第一項所定，同一憑證具有兩種以上性質，稅率相同者，僅按一種貼用印花稅票，稅率不同者，應按較高之稅率計算稅額，係指納稅義務人為同一人之情形。如納稅義務人並非同一人時，仍應分別繳納印花稅，不適用該項規定。

第 11 條 本法第十三條第三項所稱以非納稅憑證代替應納稅憑證使用者，係指左列三種情形：

一、變更應納稅憑證名稱或形式者。

二、就他項憑證另書立憑證者。

三、就他項憑證蓋章或簽押，或另有文字記載，足以判明其性質者。

第 12 條 本法第十八條所稱時價，除土地應以公告現值或評定標準價格，房屋應以評定標準價格為準外，其他物品以當時當地之市場價格為準。

第 13 條 本法第二十條第一項規定應由付款人扣款代貼印花稅票之憑證，如有違反本法情事，其責任應由付款人負之。

第 14 條　公務員因執行職務發覺違反本法之憑證，應依本法第二十二條規定向當地主管徵收機關舉發。

　　　　　主管徵收機關接到前項舉發時，應即派員前往檢查。

第 15 條　違反本法第八條第一項、第九條、或第十二條至第二十條之規定，不貼印花稅票或貼用不足稅額之案件，應依稅捐稽徵法第二十一條第二項之規定通知補繳，納稅義務人如有不服，應依同法第三十五條第一項規定申請複查。

　　　　　前項案件應俟補徵稅額確定後，依確定之稅額移送法院裁罰。

第 16 條　本法第二十五條所稱妨害印花稅之檢查，應由協助之警察或自治人員證明，由檢查人員敘述事實報請主管稽徵機關函送法院，依法審理。

第 17 條　本法第二十六條所稱違反本法所定情事，係指違反本法第八條第一項、第九條至第二十條之規定，有漏貼印花稅票、貼用不足額、貼用未經註銷、註銷不合規定及揭下重用印花稅票而言。

第 18 條　違反本法之憑證，經受處分人補足印花稅票或繳納應補繳之稅款，並繳清法院裁定之罰鍰者，得持憑繳納憑證，聲請主管稽徵機關迅予發還。

　　　　　前項憑證，如係印花稅票未經註銷或註銷不合規定者，應由負責貼用印花稅票人或稽徵機關人員補行註銷後發還之。

第 19 條　本細則自發布日施行。

七、辦法

人民團體獎勵辦法

第 1 條　本辦法依人民團體法第五十七條規定訂定之。

第 2 條　人民團體之獎勵，除法令另有規定外，依本辦法規定辦理。

第 3 條　依本辦法獎勵之人民團體，為經主管機關核准立案滿一年成績優良之人民團體。

第 4 條　人民團體之獎勵，由主管機關辦理；其涉及目的事業者，得會同目的
　　　　事業主管機關為之。

第 5 條　人民團體有左列情事之一者，主管機關得予獎勵：

　　　　一、工作績效考核經主管機關評定成績優良者。

　　　　二、辦理社會公益事業，增進社會福祉，具有貢獻者。

　　　　三、辦理政府指定或委辦之事務，成績優良者。

　　　　四、從事研究發展，按團體設立之宗旨，具有卓越具體成效者。

　　　　五、促進國際聯繫與合作，具有特殊貢獻者。

　　　　六、其他有關促進全民團結和諧、增進社會祥和進步，具有特殊貢
　　　　　　獻者。

第 6 條　人民團體之獎勵方式如左：

　　　　一、書面嘉獎。

　　　　二、頒發獎狀。

　　　　三、頒發獎牌。

　　　　四、頒發獎金。

　　　　前項第二款至第四款之獎勵，以公開儀式為之。

　　　　第一項獎狀與獎牌格式，由各主管機關定之，獎金數額由各級主管機
　　　　關視經費編列情形定之。

第 7 條　人民團體之獎勵，除第五條第一款情事配合定期考核評鑑辦理外，由
　　　　人民團體填具請獎事實表（如附表），檢同有關證明文件陳報主管機關
　　　　審定後獎勵之。

　　　　前項考核評鑑之實施要點，由各級主管機關定之。

第 8 條　經主管機關獎勵之人民團體，得受邀參加重要慶典活動及獲優先接受
　　　　政府機關委託辦理有關事務。

第 9 條　經主管機關獎勵之人民團體，其有功績之會務工作人員由各該團體自
　　　　行獎勵。

第 10 條　辦理人民團體獎勵所需經費，由各級主管機關按年編列預算支應。

第 11 條　本辦法自發布日施行。

八、簡章

世界華文教育協進會華文教學研習班第 47、48 期招生簡章

一、宗旨：輔導華僑青年及有志華文教育工作者，提高華文教學能力，加強推行華文教育。

二、資格：大專以上程度。

三、研習時間：47 期：每週一～週五下午 2 時至 4 時 20 分。

48 期：每週一～週五晚上 7 時至 9 時 20 分。

為期均為八週。另有 3 個星期六下午 1 時 30 分至 4 時 30 分專題演講。

研習日期：自 7 月 6 日至 8 月 28 日。

四、學雜費：僑生 5000 元，非僑生 7000 元（含講義）。

五、報名及上課地點：臺北市○○路○○號（電話：○○○○○○○○）。

六、報名時間：即日起，42 名為限。

七、請攜帶：身分證（或外僑證）、學歷證件、學雜費、1 吋照片 2 張、2 吋照片 1 張。

八、研習內容：

　㈠華語教學專業課程：

　　⑴華語教學　⑵華語語音　⑶華語語法　⑷華語正音　⑸視聽教學　⑹參觀教學　⑺試教　⑻教學錄影帶觀摩　⑼注音符號(測驗未達 90 分者必修)

　㈡文化相關課程：

　　⑴文字結構　⑵中國文學　⑶歷代文物　⑷中國民俗

九、注意事項：

　㈠期滿成績合格者發給中英文結業證書。

㈡本班隨時點名，凡缺席日數逾 6 天（12 節課）以上者，概以自動退學論。

㈢因故需退費時，請於開課前 1 星期內辦理（扣手續費 1 成），開班上課後概不受理。

九、須知

私立○○高級商業職業學校圖書館借書須知

一、書庫內所有藏書，本校教職員生均可自由取閱。

二、借還書須在本館開館時間內辦理，每日上午八時至下午五時。

三、凡欲借書，須由本人親自辦理，不得委託他人，他人亦不可代辦，違者嚴予議處。

四、借書時，須將書攜至出納檯，抽出書後卡，簽寫本人姓名、學號，並出示學生證或借書證，辦理借書手續。

五、各書末頁處均附有到期單，借書須蓋有本館之到期章，始可攜出館外。

六、借書到期應即歸還，未辦理續借或逾期歸還者，每書每逾期一天，罰款新臺幣五元，如故意拖延時，除照章罰款外，並取消借書權三個月。

七、欲借之書，如已被借出，可向本館申請預約。預約書回館經通知三日內，預約人如未前來辦理借書手續，視同棄權。

八、所借之書，若欲續借，須於到期當日始可辦理；如有他人預約，不得續借。學生僅能續借一次，續借時須本人攜帶學生證或借書證及圖書到館辦理。

九、所借之書，如係借書人損壞或遺失者，應以作者、書名與原書相同者賠償。

十、期刊及參考書不得借出。

十一、借書證件如有遺失，應即向本館掛失，並辦理補領手續；如因借書證遺失，在掛失前致本館圖書蒙受損失時，應由原持證人負責賠償。

十、注意事項

統一發票領獎注意事項

一、開獎日期：統一發票每逢單月的 25 日，開出前 2 個月份統一發票的中獎號碼，例如 3 月 25 日是開出 1 月至 2 月份的統一發票中獎號碼。

二、開始發獎日：在開獎日之次月 6 日起開始發獎。例如 3 月 25 日開獎，開始發獎的日期是在 4 月 6 日。

三、領獎期限：中獎人領取獎金的有效期間是開獎日之次月 6 日起的 3 個月之內，逾期即不能發給。但領獎期限的最後 1 天，適逢星期六、星期日、例假日或國定假日，可順延 1 天給獎。

四、領獎人應填製之資料：領獎人應在中獎發票收執聯背面的領獎收據欄，依格式填寫：中獎金額、中獎人姓名、國民身分證統一編號、戶籍地址及電話；如屬華僑或外國人請填護照號碼及護照內的居住地址，並加蓋印章或簽名；如中獎單位為執行業務者，應加蓋執行業務單位章，以資識別。

五、貼用印花稅票：中獎統一發票領獎收據，應按中獎金額貼用 0.4% 的印花稅票，但應貼印花稅票不滿 1 元的可以免貼，例如 6 獎的獎金是 200 元，依 0.4% 計算僅 8 角，不滿 1 元，因此 200 元的領獎收據免貼印花稅票。

六、扣繳所得稅款：中 4 獎（包括 4 獎）以上各種獎別，由發獎單位按給獎金額扣繳 20% 的所得稅，並填製「短期票券利息及政府舉辦獎券中獎獎金扣繳憑單」。

七、統一發票收執聯不符給獎的規定：

　(一)中獎統一發票收執聯上未依規定載明金額、交易金額為零或未蓋開立統一發票營業人的印章。

　(二)中獎統一發票收執聯破損不全或填載內容模糊不清無法辨認者，可請申請人先向原開發票營業人補行蓋章出具收執聯與存根聯所記載事項相符的證明，並經查明無訛，仍可發給獎金。

　(三)中獎統一發票收執聯上，原已載明有買受人名稱而經塗改者。

(四) 已註明作廢者。

(五) 適用零稅率的統一發票、載有彙開字樣的統一發票、載有查獲補開字樣的統一發票。

(六) 5、6 獎之收銀機統一發票，如其它條件均核對相符，僅該發票之開立營業人名稱、地址或統一編號模糊不清者，獎金得依規定照數先行核發。(財政部 79.3.24 臺財稅第 78042040 號函規定)

(七) 買受人為政府機關、公營事業、公立學校、部隊或營業人的統一發票。(辨識方法：1、手開式的發票從買受人名稱來辨識；2、收銀機或電子計算機發票如果正面打印有 8 位數字的統一編號者)。而人民團體或執行業務者所取得的發票，雖有 8 位數字的扣繳編號，仍可給獎。

十一、要點

老人福利專業人員資格要點

一、本要點依老人福利法第八條第二項規定訂定之。

二、本要點所稱之老人福利專業人員，係指下列各款人員：

(一) 院長（主任）。

(二) 護理人員。

(三) 社會工作人員。

(四) 服務人員。

(五) 其他工作人員或依規定視業務需要所置應具專業資格證照之人員。

三、財團法人老人養護機構與安養機構院長（主任）應具下列資格之一：

(一) 國內公立或已立案之私立或經教育部承認之國外大學以上社會工作相關學系、所（組）畢業，且具有 2 年以上公私立社會福利機關（構）工作經驗者。

(二) 國內公立或已立案之私立或經教育部承認之國外專科以上學校畢業，持有居家服務員成長訓練或照顧服務員訓練結業證明書或曾擔任經中央主管

機關評鑑成績甲等以上之社會福利機構主管職務 3 年以上者,且具 4 年以
上公私立社會福利機關（構）工作經驗者。

(三)高等考試或相當高等考試之特種考試以上社會行政職系或社會工作師考
試及格,且具有 2 年以上薦任職務或公私立社會福利機關（構）工作經驗
者。

(四)普通考試或相當普通考試之特種考試社會行政職系考試及格,持有居家服
務員成長訓練或照顧服務員訓練結業證明書,且具有 4 年以上荐任職務或
公私立社會福利機關（構）工作經驗者。

(五)經護理人員考試及格,領有中央衛生主管機關核發之護理師證書或護士證
書,且其從事臨床護理工作年資符合下列規定之資格者:

　　1、護理師:2 年以上。

　　2、護士:4 年以上。

四、小型老人養護機構與安養機構院長（主任）應具下列資格之一:

(一)具第三點資格者。

(二)國內公立或已立案之私立或經教育部承認之國外專科以上學校畢業,持有
居家服務員成長訓練或照顧服務員訓練結業證明書,且具有 2 年以上公私
立社會福利機關（構）工作經驗者。

(三)高中（職）學校畢業,持有居家服務員成長訓練或照顧服務員訓練結業證
明書之資格,且具有 4 年以上公私立社會福利機關（構）工作經驗者。

五、老人長期照護機構院長（主任）應經護理人員考試及格,領有中央衛生主管機
關核發之護理師證書或護士證書,且其從事臨床護理工作年資符合下列規定之
資格者:

(一)護理師:4 年以上。

(二)護士:7 年以上。

六、護理人員,指經護理人員考試及格並領有中央衛生主管機關核發之護理師證書
或護士證書者。

七、社會工作人員應具下列資格之一：

　　(一) 社會工作師考試及格者。

　　(二) 具專門職業及技術人員高等考試社會工作師考試應考資格者。

　　(三) 高等考試或相當高等考試之特種考試以上社會行政職系考試及格者。

　　(四) 普通考試或相當普通考試之特種考試社會行政職系考試及格，並持有居家
　　　　服務員進階訓練或照顧服務員訓練結業證明書者。

八、服務人員應持有照顧服務員訓練結業證明書，或具高中（職）以上學校家政、
　　護理等相關科（組）畢業之資格。

九、公立老人福利機構專業人員，除符合公務人員相關法規外，並得就本要點所訂
　　資格者遴任之。

十、中華民國 87 年 12 月 19 日前已在任之老人福利機構院長（主任）不適用第三
　　點至第五點之規定。

十一、老人福利機構已置之人員未符第六點至第八點所訂資格者，主管機關應輔導
　　　其改善。

十二、標準

國家公園管理站設置標準

第　1　條　本標準依國家公園管理處組織通則第十一條第二項規定訂定之。

第　2　條　內政部營建署所屬各國家公園管理處（以下簡稱各管理處）對所轄園
　　　　　區因區域環境及業務需要，必須分設管理站者，依本標準辦理。

第　3　條　管理站設置標準規定如左：

　　　　　一、已開發完成之遊憩區面積在十公頃以上者。

　　　　　二、已開發完成之遊憩區面積未達十公頃，但每年遊客在十萬人以上
　　　　　　　或距離管理處三十公里以上，交通不便，有配置專人提供服務及
　　　　　　　維護公共設施之必要者。

　　　　　三、具有地理、地質、人文、動植物特殊景觀或生態保護區面積廣大，

有置專人就近管理、保護、復育及研究之必要者。

第　4　條　管理站之職掌如左：

一、區域內遊憩服務、宣導解說及安全維護管理事項。

二、區域內各項公共設施之維護管理事項。

三、區域內有關急難之救助事項。

四、區域內自然資源之維護、研究及保育事項。

五、區域內有關文化古蹟之研究、保存及維護管理事項。

六、其他有關區域內及鄰近地區之管理事項。

第　5　條　管理站置主任一人，由管理處指派技正兼任；所需工作人員由管理處編制員額內派充之。

第　6　條　管理處設管理站者，應擬定設置計畫，報請內政部營建署轉報內政部核定之。

第　7　條　本標準自發布日施行。

習 題

一、試擬「教室規則」一種。

二、試擬本校教室布置比賽辦法。

契 約

第一節　契約的意義

　　契約，古人名之為「券」；後來也叫做契據、文契、契券、合約、合同、字據等。訂立契約，是一種法律行為，用來規定當事人的權利與義務。也就是二人以上，就某一事項，在不違背法律或一般習慣的原則下，彼此商訂條件，相互遵守，而用文字寫明作為憑證的，都叫做契約。

　　現代社會活動頻繁複雜，一般人無論生活或工作均感忙碌，凡事容易遺忘，不能完全依賴一諾千金、講信守義的道德觀念，最好要有書面的契約文件來保障自己的權益。契約文書在訴訟上是一種當然的證據，而且以文字書寫，由當事人簽名或蓋章，可以促使當事人在訂約時謹慎從事，避免輕率承諾。訂約後，自應遵守契約條款，這可說是契約的最大功能。

第二節　契約的法律要件

　　契約既是法律行為，契約的成立，當然必須符合法律的規定，我國現行法律對契約有關規定如下：

　　一、當事人均須有行為能力　我國民法所稱「行為能力」，乃指得以自己意思為法律行為，從而取得權利、負擔義務的能力。基本上，年滿二十歲的成年人，及已結婚的未成年人，皆屬有行為能力人，得為契約的當事人。民法第 75 條規定：「無行為能力人之意思表示，無效；雖非無行為能力人，而其意思表示，係在無意識或精神錯亂中所為者亦同。」所以契約當事人，如有一方是不滿七歲的未成年人，或因精神障礙或其他心智

缺陷，受監護宣告之人，因其無行為能力，所訂契約無效。至於年滿七歲以上而未結婚的未成年人，為限制行為能力人，其契約行為須得法定代理人的允許或承認，方生效力。

二、必須經過要約承諾的程序 民法第 155 條規定：「要約經拒絕者，失其拘束力。」第 156 條規定：「對話為要約者，非立時承諾，即失其拘束力。」契約的成立，須經當事人相互的同意，要約與承諾，缺一不可，如僅為單方面的意思，或一方脅迫他方而訂立，皆無法律效力，所以一般契約常有「經雙方同意」、「此係兩相情願，並無勒逼」等語句，即在說明這一點。

三、一定要依法定的方式 民法第 73 條規定：「法律行為，不依法定方式者，無效。但法律另有規定者，不在此限。」所謂法定方式，如民法第 1050 條規定：「兩願離婚，應以書面為之，有二人以上證人之簽名並應向戶政機關為離婚之登記。」其中「以書面為之」，即法定方式。

四、不得違反法律強制或禁止的規定 民法第 71 條規定：「法律行為，違反強制或禁止之規定者，無效。但其規定並不以之為無效者，不在此限。」強制的規定，指法律規定必須遵守的事項，例如破產法第 92 條規定，破產管理人為不動產物權之讓與行為時，應得監查人之同意。如未得監查人同意，而為不動產物權之讓與，雖「以書面為之」，亦無效。禁止的規定，指法律禁止的事項，例如法律禁止賭博，禁止販賣人口，則賭博契約、販賣人口契約，因違反法律禁止的規定，皆無效。

五、不得以不可能之給付為契約之標的 凡不可能給付的物品，或不能有的行為，都不可以作為契約的標的。例如人體四肢不可能作為給付，故買賣四肢的契約無效。又如僱人捕捉山中白雲，為不能有的行為，訂此契約無效。

第三節 契約的種類

契約的應用範圍極廣，種類亦多，茲擇要說明如次：

一、買賣契約 民法第 345 條：「稱買賣者，謂當事人約定一方移轉財產權於他方，他方支付價金之契約。當事人就標的物及其價金互相同意時，買賣契約即為成立。」買賣的標的物，包括動產與不動產。動產買賣，通常只須銀貨兩訖便了事；價值貴重的動產，以及不動產的買賣，因為關係比較複雜，容易有糾紛，所以須訂立契約。

二、出典契約 民法第 911 條：「稱典權者，謂支付典價在他人之不動產為使用、收益，於他人不回贖時，取得該不動產所有權之權。」出典契約，即是將不動產典給他人，而取得典價的契約。

三、抵押契約 民法第 860 條：「稱普通抵押權者，謂債權人對於債務人或第三人不移轉占有而供其債權擔保之不動產，得就該不動產賣得價金優先受償之權。」因抵押而訂立的契約，稱抵押契約。

四、租賃契約 民法第 421 條：「稱租賃者，謂當事人約定，一方以物租與他方使用收益，他方支付租金之契約。」租賃物可以是動產，如車輛、動物；可以是不動產，如土地、房屋。

五、借貸契約 借貸分使用借貸、消費借貸兩種。民法第 464 條：「稱使用借貸者，謂當事人一方以物交付他方，而約定他方於無償使用後返還其物之契約。」民法第 474 條：「稱消費借貸者，謂當事人一方移轉金錢或其他代替物之所有權於他方，而約定他方以種類、品質、數量相同之物返還之契約。」

六、僱傭契約 民法第 482 條：「稱僱傭者，謂當事人約定，一方於一定或不定之期限內為他方服勞務，他方給付報酬之契約。」

七、承攬契約 民法第 490 條：「稱承攬者，謂當事人約定，一方為

他方完成一定之工作，他方俟工作完成，給付報酬之契約。」

　　八、合夥契約　民法第 667 條：「稱合夥者，謂二人以上互約出資以經營共同事業之契約。」

　　九、出版契約　民法第 515 條：「稱出版者，謂當事人約定，一方以文學、科學、藝術或其他之著作，為出版而交付於他方，他方擔任印刷或以其他方法重製及發行之契約。」

　　十、和解契約　民法第 736 條：「稱和解者，謂當事人約定，互相讓步，以終止爭執或防止爭執發生之契約。」

　　十一、保證契約　民法第 739 條：「稱保證者，謂當事人約定，一方於他方之債務人不履行債務時，由其代負履行責任之契約。」此專就債務之保證而言，而一般所謂保證書，亦應屬此類。

　　十二、其他契約　凡由當事人意思表示之一致而不違反法律所訂的契約，均有契約的效力，如借據、協議書、同意書等。

第四節　契約的結構與撰寫要點

一、契約的結構

　　使用文字訂定契約，其內容可有十二項：

　　(一) **契約名稱**　在契約正文之前，以簡明文字，概括標示契約的種類或性質。如「房地買賣契約書」、「抵押契約」。

　　(二) **當事人的姓名**　當事人為訂立契約的主體，其姓名在契約中必須載明，如當事人為機關團體，應載明機關團體之名稱。

　　(三) **當事人的自願**　契約訂立須經要約承諾，二者雖有主動與被動的不同，皆須出於當事人的自願，舊式契約中的「此係兩相情願」，新式契約中的「雙方一致同意」，即在表示當事人的自願。

(四) **訂立契約的原因** 訂立契約，必有其原因，如「為房屋租賃事，經雙方同意，訂立條件如下」，則租賃房屋為訂立契約的原因。

(五) **標的物內容** 標的指法律行為所欲發生的法律效果，如買賣房屋以產權的移轉為標的，而此房屋即標的物。其他如借貸金錢，金錢為其標的物；承攬工作，則勞務為其標的物。訂定契約必須將標的或標的物內容詳細寫明，以免事後發生糾紛。

(六) **標的物價格** 標的物無論為動產或不動產，均須將當時議定的價格，用大寫數字，詳細寫明。價款如係一次付清，則寫明付清的時日；如係分期交付，則寫明期數、期限以及各期交付之數目。如有出賣人須出具受款收據的約定，亦應在契約上寫明。

(七) **立約後的保證** 即對契約標的物之權利的保證，如買賣契約的「本約房地乙方保證產權清楚，絕無一物數賣或占用他人土地或與工程承攬人發生財物糾紛等情事。……甲方因此所受之損害，乙方應負完全賠償責任」。

(八) **雙方應守的約束** 針對契約標的，當事人一定有若干相互同意的約定，這些約定，必須在契約中詳細載明，不可遺漏，如約定項目很多，可以分條分項寫明。

(九) **契約的期限** 出典、抵押、租賃、借貸、僱傭、合夥一類的契約，都有一定的期限，如「出典期限○○年，自○○年○○月○○日起，至○○年○○月○○日止」（出典）、「抵押期限○○年，即自○○年○○月○○日起，至○○年○○月○○日止」（抵押）、「租期自民國○○年○○月○○日起，至民國○○年○○月○○日止」（租賃）。

(十) **當事人簽名蓋章** 當事人在契約開端，本已書寫姓名，如「立房屋租賃契約人○○○」，這是表示契約的主體，而在契約末尾年月日之前，仍須簽名或蓋章，並寫下身分證統一編號和住址，表示信守負責。當事人

如為機關團體，則除蓋機關團體長戳或圖記，其負責人也要簽名蓋章，寫下身分證統一編號。

(十一) **見證人或保證人簽名蓋章**　見證人類似從前的中人，他的義務是證明契約的真實。舊式契約裡常有「三面言明」、「三面議定」的話，所謂「三面」，指的就是雙方當事人和中人。現在的契約，當事人如果認為需要，在契約上也是要保證人的。如借貸契約中，債務保證人是保證債務的清償。所以，見證人或保證人必須在契約上簽名蓋章，並寫下身分證統一編號和住址，以示負責。

(十二) **訂立契約的年月日**　契約上的年月日，關係異常重大，一切法律上權利義務的起訖，都以此為根據，所以非寫明不可，最好用「壹貳參肆伍陸柒捌玖拾」等大寫數字，以防塗改。

這十二項要件大致說來，已經可以涵蓋契約的重要部分。

二、契約撰寫的要點

(一) **用紙**　契約往往須長期保留，故所用紙張，宜堅韌耐久，不易塗改挖補。

(二) **文辭**　契約的文辭應簡潔、周詳、明白、確定。

(三) **格式**　契約是一種實用文字，以條理清晰為最重要，宜採取分條列舉的方式，如果契約內容簡單，則可依舊式契約格式，不必分條分項。

(四) **繕寫**　契約繕寫時應注意字跡工整，筆畫無誤，並使用新式標點。數目字除證件資料可按原件字體，其餘一律使用大寫。如有塗改、添注、刪去的字，必須在更動處加蓋代筆人或當事人的印章，並在文後批明「本件塗改（添注、刪去）若干字」。如塗改太多，宜重寫。契約寫成後，如有增列條款，可在文後空白處另寫，用「再批」二字開始，用「又照」或「並照」作結，並在「又照」或「並照」下蓋章。

(五) **印花與契稅**　部分契約須按印花稅法，貼足印花並予蓋銷，同

時應依法令規定，繳納契稅。

　　(六) 公證　重要契約，最好經法院公證，以使法定要素完備，證據力增強，永久有案可稽，並具備強制執行的效力。

▌第五節　契約的範例▐

一、買賣契約

房地買賣契約書

　　立房地買賣契約人 買主：○○○　 賣主：○○○　（以下簡稱為 甲 乙 方）

本約房地產權買賣事項經甲乙雙方一致同意訂立條款如後，以資共同遵守：

　　一、房 地 標 示：㈠土地坐落：○○縣市○○鄉鎮○○段○○小段○○地號建築基地面積○○平方公尺（○○坪）所有部分之○分之○。

　　　　　　　　　　㈡房屋坐落：○○縣市○○鄉鎮○○路街○○段○巷○弄○號第○棟第○樓房屋面積○○平方公尺（○○坪）（包括陽臺、走道、樓梯間、電梯間、電梯機房、電氣室、機械室、管理室……等共同使用部分之分擔）。

　　二、面 積 誤 差：前條房地面積（如附件㈠）以完工後地政機關複丈並登記完竣之面積為準，如有誤差超過百分之一時，應就超過或不足部分按房屋及其土地單價相互補貼價款。

　　三、房 地 總 價：房屋價款（包括本約所載之附屬設備及其他設施）為新臺幣○○元正，土地價款為新臺幣○○元正，合計總價款為新臺幣○○元正。其付款辦法依附件㈡分期付款表之規定。

　　四、地下層權屬：本約房屋共同使用之地下第○層總面積○○平方公尺（○○坪）

按買受主建物面積比例隨同房屋一併出售，為買受人所共有。地下層非屬共同使用之部分計面積〇〇平方公尺（〇〇坪）應歸屬〇方。

五、屋 頂 權 屬：屋頂突出物除電梯間、機房、樓梯間、水箱……等共同使用部分外，其餘非屬共同使用部分（即〇〇）應歸屬〇方。屋頂平臺除共同使用部分（即〇〇）外，全部歸〇方使用。

六、設 備 概 要：本約買賣房屋規格除依照主管建築機關核准〇〇年〇〇月〇〇日第〇字號建造執照（如附件㈣）之圖說為準外，核准圖說上未予註明之建材、設備或其他設施（如道路、路燈、溝渠、花木等），其廠牌、等級或規格如附件㈢。

七、交房地期限：乙方應自本約簽訂之日起〇天（日曆天）內將使用執照及所有權狀併同房地交付甲方，但因不可抗力致不能如期交出房地者，由雙方視實際需要協定期限予以延展。其延展期限不加收滯納金。

八、保 固 期 限：乙方對本約房屋之結構及主要設備應負責保固一年，但因天災或不可歸責於乙方之事由而發生之毀損，不在此限。

九、貸 款 約 定：本約第三條房地總價內之尾款新臺幣〇〇元整，由甲方以金融機關之貸款給付，並由甲乙雙方另立委辦房地貸款契約書，由乙方依約定代甲方辦妥一切貸款手續。其貸款金額少於上開預定貸款金額時，差額部分由乙方按金融機關之貸款利息及貸款期限貸給甲方，並辦理第二順位抵押。但因金融機關基於法令規定停辦貸款或其他不可歸責於乙方之原因致不能貸款者，甲方應於接獲乙方通知之日起〇天內以現金一次（或分期）向乙方繳清或補足，但甲方因而無力承買時應於接獲通知之日起〇天內向乙方表示解除契約，乙方應同意無條件解約並無息退還已繳款項予甲方。

十、產 權 登 記：房地產權之登記由甲乙雙方會同辦理或委任代理人辦理之。

　　　　　　　辦理房地產權登記時，其應由甲方或乙方提供有關證件及應繳納稅捐，甲方或乙方應依規定期日、種類、內容及數額提供及繳納，如因一方延誤，致影響產權登記者，因而遭受損害，應由延誤之一方負其賠償責任。

十一、稅 捐 負 擔：甲乙雙方應負擔之稅捐除依有關法律規定外，並依下列規定辦理：

　　　　　　　㈠土地移轉過戶前之地價稅及移轉過戶時應繳納之土地增值稅由乙方負擔。

　　　　　　　㈡產權登記費、印花稅、契稅、監證費、代辦費、各項規費及臨時或附加之稅捐由甲方負擔。

十二、違 約 處 罰：㈠乙方除因不可抗力之事由外，其逾期交付房地每逾一日按房地總價千分之〇計算違約金與甲方。乙方不履行契約經甲方催告限期履行，逾期仍不交付房地時，甲方得解除本契約。解約時乙方除應將既收價款全部退還甲方外，並應賠償所付價款同額之賠償金與甲方。

　　　　　　　㈡甲方全部或一部分不履行本約第三條附件㈡付款表之規定付款時，其逾期部分，甲方應加付按日千分之〇計算之滯納金於補交時一併繳清。如逾期經乙方催告限期履行，仍逾期不交付時，乙方得按已繳款項百分之五十請求損害賠償，但以不超過總價款百分之三十為限。如甲方仍不履行時，乙方得解除本契約並扣除滯納金及賠償金後無息退還已繳款項。

　　　　　　　㈢交付房地前甲方如發現房屋構造或設備與合約規定不符並經鑑定屬實者，乙方應負責改善或給予相當之補償，甲方於受領乙方交付房地前毋庸再向乙方瑕疵擔保之通知，

　　　　　　　得依民法第三百六十條規定行使權利，如結構安全發生問

　　　　　　　題，甲方得解除本契約，解約賠償依第㈠款之規定。

十三、乙 方 責 任：本約房地乙方保證產權清楚，絕無一物數賣或占用他人土地

　　　　　　　或與工程承攬人發生財物糾紛等情事。如設定他項時，乙方

　　　　　　　應負責清理塗銷之。訂約後發覺該房地產權有糾紛致影響甲

　　　　　　　方權利時，甲方得定相當期限催告乙方解決，倘逾期乙方仍

　　　　　　　不解決時，甲方得解除本契約，乙方除退還既收價款外，並

　　　　　　　依本約第十二條所定標準為損害賠償，交接房地後始發覺上

　　　　　　　開糾葛情事時，概由乙方負責清理，甲方因此所受之損害，

　　　　　　　乙方應負完全賠償責任。

　　　　　　　甲方履行本約第十四條時，乙方應同時交付房地及其所有權

　　　　　　　狀與使用執照。

十四、甲 方 義 務：㈠付清房地價款。

　　　　　　　㈡付清因逾期付款之滯納金。

　　　　　　　㈢付清辦理產權登記所需之手續費及應付之稅捐與應預繳

　　　　　　　　之貸款利息。

　　　　　　　㈣經乙方通知交付房地之日起發生之本戶水電基本費及共

　　　　　　　　同使用設備應分擔之水電費。

　　　　　　　㈤經乙方通知交付房地之日起屬於安全防衛、保持清潔、共同

　　　　　　　　使用設施及設備之整理操作及維護等應分擔之管理費用。

十五、未 盡 事 宜：本約如有未盡事宜，依有關法令、習慣及誠實信用原則公平

　　　　　　　解決之。

十六、契 約 分 存：本約之附件視為本約之一部分。本約乙式貳份，由甲乙雙方

　　　　　　　各執存乙份為憑，並自簽約日起生效。

　　　附　　　　件：㈠標明尺寸之建築物平面圖及基地地籍謄本各乙份。

　　　　　　　㈡分期付款表乙份。

㈢房屋設備概要乙份。

㈣建造執照影本乙份。

立契約書人：

甲　　　方

姓　　名：○○○（簽章）

住　　址：

身分證
統一編號：

乙　　　方

公司名稱：

公司地址：

負責人：○○○（簽章）

住　　址：

身分證
統一編號：

公會會員
證書字號：

中　華　民　國　○○　年　○○　月　○○　日

說　明

1. 本契約書適用於土地及房屋之所有權屬同一人所有者（房屋尚未建築完成辦妥產權登記以前，土地所有權人及建造執照所載之起造人應屬同一人）。

2. 本契約書適用於預售之房屋，亦可適用於興建中之房屋買賣。至於已興建完成，辦妥產權登記的房屋，應依據地政機關之土地及建築改良物登記謄本關於該不動產權利之記載事項，參考本契約範本有關條文訂定買賣契約。

3. 第四條有關地下層屬於法定防空避難設備部分，遇有空襲或防空情況時應開放供全體住戶避難使用。

4. 第五條有關屋頂平臺及突出物非供共同使用部分依習慣得約定歸屬於最上層之一方使用。

5. 第八條保固期限，文內所稱主要設備於本契約中係指哪些設備（電氣、煤氣、給水、排水、空氣調節、升降、消防、防空避難及汙物處理等），宜於條文中寫明，以免

日後發生糾紛。

6. 第十四條有關甲方義務，如乙方代辦之貸款未向金融機關領得以前，申辦貸款手續期間對於該項貸款金額之利息如需由甲方於辦理產權登記前預繳與乙方時，得於本條款內由雙方約定之，寫明貸款利息預繳幾個月，多退少補。

7. 本契約書之不動產於申辦產權登記時，應使用內政部 61.7.26 臺內地字第 475186 號函頒之契約書格式，本契約書之約定事項得為該契約書之特約事項。

8. 本範例係臺北市建築投資商業同業公會擬訂，並經內政部 68.10.22 臺內營字第 49477 號審定。

二、出典契約

出典房屋契約書

　　立出典房屋契約人○○○（以下簡稱甲方），茲將坐落○○市（鄉、鎮）○○街○段○○號三層樓房一幢，出典與○○○（以下簡稱乙方）使用，並經三面議定條件如下：

一、出典房屋之四至為東至○○處，西至○○處，南至○○處，北至○○處。底樓面積為○○平方公尺，三樓總面積為○○平方公尺。

二、出典房屋內部牆柱門窗走道陽臺等結構形狀，拍存照片○○張，每張均一式兩張，甲乙方各執一套為憑。此等建築主要結構形狀，乙方不得改動，藉以維護房屋之安全。

三、出典期限○年，自○○年○月○日起至○○年○月○日止。

四、典價新臺幣○○○元整，於本契約成立後，由乙方一次付與甲方。

五、典期屆滿，甲方將原典價無息交還乙方，乙方將原典物無損交還甲方。

六、出典期間，乙方對典物應妥為保持維護，如有故意或過失使典物遭受毀損時，應負賠償責任。倘係出於不可抗力，則依國家法律處理。

七、出典期間，乙方為利用方便，對於表面裝修，須予改動，事先必須徵得甲方同意。典期屆滿將典物交還甲方時，並應負責恢復原狀。

八、典期屆滿，甲方如不贖回典物，乙方得繼續無償使用，經一再催促，甲方仍不

　　　贖回，乙方得依法拍賣典物，抵償典價。

九、典期屆滿，乙方必須如期交還原典物與甲方，否則依法追究，過期交還者，應

　　給付違約金每日○○元整，以賠償甲方之損失。

十、乙方非經甲方同意，不得將典物轉典或出租與他人。

十一、本契約一式二份，甲乙方各執一份為憑。

　　　　　　　　　　　　　　立契約書人：

　　　　　　　　　　　　　　甲　　　方

　　　　　　　　　　　　　　姓　　　名：○○○（簽章）
　　　　　　　　　　　　　　住　　　址：
　　　　　　　　　　　　　　身 分 證
　　　　　　　　　　　　　　統一編號：

　　　　　　　　　　　　　　乙　　　方

　　　　　　　　　　　　　　姓　　　名：○○○（簽章）
　　　　　　　　　　　　　　住　　　址：
　　　　　　　　　　　　　　身 分 證
　　　　　　　　　　　　　　統一編號：

　　　　　　　　　　　　　　見證人：

　　　　　　　　　　　　　　姓　　　名：○○○（簽章）
　　　　　　　　　　　　　　住　　　址：
　　　　　　　　　　　　　　身 分 證
　　　　　　　　　　　　　　統一編號：

中　華　民　國　○　○　年　○　○　月　○　○　日

三、抵押契約

抵押契約書

　　立抵押借款契約人○○○（以下簡稱甲方），就抵押借款事項，經雙方一致同乙

意，訂立條款如下：

一、乙方貸與甲方新臺幣○○萬元整，於訂約日由乙方以現金一次付與甲方，甲方

出具正式收據交付乙方為憑。

二、甲方將坐落○○市○○路○段○巷○弄○號第○樓房屋面積○○平方公尺（○
　　○坪）作為抵押，以擔保前開債務。

三、甲方於訂約次月起，每月○日按前開債務金額月息○分之利率，以現金付息與
　　乙方，不另掣據。

四、抵押期限○年，即自○○年○○月○○日起，至○○年○○月○○日止。甲方
　　如屆期不清償債務，乙方得依法聲請拍賣抵押物以抵償債務。

五、本約自成立後○天內，乙方須將一應證件交付甲方，以辦理抵押權設定登記。

六、本約經雙方簽字後生效。

立契約書人：

　　　　　　　　　　甲　　方

　　　　　　　　　　姓　　名：○○○（簽章）
　　　　　　　　　　住　　址：
　　　　　　　　　　身 分 證
　　　　　　　　　　統一編號：

　　　　　　　　　　乙　　方

　　　　　　　　　　姓　　名：○○○（簽章）
　　　　　　　　　　住　　址：
　　　　　　　　　　身 分 證
　　　　　　　　　　統一編號：

中　華　民　國　○　○　年　○　○　月　○　○　日

四、租賃契約

房屋租賃契約書

　　立契約書人○○○（以下簡稱甲方）、○○○（以下簡稱乙方）因房屋租賃事
件，訂立本契約書，條件如下：

第　1　條：房屋所在地及使用範圍：○○市○○路○段○○號○樓

第　2　條：租賃期限：自民國○○年○○月○○日起，至○○年○○月○○日止

計〇年。

第 3 條：租金：

一、每月租金新臺幣〇萬元，每月壹日以前繳納。

二、保證金新臺幣〇萬元，於租賃期滿交還房屋時無息返還。

第 4 條：使用租賃物之限制：

一、本房屋係供營業之用。

二、未經甲方同意，乙方不得將房屋全部或一部轉租、出借、頂讓，或以其他變相方法由他人使用房屋。

三、乙方於租賃期滿應即將房屋遷讓交還，不得向甲方請求遷移費或任何費用。

四、房屋不得供非法使用，或存放危險物品影響公共安全。

五、房屋有改裝設施之必要，乙方取得甲方之同意後得自行裝設，但不得損害原有建築，乙方於交還房屋時並應負責回復原狀。

第 5 條：危險負擔：乙方應以善良管理人之注意使用房屋，除因天災地變等不可抗拒之情形外，因乙方之過失致房屋毀損，應負損害賠償之責。房屋因自然之損壞有修繕必要時，由甲方負責修理。

第 6 條：違約處罰：

一、乙方違反約定方法使用房屋，或拖欠租金達兩期以上，經甲方催告限期繳納仍不支付時，視為期限屆滿，甲方得終止租約。

二、乙方於終止租約或租賃期滿不交還房屋，自終止租約或租賃期滿之翌日起，乙方應支付按房租壹倍計算之違約金。

第 7 條：其他特約事項：

一、房屋之捐稅由甲方負擔，乙方水電費及營業必須繳納之捐稅自行負擔。

二、乙方遷出時，如遺留家具雜物不搬者，視為放棄，應由甲方處理。

三、雙方如覓有保證人，與被保證人負連帶保證責任。

四、本契約租賃期限未滿，一方擬解約時，須得對方之同意。

第　8　條：應受強制執行之事項：乙方於租賃期滿不遷讓房屋者得逕受強制執行。

第　9　條：本契約乙式貳份，甲乙雙方各執乙份為憑。

立契約書人：

甲　　方

姓　　名：○○○（簽章）
住　　址：
身 分 證．
統一編號．

乙　　方

姓　　名：○○○（簽章）
住　　址：
身 分 證．
統一編號．

介紹人：

姓　　名：○○○（簽章）
住　　址：
身 分 證．
統一編號．

中　華　民　國　○　○　年　○　○　月　○　○　日

五、借貸契約

借款契約書

立借款契約書人○○○（以下稱甲方）、○○○（以下稱乙方）茲因借款事宜，訂立本契約書，條款如下：

一、甲方願貸與乙方新臺幣○萬元正。

二、借貸期限為一年，即自中華民國○○年○○月○○日起，至○○年○○月○○日止，期滿乙方應連同本利一併償還甲方。

三、利息新臺幣每○元日息○分計算，乙方應於每月十日給付甲方，不得拖欠。

四、遲延利息及逾期違約罰金，依新臺幣每○元日息○角○分計算。

五、本契約書之債權，甲方得自由讓渡與他人，乙方不得異議。

六、乙方及保證人不依約履行時，願逕受法院強制執行，不得異議，因此而發生之
　　費用悉由乙方及保證人負擔。

七、本契約乙式肆份，請求法院公證，除存案乙份外，當事人各執乙份存照。

立契約人

　　　　　　　　　　　　甲　　方：○○○（簽章）

　　　　　　　　　　　　住　　址：

　　　　　　　　　　　　身 分 證．
　　　　　　　　　　　　統一編號

　　　　　　　　　　　　乙　　方：○○○（簽章）

　　　　　　　　　　　　住　　址：

　　　　　　　　　　　　身 分 證．
　　　　　　　　　　　　統一編號

　　　　　　　　　　　　保證人　○○○（簽章）

　　　　　　　　　　　　住　　址：

　　　　　　　　　　　　身 分 證．
　　　　　　　　　　　　統一編號

中　華　民　國　○○　年　○○　月　○○　日

六、僱傭契約

僱傭契約書

　　立僱傭契約人○○○（以下簡稱甲方），因僱傭事，雙方同意，訂立條件如下：

一、乙方受僱於甲方，擔任○○工作。甲方按月給付乙方報酬新臺幣○○元整。

二、僱傭期限自○○年○○月○○日起，至○○年○○月○○日止。

三、僱傭期間，甲方為本身利益，得對乙方為必要之管束，但不得以約定工作範圍
　　以外之事務或不正當之行為加諸乙方。

四、僱傭期間，乙方應遵守甲方規定，勤勞工作，不得有怠惰或其他不法行為，並

不得為他人服行勞務。如有上開情事，甲方得隨時解僱乙方，乙方不得異議，亦不得請求任何補償。

五、僱傭期間，倘一方因特殊事故必須解僱或辭職，應於一個月前通知對方。

六、本契約乙式貳份，經甲乙雙方簽字後生效，並各執乙份存照。

立契約人

甲　　方：○○○（簽章）

身 分 證
統一編號：

乙　　方：○○○（簽章）

身 分 證
統一編號：

中　華　民　國　○○　年　○○　月　○○　日

七、承攬契約

承攬契約書

立訂製學生制服合約人○○○○中學（甲）／○○○服裝廠（乙）（以下簡稱甲方／乙方），茲經招標方式決定由乙方承製甲方學生制服一批。經雙方同意，訂立條件如下：

一、甲方訂製學生制服○○套，材料經選定為○○廠出品之○色○○布，委託乙方承包製作。

二、制服圖樣及材料樣品，立約之日甲方交付乙方，乙方須照樣購料，依圖剪裁。

三、制服每套為帽子乙頂、上衣乙件、長褲乙條，均須量身裁製，不得有過大過小過長過短情事。其尺寸於立約後三日內量妥。

四、制服價格，每套連工帶料，經標定為新臺幣○○元整。定約之日，甲方先付定金及購料金共計新臺幣○○元整，其餘款項，俟全部製就交貨完畢時付清，不得拖欠。

五、乙方承製此項制服，定於○○年○○月○○日點交甲方驗收完畢，逾期一日罰

違約金新臺幣○○元。此係自願，決無異言。但出於不可抗力者，不在此限。

六、制服之布料、式樣、做工，如有不合規定之處，由乙方負責掉換、修改或重製。

七、本合約乙式貳份，各附制服圖樣及材料樣品，甲乙雙方各執乙份存照。

立合約人

　　　　　　　　　○○○○中學
　　　　　　　　　代表人　○○○（簽章）
　　　　　　　　　地　址：○○市○○路○○號

　　　　　　　　　○○○服裝廠
　　　　　　　　　代表人　○○○（簽章）
　　　　　　　　　地　址：○○市○○路○段○○號

　　　　　　　保證人　○○公司
　　　　　　　　　代表人　○○○（簽章）
　　　　　　　　　地　址：○○市○○路○○巷○○號

中　華　民　國　○　○　年　○　○　月　○　○　日

八、合夥契約

合夥契約書

　　　　　　○○○　　　　　甲
立合夥契約人○○○（以下簡稱乙方），茲為合夥經營○○股份有限公司，三
　　　　　　○○○　　　　　丙

方同意，訂定條款如下：

一、公司地址：○○市○○路○○段○○號一樓。

二、資金：共計新臺幣參佰萬元正，分為三十股，甲方認十五股，乙方認八股，丙
　　方認七股。股金均於簽約之日以現金一次繳齊。

三、合夥期限：自民國○○年○○月○○日起，至民國○○年○○月○○日止。屆
　　期合夥人如願繼續合作，得經共同議決，再訂新約。

四、人事：甲方任經理，綜理公司並為公司對外之代表人，乙方任副經理，並負責
　　總務與業務；丙方任會計主任，負責財務與稽核，其詳細職務分掌辦法另訂之。

五、盈虧：每年六月卅日及十二月卅一日各結算一次，所得盈餘除百分之○○提存
　　為公積金，百分之○○作為員工紅利，餘百分之○○由甲乙丙按股份比例均分。
　　如有虧損，可自公積金提取補足，如公積金不足，則由甲乙丙各按股份比例出
　　資填足。

六、退股與增資，均應於決算時，依股東之多數取決之。

七、合夥人非經其他合夥人一致之同意，不得將股權轉讓與他人。

八、合夥期滿，如不繼續合夥，所存公積金餘額，由甲乙丙各按股份比例分配之。

九、本契約經法院公證後生效。合計參份，甲乙丙各執乙份為憑。

合夥人　甲方○○○（簽章）

乙方○○○（簽章）

丙方○○○（簽章）

中　　華　　民　　國　　○○　　年　　○○　　月　　○○　　日

九、出版契約

出版契約書

　　立出版契約人 ○○○／○○書局（以下簡稱甲方／乙方），因出版○○○○（以下簡稱本書），
雙方同意，訂立條件如下：

一、甲方編著本書，委託乙方出版。

二、甲方就本書向乙方為下列之擔保：

　　㈠本書內容並無違反現行法規或侵害他人著作權、出版權之情事。

　　㈡本書在本契約成立之前，從未交付第三者印行出版，亦從未讓與著作權於第
　　　三人。

三、本契約簽訂後，甲方不得利用本書之全部或部分為下列之行為：

　　㈠自行出版或託他人印行。

　　㈡將著作權讓與第三人。

㈢以自己或第三人名義編印與本書類似之著作物。

四、甲方對於第二條之擔保不實，或不履行第三條之規定，致乙方因而受損，應負
賠償之責任。

五、本契約簽訂後，乙方不得對本書之全部或部分為下列之行為：

㈠交付第三人出版。

㈡增刪、合併或變更內容。

㈢以自己或第三人名義編印與本書類似之著作物。

乙方如有上述行為，致甲方因而受損，應負賠償之責任。

六、本書排版時，由乙方負校對之責，經甲方最後校對簽字付印。

七、乙方負責向主管機關辦理本書著作權註冊，甲方應協助之。

八、本書出版後，乙方按實售部數，付給甲方售價百分之十五之版稅，每年六月三
十日及十二月三十一日各結算給付乙次。

九、本書出版後，乙方應酌登廣告，甲方得在廣告詞句方面提供意見。

十、本書初版，乙方應贈與甲方拾部，以後新版出書，每次均贈與五部。

十一、本書印行新版前兩個月，乙方須告知甲方，甲方如欲修改內容，乙方不得拒
絕。

十二、本約經甲乙雙方簽字後生效。乙式貳份，甲乙雙方各執乙份存照。

立契約人

甲　　方　○○○（簽章）

身 分 證：
統一編號：

乙　　方　○○書局

代 表 人　○○○（簽章）

身 分 證：
統一編號：

中　華　民　國　○○　年　○○　月　○○　日

十、和解契約

和解契約書

　　立和解契約書人債權人（以下簡稱 甲乙 方），因債務糾葛事，雙方同意訂立和解

條件如下：

一、乙方所欠甲方票款新臺幣○○萬元正，約定分三期償還：第一期於本契約簽字
　　之日還新臺幣○○萬元正，第二期於本年○○月○○日還新臺幣○○萬元正，
　　第三期於本年○○月○○日將餘數○○萬元一次還清。

二、前條各期歸還款項，第一期應付現金，第二及第三期款，由乙方簽發○○銀行
　　支票各乙張，○○○先生加蓋背書，於本契約簽字之日一次交付甲方收執。

三、甲方對前條所記票款願免除其利息。

四、甲方於本契約簽字後三日之內，具狀向○○地方法院撤回請求判令乙方清償票
　　款及准予執行之案件，並將所持有乙方原簽付之支票參張，於本契約簽字之日
　　交付乙方。

五、乙方應償付甲方已繳○○地方法院之裁判費，及負擔甲方因本案所付律師費，
　　合計新臺幣○○元正，於本契約簽字之日一次付清。

六、本契約乙式肆份，甲乙雙方當事人及見證人各執乙份為憑。

立契約人

甲　方　○○○（簽章）

乙　方　○○○（簽章）

見證人　○○○（簽章）

中　華　民　國　○○　年　○○　月　○○　日

十一、保證契約

保證契約書

立契約書人○○貿易股份有限公司（以下簡稱甲方），○○○（以下簡稱乙方）○○○（以下簡稱丙方），就債務保證事宜，訂立本契約條款如下：

一、乙方對甲方之下列債務，丙方願負保證乙方履行之責任。

　　㈠債務性質：借款。

　　㈡債務金額：新臺幣○○萬元整。

　　㈢債務憑證：民國○○年○月○日簽訂之「借貸合約書」。

　　㈣利息：每百元日息○分，於每月首日給付甲方。

　　㈤清償日期：民國○○年○月○日。

　　㈥其他條件：依「債務憑證」之記載。

二、乙方如違約，丙方負本利一次清償之責。

三、本契約書乙式參份，當事人各執乙份為憑。

甲　　方：○○貿易股份有限公司

代 表 人：○○○（簽章）

身 分 證
統一編號：

乙　　方：○○○（簽章）

身 分 證
統一編號：

丙　　方：○○○（簽章）

身 分 證
統一編號：

中　華　民　國　○○　年　○○　月　○○　日

習 題

一、某甲將其所有○○年分裕隆廠牌小客車壹輛，牌照號碼○○，引擎號碼
　　○○，以○○元賣與某乙，試代撰車輛買賣契約書。

二、某甲將其坐落○○市○○路○號○○商場編號一二三號店位一戶，實際
　　面積六坪及現有附屬設備與公共設施，一併租與某乙從事文具商品營業
　　之用，試代撰店位租賃契約書。

第十二章
書狀與存證信函

第一節　書　狀

一、書狀的意義與種類

　　書狀和契約同是有關權利義務的信守文書。二者的區別：契約是當事人雙方協議為履行權利義務而訂立的，簽字後雙方各執一紙為憑。書狀是當事人的一方為履行權利義務而訂立的，通常是由一方簽署交付他方收執。但人民向政府機關有所申請、陳情時，使用申請函，乃屬公文書；或者人民向法院進行訴訟所用的文書，稱為訴狀，有民事訴狀和刑事訴狀，此項訴狀的使用，必須合乎民、刑事訴訟法的程序，另有一定的格式，與一般民間所使用的書狀不同。

　　民間常見的書狀，可分為人事、財物兩方面：

　　(一)人事　有證明書、志願書、悔過書、遺囑等。

　　(二)財物　有保證書、切結書、同意書、承諾書、催告書等。

二、書狀的效用

　　書狀經當事人簽字或蓋章，立即發生效力，當事人必須切實履行。它和契約一樣，在訴訟法上是一種當然的證據，證明力至為強大。所以一般契約的法定條件，簽署書狀時，仍應遵守，否則容易引起爭執，有時並可能影響其效力。

　　現在很多醫院在為病患施行手術時，都會要求病患簽署「手術志願書」，表示在手術中或手術後，倘有發生任何不測情事，概與醫院及施行手術醫

師無涉，其目的在免除或減輕醫院或醫師的責任。但依民法第 222 條規定：「故意或重大過失之責任，不得預先免除。」所以醫院或醫師於手術過程中，如有故意或重大過失，致病患傷亡者，其賠償責任不得預先免除，受害人仍得請求賠償。可見書狀的簽署，必須符合法律上的規定，不可違背。

三、書狀的寫作

書狀既然具有與契約同樣的效力，所以撰擬時，必須參考契約作法，總要謹慎從事，以免有所貽誤。茲將一般書狀的作法，分為格式和文字兩方面說明如下：

(一) 格式

書狀原無一定的格式，各種書狀，因事而異，一般說來，可包括下列四項：

1、書狀名稱　為表明書狀的種類或性質，在書狀本文之前，應標明書狀的名稱，如「保證書」、「切結書」。

2、本文　這是書狀的主體，並沒有定法、定式，但有關當事人的姓名、權利義務的內容、有效期限等，都必須詳細載明，不可遺漏。

3、署名　當事人簽名蓋章，以示負責、信守承諾，但必須簽署真實姓名，不可用「字」或「別號」，以免日後如發生法律上行為時，難以處理。

4、立狀日期　書狀上的年月日，關係權利義務的起訖，不可省略。

(二) 文字

撰寫書狀，關係當事人的權利義務，所以在文字方面，不能掉以輕心，可依下列原則：

1、文字必須層次分明，條理清晰。

2、內容要周詳審慎，不涉游移。

3、數字最好用大寫，以防塗改。

4、必要時得請求律師或法院辦理認證或公證手續，以增強其效力。

四、書狀的範例

(一) 證明書

> 證明書
>
> 　　○○○君於民國○○年○○月○○日起，至○○年○○月○○日止，在本公司擔任會計職務○年，月薪○○○元。茲因事離職，所有經管帳目，交代清楚，特此證明。
>
> 　　　　　　　　　　　　　　　　　　　　○○公司（簽章）
>
> 中　華　民　國　○　○　年　○　○　月　○　○　日

(二) 志願書

1、

> 志願書
>
> 　　立志願書人，今承○○○保薦，前來○○工廠，充任學徒，約定○年，在此期間，例無薪俸，但由廠方供給膳宿。凡廠中一切規章，自應遵守，倘有不法行為，或違犯廠規，自願無條件接受辭退處分。如有虧欠錢物等情事，由保證人負責賠償。恐後無憑，特立此存照。
>
> 　　　　　　　　　　　　　　立志願書人：○○○（簽章）
>
> 　　　　　　　　　　　　　　保　證　人：○○○（簽章）
>
> 　　　　　　　　　　　　　　住　　　址：○○市○○路○號
>
> 中　華　民　國　○　○　年　○　○　月　○　○　日

2、

> 手術志願書
>
> 　　立志願書人○○○，今因胃出血，願在　貴院施行一次或數次之胃切除手術，

無論在手術中或手術後，如發生任何不測情事，概與　貴院及施行手術各醫師無涉，此係自願，恐後無憑，立此存照。

　　此　　致

○○醫院

　　　　　　　　　　　立志願書人：○○○（簽章）

　　　　　　　　　　　住　　　　址：

　　　　　　　　　　　保　證　人：○○○（簽章）

　　　　　　　　　　　住　　　　址：

中　華　民　國　○　○　年　○　○　月　○　○　日

（三）悔過書

　　悔過書

　　店員○○○於○○月○○日，偶因一時衝動，言行失檢，事後深知懺悔，今後自當勤奮工作，改過向善，如再有冒犯之處，願受辭退處分，謹具此存照。

　　此　　上

○○商店

　　　　　　　　　　　立悔過書人：○○○（簽章）

中　華　民　國　○　○　年　○　○　月　○　○　日

（四）遺囑

　　遺囑

　　立遺囑人○○○（民國○○年○○月○○日生，○○省人，身分證號碼：○○○○○○○○○○），茲依民法規定，訂立遺囑如下：

一、本人所有坐落○○市○○區○○段○小段○○地號土地及地上建物（即○○市○○區○○里○鄰○○街○○巷○號）二層樓住宅全棟，由長子○○○（民

國○○年○○月○○日生，○○市人，身分證號碼：○○○○○○○○○○），

單獨全部繼承。

二、上項意旨，由○○○口授，○○○代筆，並宣讀、講解，經立遺囑人認可後，

按捺指印，記明年月日如後。

立遺囑人：○○○（按捺指印）

見證人：○○○（簽章）

見證人：○○○（簽章）

見證人：○○○（簽章）

中　華　民　國　○　○　年　○　○　月　○　○　日

說　明

1. 本範例為代筆遺囑。

2. 代筆遺囑，應由立遺囑人指定三人以上之見證人，由立遺囑人口述遺囑意旨，使見證人中之一人筆記、宣讀、講解，經立遺囑人認定後，記明年、月、日，及代筆人姓名，由見證人全體及立遺囑人共同簽名，立遺囑人不能簽名者，應按指印代之。

(五)保證書

保證書

立保證書人○○○，今保證○○○君，在　貴商店充任店員，所有經手之金錢貨物，如有虧空舞弊情事，保證人願負全部賠償責任，恐後無憑，立此為據。

此　致

○○商店

立保證書人：○○○（簽章）

住　　址：○○縣○○鎮○○路○號

中　華　民　國　○　○　年　○　○　月　○　○　日

(六)切結書

1、

　　切結書

　　本人前向○○○先生承租坐落○○市○○區○○路○○號房屋，存放陶瓷貨品一批，業經出租人於○○年○○月○○日通知終止契約。茲同意於○○年○○月○○日以前將上開房屋騰清交還○○○先生，逾期仍未履行，屋內之所有貨品視同廢物，同意任由○○○先生處理，絕不食言，特立此為據。

　　　　　　　　　　具結人：○○○（簽章）

中　華　民　國　○　○　年　○　○　月　○　○　日

2、

　　切結書

　　立切結書人○○○，同意在就職期間因從事研究或業務上所獲悉之生產技術及研究發明成果，決不洩漏給公司以外及公司內無關之人員，如有違反，除願受法律之制裁外，並願賠償　貴公司之一切損失。

　　此　致

○○股份有限公司

　　　　　　　　　　具結人：○○○（簽章）

中　華　民　國　○　○　年　○　○　月　○　○　日

(七)同意書

1、

　　同意書

　　立同意書人○○○，茲因○○○君租賃本人所有○○市○○路○○號○樓為律師事務所。原有辦公桌○張，藤椅○把，同意由○君免費使用。使用期間，至房

屋租約失效時為止。

立同意書人○○○（簽章）

中　華　民　國　○　○　年　○　○　月　○　○　日

2、

　　同意書

　　立同意書人○○○　○○○，前於民國○○年在○○市○○街○○號合夥開設○○文具店。茲因生意蕭條，不堪賠累，同意歇業。恐口無憑，立此同意書各執一份存照。

立同意書人○○○（簽章）
○○○（簽章）
○○○（簽章）
○○○（簽章）

中　華　民　國　○　○　年　○　○　月　○　○　日

（八）承諾書

　　承諾書

　　貴公司職員○○○為本人之內弟，現因胃出血住○○醫院治療，所有由　貴公司墊付之醫療費用，於出院結算時，全部由本人負責歸還。恐口無憑，立此存照。

　　此　致

○○股份有限公司

承諾人：○○○（簽章）
地　址：○○市○○街○○號

中　華　民　國　○　○　年　○　○　月　○　○　日

(九)催告書

```
    催告書
  敬啟者：本人承租
臺端坐落本鎮○○路○號平房，因年久失修，屋瓦破損，深恐雨季來臨，不堪居住，
特此催請從速僱工整修，使能安居。如七日內不獲答復，即自行僱工予以必要之修
繕，所需費用，以租金抵付。如何之處，請即見復為要。
    此　致
  ○○○先生

                                    ○○○敬啟
                                    ○○月○○日
```

第二節　存證信函

一、存證信函的意義與功用

　　存證信函是一種我國郵政特有的業務，就是經過郵局來證明發信日及發信內容的一種函件。郵件處理規則第 34 條第 1 項規定：「掛號信函交寄時，加付存證相關資費，依中華郵政公司規定方式繕寫，以內容完全相同之副本留存郵局備作證據者，為存證信函。」在日常生活中，民眾發生法律糾紛時，經常用存證信函來交涉或傳達意思表示；在司法實務上，也成為論斷紛爭的重要書證。

　　至於存證信函的功用，可以從二方面說明：

　　(一)證據保存　存證信函採書面方式，且載有發信人、收信人與發信的時間，因此將來如果為了某件事實而有所爭議，曾經發出的存證信函就是最好的證據。目前存證信函的證據功能在法律上能獲致的效益有二：

1、證明曾為意思表示（或通知）：一旦對方確實收受存證信函，寄件人便已掌握曾經通知的有利證據。

2、證明時效之遵守：時效的遵守與否，往往是影響法律生效的要件。由於存證信函足以證明寄件人何時發信、何時收件，在時間上的證據力確定而不可動搖。

(二) **防患未然**　在民事、刑事案件告上法庭前，只要當事人於適當時機寄出存證信函，無論是主張權利、表達立場，或是通知、催告、警示對方，往往能使一些稍具法律常識的人知所收斂，不敢妄為，或使對方不再心存僥倖，主動與當事人達成協議或和解，甚至履行應盡的義務。如此一來，不須漫長的訴訟，自然能達到保障權益的效果。

二、存證信函的使用要點

(一) 撰寫

1、可到各地郵局購買存證信函用紙，或自行從中華郵政全球資訊網 (http://www.post.gov.tw) 下載。

2、以何人名義為寄（收）件人，應符合法律的規定。一般而言，寄件人應是與收件人從事法律行為的相對人。

3、從第一格開始寫，每格限書寫一字，得加註標點符號或阿拉伯數字，均需色澤明顯、字跡端正。

4、內容宜將人、事、時、地、物等要項書明，以精簡、扼要、一目瞭然為宜，切忌曖昧不清。

5、通常先依事實書寫遭遇的狀況，再表達不滿之處。接著限期對方在某日前、幾日內答覆，或直接要求對方如何解決，並書寫對方如不予理會，將採取其他途徑，如訴訟、報警、報紙廣告等方式。最後再加上「以免訟累」或「請臺端自重」、「請勿自誤」等句子做結尾。

6、存證信函內的文字如有塗改增刪，應於備註欄內註明，並由
　寄件人於修改處簽名或蓋章。惟每頁塗改增刪不得逾二十字。

7、信內如有附件，以與存證信函本身有關之文件為限，文件以
　外的物品不得附寄。正本有附件者，副本亦須備有附件。如
　無法製備，應以照片或影印本代替。

(二)寄發

1、存證信函須準備一式三份，除收發雙方各執一份外，郵局留
　存一份，以備日後訴訟或糾紛時可依此證明。如寄件人或收
　件人不只一人，每多一寄件人或收件人均須多準備一份。

2、採用雙掛號寄出。對方收到後，寄件人會收到簽收回執，或
　可至郵局查簽收紀錄。

3、郵局製給的收據、寄件人持有的存證信函及事後收到的「回
　執證明」明信片都須妥善保存，以達到保存證據的效果。

(三)查閱

　　存證信函留存郵局之副本，自交寄日起，由郵局保存三年，期滿後銷
燬之。因此，三年內寄件人均得持憑證向寄送之郵局查詢。如果原憑證遺
失或喪失，仍得以其本人的身分證明申請之。

三、存證信函的範例

郵 局 存 證 信 函 用 紙

副本　正本

郵　局

存證信函第　　　號

一、寄件人	姓名：陳永祥	
	詳細地址：臺北市復興北路 386 號 11 樓	
二、收件人	姓名：李迎芬	
	詳細地址：臺北市民權東路二段 125 號 3 樓	
三、副本收件人	姓名：	
	詳細地址：	

（本欄姓名、地址不敷填寫時，請另紙聯記）

格\行	1	2	3	4	5	6	7	8	9	10	11	12	13	14	15	16	17	18	19	20
一	按	本	人	前	於	民	國	九	十	八	年	三	月	一	日	向	臺	端	承	租
二	門	牌	號	碼	臺	北	市	復	興	北	路	三	百	八	十	六	號	十	一	樓
三	房	屋	，	詎	於	本	人	遷	入	後	未	達	月	餘	，	即	發	覺	浴	室
四	內	馬	桶	不	通	，	且	廚	房	天	花	板	嚴	重	漏	水	，	影	響	衛
五	生	甚	鉅	。	本	人	於	九	十	八	年	四	月	三	日	曾	以	電	話	與
六	臺	端	聯	絡	，	惟	不	見	臺	端	採	取	修	復	措	施	。	特	以	本
七	函	催	請	臺	端	於	三	日	內	履	行	民	法	第	四	百	二	十	九	條
八	之	修	繕	義	務	，	逾	期	則	本	人	將	自	行	催	請	水	電	工	修
九	復	。	至	於	修	復	費	用	，	本	人	將	逕	自	本	月	份	租	金	中
十	扣	除	，	特	此	通	知	，	希	即	見	覆	。							

本存證信函共　　　頁，正本　　份，存證費　　　元，
　　　　　　　　　　　副本　　份，存證費　　　元，
　　　　　　　　　　　附件　　張，存證費　　　元，
　　　　　　　　　　　加具副本　份，存證費　　元，合計　　元。

經　　郵局

年　月　日證明正本/副本內容完全相同　郵戳　經辦員　主管　印

黏　貼

郵資郵票或券

處

備註

一、存證信函須送交郵局辦理證明手續後始有效，自交寄之日起由郵局保存之副本，於三年期滿後銷燬之。

二、在　頁　行第　格下塗改/增刪　字（寄件人印章，但塗改增刪）　如有修改應填註本欄並蓋用　每頁至多不得逾二十字。

三、每件一式三份，用不脫色筆或打字機複寫，或書寫後複印、影印，每格限書一字，色澤明顯、字跡端正。

騎縫郵戳　　　騎縫郵戳

習題

一、某甲應徵充任○○商號店員，請某乙擔任保證人，試代某乙撰擬保證書。

二、某甲有屋一幢，租與某乙，茲因其子即將結婚，擬收回自用，試代撰催告書並以存證信函告知某乙。

單　據

第一節　單據的意義與效用

商業買賣，由於手續繁多，必須用種種文件作為憑證，例如訂立買賣契約時有成交單，訂貨前有估價單，訂貨時有訂單，交貨時有送貨單及發票，貨物收到時有回單，銀錢收到時有收據等，凡此均為單據。

一般人在日常生活中常用的單據有借據和收（領）據兩種。借據是借貸財物的憑證，通常用於借貸的款項不多，或者物品不很貴重，而且借貸時日不長的；否則，應由雙方簽訂借貸契約或租賃契約。收（領）據則是收受財物的憑證，通常對上多用領據，對平行或下行多用收據。

單據是屬於信守文書，具有法律的效力，通常由一方簽署交付對方收執。它也跟契約一樣，由於白紙寫成黑字，不能隨意擺脫責任，所以簽署時，不能不謹慎。

第二節　單據的作法

一、借據

借據有對內、對外、私人之間的分別。對內的借據，可寫本機關的名稱，也可不寫；對外的借據，或私人之間的借據，一定要將對方機關的名稱，或對方的姓名抬頭書寫。對內的借據，可蓋請借人的私章，或請借單位的戳記；如果是某單位請借，最好附蓋該單位經借人的私章，以便查考。對外的借據，一定要寫明請借機關的名稱、機關首長的姓名，並且在寫年

月日的地方加蓋印信，表明是為公借用。至於私人之間的借據，只要請借人簽名蓋章即可。借據上用到數字時，務必大寫，以防塗改。

二、收（領）據

收據與領據的格式很像，無論對內對外，都應把對方的機關或姓名寫出來，用到數字，必須大寫。如果是向上級請領或對外經收款項，應由機關首長、主辦主計、主辦出納及經手人連署蓋章，並在書寫年月日的地方加蓋印信。如果是向下級收款（如學校向學生收費），雖不必蓋本機關的印信，但仍應由機關首長、主辦主計和出納及經手人連署蓋章；至少也得由機關首長和經手人蓋章，以示負責。

第三節　單據的範例

一、借據

（一）對內借支

```
　　茲借支
○月份薪津新臺幣○○元整。
　　此　據


　　○○○（蓋章）具○年○月○日
```

（二）對內預支

```
　　茲預支
出差旅費新臺幣○○元整。
　　此　據


　　○○○（蓋章）具○年○月○日
```

(三)對內借物

```
    茲借到
雙屜辦公桌○張、藤椅○把。
    此　據


    ○○○（蓋章）具○年○月○日
```

(四)對外（機關）借物

```
    茲借到
○○國民中學童軍帳篷○頂。
    此　據



        市立○○高級中學校長○○○（蓋章）
                經借人○○○（蓋章）


中　華　民　國　年　月　日
```

(五)對外（私人）借物

```
    茲借到
○○餐廳圓飯桌○張、靠背椅○把。
    此　據



        ○○縣商會理事長○○○（蓋章）
            經借人○○○（蓋章）


中　華　民　國　年　月　日
```

二、領據

(一)領款

```
    茲領到
○○市政府撥發○○學年度清寒學生獎學金新臺幣○○元整。
    此　　據


                市立○○高級商業職業學校校長○○○（蓋章）

                            主辦主計○○○（蓋章）

                            主辦出納○○○（蓋章）

                            經領人○○○（蓋章）


中　　華　　民　　國　　　年　　　月　　　日
```

(二)領物

```
    茲領到
臺北市政府教育局發下青年百科全書壹套。
    此　　據


            私立○○高級商業職業學校校長○○○（蓋章）

                        經領人○○○（蓋章）


中　　華　　民　　國　　　年　　　月　　　日
```

三、收據

（一）收物

```
    茲收到
○○高商○○學年度校刊壹本。
    此　據


    ○○○（蓋章）具○年○月○日
```

（二）收物（留有存根）

存	收　到 ○○縣商會贈送本校第○屆運動大會獎品錦旗○面、毛巾○打。						
根	中	華	民	國	年	月	日

………校………運………收………字………第…………………號………

收	茲收到 ○○縣商會贈送本校第○屆運動大會獎品錦旗○面、毛巾○打。 此　據　　私立○○高級商業職業學校校長○○○（蓋章）　　　　經收人○○○（蓋章）						
據	中	華	民	國	年	月	日

習　題

一、學校發給本班交通安全手冊五十本，試出具領據一紙。

二、為本班舉辦露營活動，向學校借用帳篷五頂，試擬借據一紙。

三、為收到同學繳交班費一百元，試擬收據一紙。

第十四章
啟事與廣告

第一節　啟　事

一、啟事的意義與種類

　　啟事是個人或團體，向社會大眾公開作意思表示，通常刊登於報紙雜誌，或張貼於街衢顯眼處所，也有利用口頭傳播，如廣播電臺的招領、尋找等。

　　啟事的種類，依其目的可區分為三大類：

　　(一) **公布類**　將某一事實公告社會，讓社會大眾或特定對象知曉、瞭解。如開業啟事、遷移啟事等。

　　(二) **徵求類**　基於某一既定目的，向社會大眾作公開的期求。如招考啟事、徵求合作啟事等。

　　(三) **聲明類**　就某一事項，對社會大眾或特定對象作公開的宣示或表白，此類通常與法律行為有關。如委託啟事、徵詢異議啟事等。

　　若依其性質，啟事可分為下列十七種：

　　(一) **聲明啟事**　宣示或表白對於某事的意見，多與法律行為有關。如聲明脫離關係等。

　　(二) **徵求啟事**　公開徵求人、物。如徵求人才等。

　　(三) **租售啟事**　將物品房產出租出售。如廠房出租等。

　　(四) **徵詢啟事**　購買產物時，徵詢對產權有無異議，以免發生糾紛。如承購貨車徵詢異議等。

　　(五) **尋訪啟事**　尋找人、物下落。如尋人等。

(六) **通知啟事**　對外有所通告。如通知校友參加校慶酒會等。

(七) **警告啟事**　對某人或某部分人作事前告誡，多為採法律行為的步驟。如警告潛逃職員等。

(八) **道歉啟事**　事後對某人表示歉疚悔改，多為和解的條件或方法。如一時衝動，以言詞冒犯他人，後公開致歉等。

(九) **喜慶啟事**　對婚嫁、壽誕、開幕、榮升、膺選、獲頒學位或有殊榮而祝賀。如賀榮獲博士學位等。

(十) **喪祭啟事**　對喪事及祭奠的通告。如公祭等。

(十一) **鳴謝啟事**　受人恩惠或慶賀而表達謝意。如感謝送還失物等。

(十二) **遺失啟事**　遺失證件，聲明作廢，以便請求補發或免致法律責任等。

(十三) **辭行啟事**　個人或團體向各界或親友辭行的表示。如僑團返僑居地前向各界辭行等。

(十四) **遷移啟事**　公司行號或個人住址遷移新址的通告。

(十五) **更正啟事**　發表的文件有誤，用以更正。

(十六) **懸賞啟事**　以獎金方式公開求人助找失物或緝捕人贓等。

(十七) **預約啟事**　新著或修訂書刊（貨品）將出版（售），事前宣傳，接受預先訂購。

二、啟事的法律責任與效力

(一) 啟事的法律責任

啟事刊登在傳播媒體上，啟事人的意思表示，具有公開性，所以應負法律上的責任。刑法第 310 條規定：「意圖散布於眾，而指摘或傳述足以毀損他人名譽之事者，為誹謗罪，處一年以下有期徒刑、拘役或五百元以下罰金。散布文字、圖畫犯前項之罪者，處二年以下有期徒刑、拘役或一千元以下罰金。對於所誹謗之事，能證明其為真實者，不罰。但涉於私德而

與公共利益無關者，不在此限。」同法第 312 條及第 313 條，又對「對於已死之人公然侮辱者」、「對於已死之人犯誹謗罪者」、「散布流言或以詐術損害他人之信用者」都定有罰則。所以，啟事的內容，應針對事實記載，不可使用誇大的言詞，或具情緒性的字眼，以免觸犯毀損他人名譽或損害他人信用的罪行。雖然這些都是「告訴乃論」罪，但仍以謹慎為宜。

此外，根據民法第 164 條規定：「以廣告聲明對完成一定行為之人給與報酬者，為懸賞廣告。廣告人對於完成該行為之人，負給付報酬之義務。數人先後分別完成前項行為時，由最先完成該行為之人，取得報酬請求權；數人共同或同時分別完成行為時，由行為人共同取得報酬請求權。前項情形，廣告人善意給付報酬於最先通知之人時，其給付報酬之義務，即為消滅。」同法第 165 條規定：「預定報酬之廣告，如於行為完成前撤回時，除廣告人證明行為人不能完成其行為外，對於行為人因該廣告善意所受之損害，應負賠償之責。但以不超過預定報酬額為限。」這裡所指的廣告，也就是啟事。由此可知，在懸賞啟事中，啟事人對所作的承諾及提出的報酬額，均應審慎為之，因為果真有人完成啟事所指定的行為，法律規定啟事人對行為人是負有給付報酬的義務的。

(二) 啟事的法律效力

啟事是具有公開性的文書，在啟事人來說，是為意思表示。但民法第 95 條規定：「非對話而為意思表示者，其意思表示，以通知達到相對人時，發生效力。」啟事屬於「非對話」方式，而且不能保證「相對人」一定能夠看到，也就是不一定能「通知達到相對人」，所以就不能發生法律上的效力。民法第 94 條又規定：「對話人為意思表示者，其意思表示，以相對人了解時，發生效力。」所以，相對人即使看到了，若表示不瞭解，也還是不發生效力。不過，假如一件事情的關係人太多，沒有其他方法完成意思表示時，以啟事通知關係人，或徵詢異議，仍然是有實質上的意義，只是沒有法律上的絕對效力而已。

其次，各種法律行為的成立，在法律上都有必須的要件，以及經歷一定手續或程序。如民法第982條規定：「結婚應以書面為之，有二人以上證人之簽名，並應由雙方當事人向戶政機關為結婚之登記。」因此，假如一對男女在報上刊登結婚啟事，實際上並沒有依照法律規定去做，即不具備法律規定的結婚之形式要件，法律上即不承認這一對男女已經結婚。又如民法第1050條規定：「兩願離婚，應以書面為之，有二人以上證人之簽名並應向戶政機關為離婚之登記。」假如在未辦妥兩願離婚手續，或未經法院判決離婚的夫妻，有一方在報刊上登載一則啟事，內稱「限你十日內歸家團聚，否則以後男婚女嫁，各聽自便」，而十日後對方並未歸家團聚，啟事人果真男婚或女嫁，便犯了重婚罪，啟事人不能提出這則啟事作為對抗。

三、啟事的結構與寫作要點

(一)啟事的結構

1、性質　在啟事正文之前，對啟事內容所作的概括標示，如「徵才啟事」、「鳴謝啟事」。通常使用較大的字體，以引人注意。

2、內容　即啟事所要公布、徵求、聲明的事項，如遺失啟事中失物的名稱、形式、質量等。

3、目的　即啟事人所期求的效果，如遷移啟事的「敬請舊雨新知，光臨惠顧」、聲明啟事的「恐外界不察，特此聲明」。

4、對象　即啟事所要訴求的社會大眾，或特定的個人、團體，如結婚啟事的「特此敬告諸親友」、開業啟事的「敬請各界人士　蒞臨指教」。

5、具名　即啟事者的姓名，或機關行號的名稱，如通知啟事的「政治大學校友會啟」、道歉啟事的「道歉人〇〇〇」。

以上五項並非每則啟事都要全備，可視實際情況彈性組合。例如刊登在報紙分類小廣告的啟事，就不必有啟事性質的概括標示；再如徵求啟事

中往往規定應徵人的資格，像「限高商會計科畢業」，這既是啟事內容之一，也是啟事所要訴求的對象，於是對象一項就併入內容；又如具名一項，有時是個人，有時是團體，有時僅用信箱號碼。

(二)啟事的寫作要點

啟事的對象多為一般民眾，其刊費又與字數或所占版面有關，寫作時，必須注意下列四點：

1、內容簡明嚴謹　　啟事內容應以簡單明白為原則。通篇須因果分明，脈絡清楚。

2、文字淺易扼要　　啟事的訴求對象是一般民眾，可用語體文或淺近文言，但仍應刪裁蕪累，精確地將意思表達。

3、用語妥當得體　　啟事常運用許多習慣用語及法律用語，須注意是否妥當得體。如徵求人才，對象是職員，多用「徵求」；對象是教師，多用「徵聘」或「禮聘」。

4、不可觸犯法律　　啟事內容要負法律責任，撰寫時須就事論事，凡涉及他人隱私或不可證實的行為，都不可提，以免觸犯誹謗罪。而違背公序良俗或洩漏國家機密，更應絕對避免。

四、啟事的範例

(一)聲明類

```
本公司業務員○○○君，因另有高
就，已於○○年○月○日離職，嗣
後其銀錢及業務之往來，概與本公
司無涉。
　　　　　　　　　○○公司啟
```

(二)徵求類

1、徵才

> **某大貿易公司徵才啟事**
> (1)業務員：高商畢業，肯吃苦，字工整。
> (2)會計員：高商會計科畢業，免經驗。
>
> 男性須役畢。五月二十日前將履歷、照片、自傳寄臺北市郵政○○○○號信箱。

2、徵求合作

> 某大營造廠誠徵木柵、深坑、南港、內湖一帶建地，以合建方式起造高級渡假花園別墅群，有意者請電
> (02)○○○○○○○張洽。

(三)租售類

1、招租

> **廠房出租**
> 幼獅工業區廠房一幢，設備齊全，適合電子業，意者請電(02)○○○○○○○林洽。

2、讓售

> **最新塑膠壓出機二臺廉讓**
> 意者電(02)○○○○○○○施洽。

(四) 徵詢類

> 徵詢異議
>
> 本人承購○○○先生大型貨車一輛，引擎號碼○○號，牌照號碼○○號，如有異議，自即日起七天內向本人提出，逾期即行辦理過戶，倘有問題，概不負責。
>
> 　　　　　　○○○啟　○○月○○日

(五) 尋訪類

> ○○○兄：弟已於三月十五日自新加坡來臺，現下榻○○飯店五○三室，見報請於三月廿九日前駕臨一敘。　　　　○○○

(六) 通知類

1、委託

> ○○○律師受任○○公司常年法律顧問啟事
>
> 本律師受委託擔任上開當事人常年法律顧問，嗣後如有侵害其信用、名譽、利權及其他一切法益者，本律師當依法保障之。
>
> 　　　　　　　　○○律師事務所○○○

2、開工

> 本公司彰化廠訂於4月7日上午10時開工，敦請　○部長○○先生按鈕，○○○小姐剪綵，敬請各界人士　蒞臨指教。
>
> 　　　　　　　　○○○○公司謹啟
>
> 　　　　地址：臺中市府前路766號

應 用 文

(七) 警告類

> 警告○○○啟事
> ○○○君現年四十歲，○○縣人，任本公司出納，侵占本公司現款伍佰萬元及有價證券面額共壹佰萬元 ，潛逃無蹤，茲特登報警告，限三天內出面清理，否則訴之於法。
> 　　　　　　　　　　　　　　　　　　○○公司啟

(八) 道歉類

> 本人於○月○日，一時衝動，言詞冒犯○○○先生，殊屬不該，今蒙○○○先生寬宏大量，不加追究，特登報鄭重道歉。
> 　　　　　　　　　　　　道歉人○○○謹啟

(九) 喜慶類

1、婚事

> 彭○○
陳○○結婚啟事
> 我倆經雙方家長同意，謹擇於民國 99 年 6 月 23 日在臺中地方法院公證結婚，特此敬告諸親友。

2、賀獲學位

> 賀○校長○○令郎
> 　○○○先生榮獲國立○○大學○學博士學位。
> 　　　　　○○○　○○○　○○○　同敬賀
> 　　　　　○○○　○○○　○○○

(十) 喪祭類

> 本公司董事○○○先生之令尊
>
> ○公○○之喪訂於中華民國○○年○月○日
>
> 上午 9 時 30 分假臺北市立第○殯儀館○○
>
> 廳舉行公祭　謹此奉
>
> 聞
>
> ○○實業股份有限公司謹啟

(十一) 鳴謝類

> 本人不慎遺失公事包，內有支票、證券、重
>
> 要商業文件及現金新臺幣伍拾萬元，承○○
>
> 高商二年級學生○○○君拾獲，循址送還，
>
> 堅拒酬報，義行可風，特此登報致謝。
>
> ○○○

(十二) 遺失類

> 遺失○○高商○○號學生證，作廢。
>
> ○○○

(十三) 辭行類

> 　　本人此次率團回國觀光，辱承
>
> 長官友好接待，雲情高誼，感激良深。茲以
>
> 返回僑居地在即，不及一一踵謝，特此啟事，
>
> 藉致歉忱。
>
> ○○○敬啟

(十四) 遷移類

> 　　　○○高商校友會遷移新址啟事
> 本會自即日起遷移至高雄市大勇路○○號
> 啟業大樓五樓 501 室繼續為校友服務。
> 電話：(07) ○○○○○○○○

(十五) 更正類

> 　　　○○院○○署公告
> ○○月○○日原公告四、押標金更正為按
> 投標總金額百分之五以上為計算標準。

(十六) 懸賞類

> 遺失○○牌手錶一只，拾得送還者，當致酬謝。
> 　　　　　○○○啟
> 　　　　　　住址：○○市○○路○號
> 　　　　　　電話：○○○○○○○○

(十七) 預約類

> 　　新書預約特價
> 　　　　　作者：○○○
> 　　　　　書名：○○○○
> 定價：精裝本○○元　預約特價：精裝本○○元
> 　　　平裝本○○元　　　　　　平裝本○○元
> ■預約優待○○月○○日止，同日出書。
> 　　○○出版社啟　郵撥：○○○○○○○○
> 　　　　　　電話：○○○○○○○○
> 　　　　　　臺北市○○路○段○巷○弄○號

（十八）新式範例

1、遷移

我們搬新家了！

親愛的朋友：

感謝您長久以來對**三民生技**的支持與鼓勵，

為因應業務發展需要，

我們將於 2010 年 4 月 12 日（星期一）起，

搬到新家為您提供更專業、更優質的服務，

期盼大家繼續給予愛護、提攜。

三民生技公司　敬啟

新家：臺北市新光路 65 號

電話：(02) 8765-4321

2、懸賞

懸　賞

尋找愛犬

品種：馬爾濟斯（母狗）

體重：約 2 公斤

特徵：左耳有分岔記號

晶片：○○○○○○○○○○

失蹤時間：5/8（六）

失蹤地點：木柵動物園附近

懸賞金：新臺幣○○元整

聯絡方式：0901234567 李小姐

第二節　廣　告

一、廣告的意義與種類

　　「廣告」一詞，就是普遍告知的意思。通常是商品在營銷過程中，藉著傳播媒體向社會大眾傳播訊息，以達成商業上銷售的目標。在今天市場營運的複雜過程中，使貨品從生產者的手中到達消費者之手，廣告是一項不可或缺的步驟。因為大量生產，必須輔以大量分配，而大量分配又有賴於大量銷售的實施。如果僅靠個人銷售，很難適應今天製造廠商大規模生產的需要。且就消費者來說，在購買過程中，也很難找到那樣眾多而又適合的推銷員。因此，在現代市場營運中，除了個人銷售之外，還要利用廣告，向大眾加以宣傳。

　　事實上，由於商業競爭日趨激烈，於是爭奇鬥勝、花樣翻新的商業廣告，在街頭巷尾、傳播媒體上觸目皆是，人們的日常生活，可說是已經離不開廣告的影響。廣告的種類繁多，依廣告的傳播方式，約可分為下列六種：

(一) 印刷物廣告

　　1、傳單　將所銷售的商品或經營的業務，以文字（或附插圖）說明其名稱、式樣、用途、價格，以及銷售或服務的地址、電話等資料印在傳單上，郵寄或僱人分送。

　　2、報紙、雜誌　報紙的發行，遍及全國各地，而且深入社會各階層，效力極大；雜誌的刊期較長，印刷精美，容易引人注意，並可收反覆刺激的效果。

　　3、目錄　將所銷售的商品編印成目錄，郵寄或分送顧客，以供參考、選購。

4、日曆、包裝紙　將廣告印在日曆（月曆、年曆等）上，長期懸掛在牆壁，具有相當效果；而在包裝紙上印製廣告，既可包裝，又可宣傳到家，經濟實惠。

(二)**影視廣電廣告**　電影院在放映正片之前，以新穎的聲光設備播出廣告短片，能讓觀眾留下深刻印象。而電視更是近年發展迅速的大眾傳播媒體，遍及每一角落，深入每一家庭，廣告效果最佳。至於無線電廣播，無遠弗屆，效果亦大，且其費用遠低於電視廣告。

(三)**日用品廣告**　將所銷售的商品或經營的業務，以文字或圖案印在日常用品上，如茶杯、火柴盒、手提袋、面紙包、……，亦可收到廣告效果。

(四)**交通工具廣告**　在公共汽車、火車、計程車、……等交通工具的適當位置懸掛或張貼廣告，交通工具到哪裡，廣告也就到哪裡。

(五)**公共場所廣告**　利用車站、戲院、風景區、遊樂場所、運動比賽場地、……等人群往來聚集的公共場所，或者視野廣闊的通衢大道，懸掛或製作廣告看板、霓虹燈，也是收效良好的方式。

(六)**流動廣告**　在車輛上裝置廣告看板，利用擴音器或手持旗幟，沿街廣播，以吸引顧客。

(七)**其他**　如利用徵獎、遊行等足以引人注意的方式，以為廣告。

二、廣告的效用

在自由經濟制度的社會中，廣告扮演著生產與消費之間的媒介角色，它可以發生以下各種效用：

(一)**促進銷路**　廠商不斷運用宣傳，把產品訊息傳達給消費者，因而刺激顧客的購買慾，可以增加產品的銷售數量。

(二)**減低產品的單位成本**　由於廣告而提高產品的銷路，因而促進廠商的大量生產，間接的減低了產品的單位成本，可以降低單位售價，使

社會大眾能普遍享用。

(三) 提高產品的品質　生產者必須針對消費者的需要，不斷在產品品質方面謀求改進，否則就會被其他價格低廉而品質較好的同類產品所替代。

(四) 增加企業利潤　廣告可以促進銷路，帶來新顧客，自然增加廠商的利潤。事實上，顧客的存在是工商企業生命線之所繫，廣告能維繫並創造大量的顧客，因而也就維護了企業的發展。

(五) 加速社會的繁榮　廣告能使產品的銷售量增加，廠商不得不擴充設備，因而增僱員工，提高社會就業率。另一方面也促使經濟加速繁榮，進而推動各種公共建設，使得人們生活得更舒適，也更健康。

三、廣告的結構與寫作原則

廣告的作用，在宣傳商品，它的形式，可以包括文字、圖畫（或照片）、色彩、裝飾、輪廓等要素，現在只就文字方面，說明它的作法。

(一) 廣告的內容編排

1、標題　標題是構成一則完整的廣告所不可或缺的部分，文字不宜太多，用三言兩語把商品的優點、特色表達出來，以喚起人們的注意和興趣。但文字必須別緻貼切，因為標題別緻，讀者為好奇心所驅使，便非看不可；同時這別緻的標題和內容又很吻合，自然能得到人們良好的反應。

2、內容　廣告的內容必須淺顯，人人看得懂。對於商品名稱、商標、品質、用途、廠商名稱、電話，萬不可遺漏；有時也可提示價格、發售地址。以上這些項目很瑣碎，但必須敘述得有層次，才能使人得到明晰的概念；而且要文字動人，才能使人留下深刻的印象。

3、形式　一則廣告，主要包括圖畫、文字兩部分。有些廣告以

圖畫取勝，這是由於圖畫比較容易引人注意。但圖文編排布置，應力求平衡勻稱。就文字部分來說，字體大小，有時要錯雜使用；行款不宜全篇連接，務必新穎醒目，然後才能惹人注意。

(二)廣告文字的體裁

1、論說體　以商品的特質與用途為體裁，運用討論、勸告或證明的方式，提出何以必須購買的充分理由。同時，也可和其他的商品比較，以顯示它的優點，看起來彷彿是議論批評某一件東西，其實是自我宣傳，激發人們購買的慾念。

2、敘述體　對所宣傳的商品，直接加以敘述，運用簡單的辭句，標明它的項目、品質、效用、價格、購買地點等。也可附帶替顧客設想，表示使用這種商品比用別種的經濟，藉以吸引顧客。

3、詩歌體　以商品或商號為題材，編成一首通俗的詩歌；或把前人的舊詩，改動幾個字，使人看著有味，以達到宣傳的目的。

4、新聞體　在適應時事、地方、季節的原則下，編製新聞報導，有如報紙上的簡訊，不露痕跡的宣傳商品。

5、問答體　以談話的方式，一問一答，藉以介紹或宣傳商品。這種會話，不宜過長，否則容易使人生厭，不能收到良好的效果。

(三)廣告的寫作原則

1、惹人注意　這是廣告發生效果的第一步。一則廣告，如果不能惹人注意，怎能達成吸引顧客的目的呢？所以寫作時，必須考慮到標題應該怎樣別緻而貼切，文字應該怎樣簡明而扼要，形式應該怎樣新穎而醒目。務必要使人看了標題，不得

不看內容，看到形式的醒目，更不得不看標題，三者互相為用，才是上選。

2、引人興趣　一則廣告，縱使它的標題、圖畫（或照片）、色彩，都能惹人注意，假如內容呆板，還是不合理想。必須考慮到用什麼體裁的文字，才能引人入勝，發生濃厚的興趣，非把全篇廣告看完不可。這樣，廣告的效用才顯著。

3、使人信任　現在一般商業廣告的最大弊病，就是不顧事實，一味虛浮誇大，例如宣傳某種藥品的功效，常說「能治百病」，甚至說「可以返老還童」，結果弄得大家不敢相信，當然不能達到廣告的目的。所以宣傳商品，必須根據事實，即使有誇張之處，也要切合情理。

四、廣告的範例

（一）論說體

| ○○牌魚肝油球 | 秋天的健康讀本
時屆秋令，我們經過炎熱夏天的工作，身體當然會感到很疲勞，所以我們自今天起應該強化自己的身體，以抵抗病菌的侵襲。最重要的，莫如加強呼吸機能，以免秋末及冬初的時候容易感患傷風和咳嗽等病症。我們如何預防這種現象，只有繼續服用含有強力有效的維他命「A、D」的「○○牌魚肝油球」。它是衛生機關化驗證明單位高而又品質優良的國貨，確信可保證大家滿意的。 | （衛生機關許可字號）
總 經 銷 處
○ ○ 公 司

臺中市○○路
○段○○號

電話○○○○○○○○ |

(二)敘述體

> ### 點金術
>
> 　　當您參加○○信託投資公司的「信託投資」時，就等於得到了「點金術」。數十位傑出的理財專家為您精打細算，使您享受「錢賺錢」的美果，轉眼成巨富。○○信託投資公司，殷實穩健，服務親切，加上強大股東陣容，提供了安若泰山的保證。
>
> 　　二年期可獲年收益率○○％。
>
> 　　壹萬元即可參加，請利用郵政劃撥○○○號繳款參加。
>
> 　　　　　　　　○○信託投資公司
> 　　　　　　　　　地址：臺北市○○路○○號
> 　　　　　　　　　電話：(○○)　○○○○○○○─○

(三)詩歌體

> 清明時節雨紛紛，
> 　　遊侶尋春欲斷魂；
> 借問酒家何處有？
> 　　路人遙指「綠楊村」。
>
> 　　　　　綠楊村酒館
> 　　　　　　　○○市○○路○○號
> 　　　　　　　電話：○○○○○○○

(四) 新聞體

響應政府經濟革新

本園為響應政府經濟革新，增進農林生產，選育優良種子及果樹幼苗。只求推廣，不計工本，廉價供應各界。敬請勿失良機，惠予選購。

各種　林木幼苗　花卉種子
　　　蔬菜種子　果樹幼苗

備有目錄及栽培說明函索即寄

○○種苗園

園址：○○市○○街○○號

電話：(○○) ○○○○○○○

(五) 問答體

為什麼金山一枝獨秀？

　賣得便宜，

　　靠得住，

　　　走得準。

　修得考究，

　　配原件，

　　不損原有性能。

金山鐘錶公司

○○市○○路○○號

電話：○○○○○○○

註：本章取材自王偉俠應用文講話。

習　題

一、某甲有屋招租，試代擬啟事一則。

二、某甲走失所養大狼狗一隻，試代擬懸賞啟事。

三、試任選一種商品為題材，撰擬廣告一則。

四、試代本校撰擬招生廣告。

第十五章
企畫書

第一節　企畫書的意義

　　企，企求、企圖；畫，策劃、規劃。對某一事件或主題，為達成目標或效益，展現自己或某一組特定成員的企圖心，很有條理、系統的詳細規劃，而以文字完整且具體地呈現出來，提供決策者裁定，當作執行的依據，這種文案就是「企畫書」。

　　現代社會瞬息萬變，競爭激烈，無論行政部門、企業或民間團體，對於各種事務的推動、產品的行銷、活動的承辦等，如何掌握契機、善用資源，提出實施步驟，考量可能遭遇的問題與解決策略，以達成預期的目標、效益，都必須事先規劃，才不至於臨事慌張，手足無措。所以「企畫書」的撰寫，最能反映個人的能力，可以讓我們在職場、工作上脫穎而出。例如桃園縣大專青少年志願服務培力中心為凝聚青年服務力量，擬具「桃青領袖與縣長有約」活動企畫書，列舉活動背景、目標、活動時間及地點、參與對象、預期效益、活動流程等（詳見桃園縣大專青少年志願服務培力中心全球資訊網 http://ity-im.org/）。行政院青年輔導委員會為補助大專校院辦理提升青年就業力工作，提供企畫書格式，申請學校必須就計畫目標、參與對象及人數、活動流程、課程師資、工作團隊、預期績效指標與評估基準等事項詳加規劃。而各級學校辦理藝文、康樂活動，亦常須事先擬妥企畫書，說明活動主旨、主辦單位、活動日期、地點、參加對象、內容方式、人員組織架構、經費預算等，送請核准後照案實施。至於企業體的營運、產品的行銷，更需要有周全的規劃，擬訂專案企畫書，提出嶄新的創意，才是致勝的關鍵。

第二節 企畫書的基本概念

我們傳統的觀念，對於任何問題，經常會依循「人、事、時、地、物」五方面來加以思考：

人：由什麼人做？對象是誰？

事：要做什麼事？

時：什麼時候開始？什麼時候結束？

地：在什麼地點？

物：有多少物品、資源？

近代西方發展出 5W2H1E 概念，指的是：What、Why、How、Where、Who、When、How Much 及 Evaluation（也有人說是 Effect）。這是在第二次世界大戰時，美國陸軍兵器修理部首創，經後人增補而成，廣泛應用於企業管理，而擬訂企畫書也常以此為基本概念。

What（何事）：要做什麼事？內容是什麼？也就是企畫的主題、所要達成的目標。

Why（為何）：為何要做這個企畫？也就是企畫的緣起與願景。

How（如何）：該怎麼做？用什麼做？也就是企畫的達成和實施方式。

Where（何處）：在哪裡做？也就是企畫實施的地點。

Who（何人）：由什麼人做？也就是企畫實施的相關人員。

When（何時）：什麼時候開始？什麼時候結束？也就是企畫實施的時間、進度。

How much（預算）：有多少資源？需要花費多少？也就是企畫實施所需的收支概算。

Evaluation（評價）：也作 Effect（效益）。評估企畫實施的結果可以獲得多少效益。

從事企畫書內容規劃時，擔心遺漏了重點，這時候 5W2H1E 也可以發揮查核的功能。可以檢視是否忘了哪個環節，這也是大多數人對於 5W2H1E 功用的觀念。

第三節　企畫書的基本架構

企畫書常因性質與內容不同，而在形式和體裁上有很大的差異，並沒有絕對限定的格式，但仍有一些基本架構：

一、**封面**　提示企畫書的性質，也可搭配圖像，以美化版面。

(一) 企畫書的主題名稱（主題文字較長時，可採用主標題與副標題方式呈現）。

(二) 指導／主辦／協辦／承辦單位名稱。

(三) 撰寫單位或人員。

(四) 提報日期。

二、**目次**　呈現企畫書的全貌，使人一眼就能瞭解企畫的內容與方向，且便於檢索。

三、**本文**　依企畫案性質、需求，斟酌列舉下列項目：

(一) 緣起、背景（現況分析）、宗旨、目的、特色、預期效果。

(二) 實施的日期、時間、地點。

(三) 實施的對象（邀約、報名或不限資格）。

(四) 實施的策略與方式（包括具體作法、宣傳策略）。

(五) 實施的流程（可將進程列出「日程表」或「時程進度表」）。

(六) 人力分配（組織架構、人員配置、職掌）。

(七) 器材需求清單（製作、購買、洽借）。

(八) 經費收支概算（以表格列出科目）。

(九) 預期遭遇的問題與解決方案。

四、後記 包括補充資料、參考文獻、交通、聯絡方式等。

第四節 企畫書的寫作要領

　　企畫書的內容，雖然通常會要求具有創意，但也不能向壁虛構，不著邊際，必須因「事」而作，避免讓人有游辭浮說之感。茲將一般企畫書的寫作要領說明如下：

一、蒐集資料

　　隨著全球化競爭的腳步日益加速，企畫書的內容是否富於創意，必須先能適時對外伸出觸角，以蒐集相關資料，並從中觸發靈感、開拓思路。事實上，今日資訊科技發達，資料的取得，並不困難，通常有下列管道：

　　(一)一般資料 網路、報紙、雜誌、書籍、電視、廣播、電影等。但此一類資料，務必詳加分析、求證，除非具有實際可信的數據和事實，否則不宜貿然採用。

　　(二)內部資料 機關（學校、社團、公司）發行的刊物、報告書、會議紀錄等。如果是撰擬與企業體的營運、產品的行銷有關的企畫書，那麼對於公司或產業的組織架構、經營理念、財務、市場趨勢，甚至於競爭對手的資料，都必須鉅細靡遺地加以蒐集。

　　(三)專業資料 專業著作、期刊。

　　(四)政府資料 政府出版的各類普查或統計資料，以及相關法令。

二、擬訂大綱

　　繪畫時，通常會先勾勒輪廓，然後上色，完成一幅美麗的圖畫。而撰寫企畫書，也必須先掌握主題，依據 5W2H1E 概念，擬訂大綱，然後撰寫各個部分的詳細內容。

　　(一) 建構全文　大綱是企畫書的基本骨架。建構大綱，即可將所蒐集的資料歸入適當位置，而且有助於聚焦思考、明確抒寫，不至於偏離主題，使全文的論點能夠前後照應、內容連貫。

　　(二) 凸顯重點　透過大綱的擬訂，條理就比較清楚，也比較能夠掌握重點。更可將富有創意或重點所在，單獨列出，以適當的篇幅加以強調，讓人留下深刻印象。

　　(三) 避免內容遺漏或重複　隨興下筆，想到什麼就寫什麼，東拉西扯，到頭來該寫的卻遺漏掉，而在不同的段落卻重複相同的內容；如有大綱的建構，就不易發生這種缺憾。

　　(四) 掌控寫作進度　大綱已將全文分成若干段落、部分，因此可根據資料蒐集、構思所得，先行撰寫某一段落、部分，最後再全部加以整合完成，不至於拖延時日。

三、注意文辭

　　撰寫企畫書，並非創作文學作品，雖然不必咬文嚼字，講求辭藻的華麗，但為了能夠讓人清楚瞭解，也必須注意以下幾點原則：

　　(一) 簡潔流暢　敘述務必清晰易懂，注意文章脈絡，明確表達自己的構想，不要橫生枝節，牽扯到不相干的話題，或呈現跳躍性思考。此外，應避免使用艱深的詞彙，或文辭累贅冗長，才不會讓人閱讀起來費時費力，甚至有讀不下去的負面感受。

　　(二) 分項條列　內文細項如果可以逐條列舉，就要加以整理歸納，儘量以條列方式呈現，必較醒豁，讓人一目瞭然。而善用圖表或對照的方式來輔助說明也是一般常見的手法，具有整合資料、減省篇幅、易於閱讀的功用。

　　(三) 仔細校閱　草稿寫完後，必須反覆閱讀校對，檢查是否有錯別字、漏字，以及數據等資料是否有誤，或者內容敘述不清之處，都要標記

起來，並及時改正補足，才能維護企畫書的品質，以免因小失大，前功盡棄。

四、設計版面

企畫書的版面設計，必須要求整體性的均衡、妥善，如果版面凌亂不堪，即使有充實的內容，獨到的創意，也不足以讓人興起非看不可的心情，因此在版面的設計配置方面要注意下列幾點：

(一) **紙張字體**　企畫書通常使用 A4 紙張，本文使用 10 或 12 級的楷體字，本文、標題、註解和圖說，可藉由字級的變化加以區別。特別重要的內容，可用粗體字、加底線或不同顏色加以區別，使其更為醒目。

(二) **區分段落**　依照一般文章的寫作格式，如起頭或更換段落應空兩格。而且每頁都要適度分段，每段的文字不宜太長。重點所在，可用小標題來加以標示，以提醒閱讀者注意。

(三) **適當留白**　頁面的文字太多，排版過於擁擠，會讓人有壓迫感，而感到很難閱讀，因此字距、行距不宜太窄，版面最好也要留有一些空白。

第五節　企畫書的參考範例

目前常見的企畫書有政策宣導、企業經營、產品行銷、節日慶典、社團聯誼、……，因機關、學校、公司、行號、社團的組織各形各色，而企畫的類別不同，不可能有一致的範例。況且隔行如隔山，對於企畫的內容，必須具備的專業知識，並非常人所能盡知，故僅能列舉一般性質的企畫書以供參考。

(一)申請補助企畫書

行政院青年輔導委員會
補助大專校院辦理提升青年就業力工作計畫
企　畫　書

計畫辦理年度：○○年度

主辦學校（單位）：○○科技大學

補助類別：【提升型】

項目：■生涯規劃研習營
　　　　□職涯志工培訓營
　　　　□就業座談會
　　　　□企業參訪
　　　　□其他有助學生職涯發展相關創新活動
　　　　□產業與職涯校園巡迴講座

計畫名稱：圓夢摘星——生涯規劃研習營

聯絡人姓名：張○○

任職單位：就業輔導室　　職稱：組員

學校地址：(000)　○○市○○路○號

電話：(○○) 87654321　　分機：62679

E-mail：chang@mail.○○○.edu.tw

提報日期：中華民國○○年○月○日

一、計畫目標：
　(一)增進學生瞭解自我、發掘潛能，以促使自我成長。
　(二)協助學生建置個人生涯規劃書。
　(三)建立學生對國內外職場環境之瞭解及認知。
　(四)強化學生進入就業市場時所需的工作態度與合作
　　　能力。
　(五)履歷自傳資料之撰寫及面試技巧之養成。
二、參與對象及人數：本校日間部及進修部學生，共 60 人
三、辦理期間：○○年 10～11 月
四、辦理地點：本校演講廳
五、工作團隊：
　(一)主辦單位：本校學生事務處就業輔導室
　　　1、統籌規劃：高○○主任
　　　2、執行辦理：張○○組員
　　　3、聯繫協調：徐○○助理
　　　4、核銷經費：陳○○助理
　　　5、成果報告：張○○組員
　(二)協辦單位：
　　　1、本校總務處事務組：借（租）用場地、器材、車輛
　　　2、本校職涯志工團：協助製作宣傳海報、布置場地、
　　　　　接待
六、時程管控方式：
　(一)籌劃、宣傳：○○年 9～10 月
　(二)辦理活動：○○年○月○～○日（預定）
　(三)核銷經費、結案報告：○○年 10～11 月

七、活動流程／課程師資配當表（含師資表）：

1、流程／課程

第一天：○○年○月○日（星期六）

時間	課程內容	主持人／主講人	地點
08:40～09:00	報到	本校職涯志工團	演講廳
09:00～09:30	始業式	青輔會長官○○○ 本校學務長○○○	演講廳
09:30～11:30	專題演講（一） 自我探索與生涯發展	○○股份有限公司 ○○○總經理	演講廳
11:30～13:00	午餐	本校職涯志工團	會議室
13:00～15:00	專題演講（二） 職業適性測驗暨性向分析	○○大學諮商中心 ○○○主任	演講廳
15:00～15:10	茶敘	本校職涯志工團	會議室
15:10～17:10	專題演講（三） 職場趨勢與人才需求	○○人力銀行 ○○○經理	演講廳
17:10	賦歸		

第二天：○○年○月○日（星期日）

時間	課程內容	主持人／主講人	地點
08:40～09:00	報到	本校職涯志工團	演講廳
09:10～10:30	專題演講（四） 履歷自傳撰寫技巧	○○人力銀行 ○○○經理	演講廳
10:40～12:00	專題演講（五） 面試技巧分析	○○股份有限公司 ○○○總經理	演講廳
12:00～13:00	午餐	本校職涯志工團	會議室
13:00～14:00	車程	本校職涯志工團	
14:00～16:00	企業參訪活動 ○○股份有限公司	○○股份有限公司 ○○○經理	
16:00～17:00	車程	本校職涯志工團	
17:00～17:30	綜合座談暨結業式	○○大學諮商中心 ○○○主任 本校就業輔導室 ○○○主任	演講廳
17:30	賦歸		

2、師資表

課程	姓名	現職	學經歷
專題演講（一） 自我探索與生涯發展 專題演講（五） 面試技巧分析	○○○	○○股份有限公司總經理	○○大學勞工關係系 行政院勞委會教育訓練訪視委員
專題演講（二） 職業適性測驗暨性向分析	○○○	○○大學諮商中心主任	○○大學教育心理與輔導博士 ○○技術學院諮商中心主任
專題演講（三） 職場趨勢與人才需求 專題演講（四） 履歷自傳撰寫技巧	○○○	○○人力銀行經理	○○大學企研所碩士 ○○證券經紀事業處經理

八、預期績效指標與評估基準：

(一)運用職業適性測驗與解測，使學生瞭解其性向、興趣或個人能力，進而協助進行生涯規劃與抉擇。

(二)增進學生能因應未來求職面試的能力，以及掌握時機推銷自己。

九、過去辦理活動績效：

(一)○○年度辦理「職場就業講座」、「提升職場能力研習營」。

(二)○○年度辦理「職涯目標設定實作工作坊」、「自我期許或夢想講座」。

(三)○○年度辦理「求職體驗營」、「校友返校分享職場經驗座談會」。

十、經費概算表：

（一）經費來源：

名稱	金額	總經費分配比(%)	備註
擬申請青輔會補助款	○○元	90	
學校自籌款	○○元	10	
合計	○○○元	**100**	

（二）各項費用概算：

科目名稱	數量	單價	預算數	備註
講師鐘點費	○	1600元	○○○元	○場次（每場○小時）
外聘外縣（市）講師交通費	○	○○○元	○○○元	檢據實報實銷
租車費	2	6000元	○○○元	
保險費	○○	40元	○○○元	每人每天保額為二百萬元
活動手冊印製費	○○	80元	○○○元	二天活動：80元×人數
活動宣傳費	1		○○○元	
餐費	○○	80元	○○○元	80元×人數×2餐
工讀生工作費	○○		○○○元	
雜支			○○○元	含茶點、場地布置等
合計			○○○元	

5

(二)學生社團辦理活動企畫書

○○大學○○學年度「英韻盃」英語歌唱比賽 活動企畫書

一、活動名稱：○○學年度「英韻盃」英語歌唱比賽

二、活動宗旨：為提升對英文學習的興趣，並藉此紓解課業壓力，亦可讓對歌唱有熱忱的年輕學子，展露自己的才華。

三、指導單位：學生事務處

四、主辦單位：課外活動組

五、承辦單位：英國語文學會

六、協辦單位：吉他社、口琴社

七、贊助單位：學生第一餐廳、消費合作社

八、活動地點：本校小禮堂

九、活動時間：民國○○年5月14日（星期○）下午18時至22時

十、參賽資格：本校在學學生，以40名為限，額滿為止。

十一、報名方式：請至學生會填寫報名表及參賽歌曲，報名費100元。

十二、報名期限：5月1日至5月12日

十三、工作人員：

職稱	姓名	系級	手機
總召	王大同	○○系三年級	0901-123456
執行	李○○	○○系三年級	0902-234567
行政	張○○	○○系四年級	0903-345678
公關	李○○	○○系三年級	0904-456789
美宣	朱○○	○○系三年級	0905-135791
活動	蔡○○	○○系三年級	0906-246824
	謝○○	○○系三年級	0901-357913
報幕	簡○○	○○系二年級	0902-468246
財務	彭○○	○○系四年級	0903-579135
庶務	高○○	○○系四年級	0904-678912
	趙○○	○○系三年級	0905-789123
	黃○○	○○系二年級	0906-891234

1

十四、工作分配：

　　總召：活動的召集、策劃及統籌。

　　執行：活動的執行，流程的控管，評審的遴聘。

　　行政：活動的申請，草擬比賽評審辦法，撰擬各類文書。

　　公關：聯絡各部門，申請經費補助，尋求廠商贊助。

　　美宣：繪製、張貼宣傳海報，布置會場。

　　活動：借用比賽場地，受理報名，比賽時的場控。

　　報幕：主持比賽的進行。

　　財務：編列活動經費的預算、結算，收支款項。

　　庶務：租借音響燈光器材，訂製獎盃、獎狀，採購物品，準
　　　　　備工作人員餐飲，支援各部工作人員。

十五、經費預算：

（一）收入

經費來源	金額	備註
報名費	4,000 元	100 元×40 人
自籌經費（含廣告／廠商贊助）	12,000 元	
擬向課外活動組申請補助	14,000 元	
合計	**30,000 元**	

（二）支出

支出項目	金額	備註
租借燈光音響器材	7,000 元	
獎盃、獎狀	5,000 元	獎盃 3 座、獎狀 15 張
獎品	4,000 元	18 份
評審費	6,000 元	2000 元×3 人
文具紙張	3,000 元	
會場布置	3,000 元	
餐飲	2,000 元	100 元×20 人
合計	**30,000 元**	

十六、籌備工作流程：

會議名稱	日期	討論事項
第 1 次籌備會	4 月 2 日	1.分配工作 2.提出活動申請、借用場地 3.籌措經費
第 2 次籌備會	4 月 28 日	1.工作報告、檢討 2.準備接受報名事宜
第 3 次籌備會	5 月 6 日	1.確認場地借用、器材租借、評審 　遴聘、經費籌措等事項 2.確定比賽評審辦法 3.有待加強、支援之事項
第 4 次籌備會	5 月 13 日	1.逐項檢視是否皆已準備妥善 2.確定參賽人數 3.會場布置

十七、比賽當日流程 (5/14)：

　　13:00 音響、燈光等器材進場
　　15:20 所有工作人員集合
　　15:30 工作說明及工作指派
　　16:00 檢查場地
　　16:30 工作人員用餐
　　17:00 開放入場
　　17:30 吉他、口琴演奏
　　17:40 參賽者抽取出場序號
　　18:00 比賽開始
　　21:50 比賽結束
　　22:00 評審宣布名次、頒獎
　　22:15 散場、整理場地

3

習　題

一、某班將舉辦露營活動，試代擬企畫書。

二、某班將在一年一度的校慶園遊會中設攤，試代擬企畫書。

第十六章
自傳與履歷

▋第一節　自傳與履歷的意義 ▋

　　自傳是自述生平的文章。在我們一生當中，總會遇上好幾次必須寫作自傳的時候：例如入學後，學校為了建立學生的基本資料，少不了要每個人寫一篇；作文課上，也常有「我的自述」這一類題目；畢業求職，更要用心撰寫一篇讓人印象深刻的自傳，才有可能爭取到工作的機會。可是一聽到要寫自傳，感到手足無措的卻大有人在。

　　履歷，其實也就是簡化的表格式自傳，它是最被廣泛應用的求職文書，可以使人對求職者有一個概括的認識，市面上有現成印好格式的履歷卡（表）出售，格式雖然不一而足，但所包含的項目大致相同。依式填寫，似乎並不困難，不過也有一些必須注意的地方。

　　在人浮於事的今天，任何一個工作機會，都會有很多人前去應徵。如果想在眾多的競爭者之中脫穎而出，不能不對自傳、履歷的寫法有所瞭解，才能把自己的才學、特長充分表達出來，以引起用人機構主管的注意，提高自己被錄用的機率。

▋第二節　自傳的作法與範例 ▋

　　自傳的寫作，並沒有一定的形式，但寫作自傳之前，最好能依下列重點，將個人有關的資料作一個比較完整的紀錄：

　　家世：包括父系、母系兩方面的家族概況，如居住地及其遷徙、行業及其變遷、傑出的人物、特殊的事跡等。

　　家庭：包括目前家庭成員的年齡、學歷、職業、經歷，以及家庭經濟、日常生活狀況等。

　　出生：包括時間、地點及與出生有關的特殊事項等。

　　健康狀況：包括身高、體重、血型以及一般的健康狀況。

　　求學：包括各求學階段的學校名稱、肄業起迄、印象深刻的師長、學業成績、參加過的活動、擔任過的職務、得到過的榮譽和獎勵等。

　　經驗與能力：包括家庭、學校、社會各方面，在生活、學習、工作中所得到的成功或失敗的經驗，以及所培養出來的待人處世的能力。

　　人際關係：包括最難忘的人與事。

　　自我分析：包括個性、興趣、優點、缺點、抱負等。

　　其他：如宗教信仰、人生觀等。

　　以上各項資料的紀錄，應力求完備、客觀、具體，按時間先後為順序，並從各條資料中分析出對個人一生的意義、影響。

　　資料的建立，有助於瞭解自我，並避免自傳寫作得七拼八湊、雜亂無章。根據那些資料，可先撰寫一篇綜合敘述的自傳作為底本，而後依實際需要，或即採用此底本，或據此底本作有選擇的重點敘述。但不論是綜合敘述或重點敘述，自傳寫作都必須注意下列事項：

　　(一) 使用正楷書寫，保持字跡的端正，切忌潦草。保持紙面的整潔，切忌凌亂汙漬，如有修改，應擦拭乾淨，或換紙重寫。並避免使用錯別字或簡體字，遇有字形字義不能確定，一定要查閱字詞典。

　　(二) 敘述要有條理，通常可採取從小到大、由近及遠、自先而後的敘述。按幼年、少年、青年等順序，即為從小到大；由家庭而學校、社會，由親人而師長、朋友，即為由近及遠；從幼稚園到小學、中學，即為自先而後。每一個段落，須有敘述的重心，不可東拉西扯；各段之間，須脈絡聯貫，而不重複雜沓。

　　(三) 文字力求流暢達意，但不必刻意修飾，尤其不必故意使用抽象概

念式的抒情語句，以致讓人有浮誇不實、無病呻吟的印象。

(四) 語氣要不卑不亢、莊重平實。既不可自吹自擂、妄自尊大，也不必自貶自怯、信心全無。要做到莊重而不輕佻，平實而不虛浮。

(五) 正確使用標點符號。

(六) 內容要具體確實，避免含混籠統，如「在學期間，品學兼優，常得師長讚賞」，不如將在學成績及所得過的各種獎勵具體寫出。

(七) 重點敘述的自傳，必須特別把握「主題顯明」的原則，針對此一自傳的特定用途，凸顯個人相應的特質或經驗，作為敘述的重心。例如應徵工作，即應就此工作的性質、要求，寫出個人相應的能力、經歷。

茲舉二例，以供參考：

一、求職用

自傳

　　臺南縣白河鎮──一個風光明媚、民風純樸的地方，那就是我的故鄉。民國〇〇年十二月二日，我在那裡出生，父母歡欣之餘，替我取名為陳欣怡。

　　從小我就對數學很感興趣，父親常以簡單的加減算術考我，我都能正確應答。後來在各級學校求學時，我的數學成績總是在其他科目之上。尤其是固有的國粹──珠算，我更是深愛不移。小學四年級開始，接受珠算老師的指導，一有空閒，就勤練不已。六年級的時候，曾經代表學校參加全縣珠算比賽，榮獲小學生組第二名。因為這個緣故，在家裡也幫忙父母親看顧店面，計算帳目，當時就已立下將來從商的志向。

　　我是長女，還有一個弟弟、一個妹妹。家裡開了一間小雜貨店，主要的顧客，就是那些左鄰右舍，生意並不很好；父親為了維持家計，到處打工，勞累萬分。父母親早年失學，經歷了人世的風霜，更能體會要立足於社會，必須有足夠的學識，所以極力鼓勵我們讀書，所以〇〇年高職畢業，又參加技職院校聯招，考上

○○技術學院會計系。接受有系統的商學專業訓練，是我衷心的期望，因此在校期間，我孜孜不倦的充實自己，把握所有的學習機會。由於師長、父母的殷切教誨與鼓勵，曾經膺選為模範生，屢獲獎學金，還取得了珠算二段的資格檢定及格證書。課餘並蒙師長推薦在學校的實習商店擔任會計工作，不但使自己所學的珠算、簿記得以致用，也增加了不少實務經驗。

今日工商業繁榮發達，健全的會計制度是不可忽視的一環。但在一般人的心目中，會計卻是一項吃力不討好的工作，必須負責整個公司機構的一切進出帳目，稍有疏忽，損失必重。我自小就喜歡把繁雜的數字、資料加以整理，使它井然有序，或許這也訓練出我在面對複雜的問題時，不致張皇失措，而能憑著冷靜細心的態度，設法解決。如今即將畢業，但願能夠找到一家合適的公司行號，讓我一展所學所能，並且在工作中更激勵自己的進步。

二、就學用

自傳

我是一個軍人子弟。家父早年投身軍旅，肩負保家衛國的重責大任，後來就在鳳山成家定居。今全家七口，父親已自軍中退役，膺選擔任○○里里長，服務鄉里，報效國家；母親料理家務，並兼裁縫副業；兄長三人，均繼承父志，或擔任軍職，或就讀軍校，幼妹尚就讀高中。在父親「紀律化」的領導下，全家長幼有序，兄友弟恭，充滿和諧的氣氛、蓬勃的活力。

民國○○年高職畢業，本想投考軍校，追隨父兄之志，卻因體位不合，未能如願，當時心中頗為懊惱，而父親認為「從軍固然是報國最直接的途徑，卻不是唯一的途徑，尤其在科技文明一日千里的今天，戰爭的勝負與國家的科技水準關係密切，有心報國，則報考技職院校，習得一技之長，既可在社會上立足，容易找到工作，又可以為國家科技發展盡一分心力，這和執干戈以衛社稷並無不同」。父親的

開導和鼓勵，使我信心恢復，目標確立，終於是年考上○○技術學院機械系。

　　民國○○年技術學院畢業，因不必服役，遂通過考試，進入○○公司鳳山機械工廠服務，從車床技工升到技術員。兩年的工作，印證了書本理論，增進了實際經驗，對於車床、鑽床的組合、操作、維護、修理，自認有深刻的認識、純熟的技術。其間也曾奉派參加各種訓練班或講習班，獲得進修的機會，但總感到在理論與實作的領域，已到達某一種瓶頸狀態，亟待突破。經過一番思慮，並在家人一致支持下，我辭去工廠工作，積極準備參加研究所考試，而以機械系碩士班為第一志願。

　　以一個離校兩年的畢業生，想在高手如林的升學競爭中脫穎而出，其艱難不言可知。但是「皇天不負苦心人」，總算讓我只經驗一次失敗，就擠進這道窄門，考上本校機械系碩士班。回想這兩年來「三更燈火五更雞」的苦讀，使我更珍惜這份得之不易的成果，感謝家人在精神和物質兩方面的支持，尤其是白髮皤皤的雙親，為了幫助愛子完成心願，那無微不至的照顧關懷，更令我感到親恩似海。

　　如今，我再度昂然走在大學道上，我有信心、也有決心要在本行學術上作最大努力，追求更高深的成就，並更虔誠期待師長的指導、鞭策。

第三節　履歷的寫法與範例

　　履歷卡（表）用以填寫個人的基本資料及經歷，市面上現成印好格式的履歷卡（表）上，通常有姓名、性別、年齡、籍貫、通訊處、電話、學歷、曾任職務等項，填寫時應注意下列事項：

　　(一) 使用正楷，字跡端正，不可潦草，切忌塗改，如有錯誤，應換卡（表）重寫。

　　(二) 一切資料，以正式文件所登錄者為準，如姓名、籍貫等，依國民身分證。

(三) 年齡計算以填表時的年分，減去出生年分即可。

(四) 通訊處務必詳明正確，並留下電話號碼。

(五) 學歷從高到低順序書寫，如果格子太小，只寫最高學歷亦可。

(六) 曾任職務如果不多，按自先而後的原則條列書寫；如果很多，可擇要列舉。

(七) 所貼相片，最好事先將姓名、電話寫在背面。

茲舉三例，以供參考：

一、履歷卡

姓名				性別	
王大展				男	
年齡					
二十四	電話				
	（○二）二三三一—八四八四				
籍貫					
高雄市				貼相片	
通訊處					
臺北市平安路二段五十六號二樓					
電子信箱					
david_wang@sanmin.com.tw					
學歷					
臺北市立大安高工電子科畢業					
曾任職務					
宏達電子公司技術員三年					

二、履歷表

姓　名 Name	張　淑　君	性　別 Sex	女	血　型 Blood Type	AB
年　齡 Age	22	體　重 Weight	45 公斤	身　高 Height	160 公分
籍　貫 Native Place	臺東市	已　婚 Married		未　婚 Single	✓

現　在　地　址 Present Address	臺北市和平東路二段 46 巷 6 弄 178 號 4 樓
永　久　地　址 Permanent Address	臺東市中山路 237 號
電　子　信　箱 E-mail	Sjc@sanmin.com.tw
電　　　話 Phone Number	(H) (02) 2500–6600 (M) 0933–721–869
學　　　歷 Academic Degree	國立臺東高商畢業 東光國中畢業

志　趣 Pleasure	會計實務	專　長 Speciality	珠算二段、簿記	健康情形 Health Condition	佳

經　　　歷 Experience	臺東市天一百貨公司會計二年	
簡　要　自　傳 Synoptical Autobiography	我是一個商人子弟，家父經營五金生意，在東臺灣頗負聲望。家庭淵源使我對商科發生濃厚興趣，雖然限於能力，不能獨當一面，但是我願意從幕僚性質的工作中努力學習，相信總有一天，能在商界立足。	相　　片 Photograph

三、新式履歷表

李文治 (LI, WEN–CHIH)

116 臺北市文山區指南路 2 段 64 號

Tel: 29393091　　Mobile phone: 0910–123456

E–mail: wenchih@ms?.hinet.net

基本資料

性　別：男　　　年　齡：22 歲

出生地：臺北市　　婚　姻：未婚

學　歷

文學士　國立政治大學中國文學系　95 年 8 月～99 年 6 月

　　　　——榮獲三學年書卷獎

　　　　　潘寶樹先生獎學金（96 學年）

　　　　　潘光晟教授獎學金（97 學年）

社團／課外活動表現

主編，文海　96 學年度

　　——規劃刊物主題、約稿，統籌編輯、校對、付印、發行等事務

社長，康樂輔導研習社　97 學年度

　　——領導 100 位社員規劃並執行寒暑假志工活動，為養老院長者創造
　　　歡樂

文書組組長，國樂社　98 學年度

　　——專精古箏，對外文書撰擬、海報製作

習 題

一、試依任何一種履歷表格式，填寫個人基本資料及經歷。

二、試撰寫自傳一篇。

含英咀華——文苑叢書

■ 莊子及其文學
黃錦鋐／著

　　本書集作者歷年來研究《莊子》的論文共九篇,將《莊子》一書中的理論與文學內容相互印證,以見《莊子》在文學上的價值與影響,為研究者提供一批評的識見與線索。而對於眾說紛紜的向秀、郭象《莊子》注相關問題,作者也綜合各家研究者的意見作一客觀的評論,並指引出研究《莊子》注的新途徑。此書以宏觀角度重新檢視莊子學,在浩瀚研究典籍中汲取養分,足以作為研究莊子學說思想及文學的最佳參考書籍。

■ 中國歷代故事詩
邱燮友／著

　　文化中的璀璨瑰寶——故事詩,是用詩歌的方式,來鋪述一則故事的長篇敘事詩。中國的故事詩,大抵用音樂或樂曲來說故事,因而故事詩多為樂府詩的形式。換言之,將小說的題材,用詩歌的方式來表達,便成為故事詩。每個時代都有動人的故事發生,這些有血有淚、有情有義的故事,經民間詩人或文人將它們用詩歌、用音樂記錄下來,就如同四季的風,催開每季不同的花朵,然後在和煦的陽光下,展現娜娜多姿的姿態,令人搖蕩情靈,吟頌不已。

■ 古典詩歌選讀
王文顏、侯雅文、顏天佑／編著

　　本書編選,除依年代先後,選擇代表詩人及作品外,另採「主題式」選詩。將同類型的詩歌集中呈現,以便讀者比較、鑑賞其間異同,增加研讀的趣味。舉凡愛情、友情、自然、歷史、自我等主題,皆在選編之列。此外,自明鄭以來在臺灣生根發展的古典詩,不但具有古典詩的面貌,更反映臺灣獨有的內涵。特殊的歷史背景、地理環境、社群文化,孕育出臺灣古典詩卓爾的風味。為此,本書另立專章,除了簡述臺灣古典詩歌發展的梗概外,亦精心挑選數首詩作提供讀者欣賞。這些編者的巧心,無非是希望與您共享讀詩的喜悅,一同貼近詩人的心靈。

■ 詞箋　　　　　　　　　　　　　　　　張夢機／著

　　本書乃作者對於晚唐五代以及兩宋名家經典詞作之賞析。作者從南唐到南宋，精選出李煜、晏幾道等十五位詞人最具代表性的作品，以平易的字句，流暢的筆調，作深入淺出的賞析。作者在箋詞之前，皆先介紹詞人生平及其詞風，再選錄代表作若干首，逐一欣賞，同時對詞中格法，也多所闡發，切入角度亦甚為廣泛，包含詞牌、用韻、作者風格、意境分析等，並且引用歷代相關評論以及其他詩詞作品。讀者可藉由本書，領略經典詞作中的境界之妙。

■ 唐詩主題與心靈療養　　　　　　　　　侯迺慧／著

　　本書主要結合主題學與心理學的理論，來探討唐詩某些主題世界中，詩人隱微細膩的情意心理，與轉化負面情緒的自我治療歷程。其中包含了李白、杜甫、白居易等大詩人最具典型的詩歌主題，從這些詩歌表現來剖析他們生命中深沉的心靈困境與心理創傷，以及他們轉化這些困境的自我調整、自我治療。從中可以讓我們了解整個唐代共有的文化心理，同時貼近古代文人生命的自覺與安頓心靈的動人情懷。

修訂八版

一本網羅生活、職場、考場各種場合的應用文大全

應用文

習作

黃俊郎 編著

解釋術語
行文簡淺明確，快速掌握重點

說明作法
了解脈絡，輕鬆吸收

多舉範例
抓住感覺，提升應用能力

附贈習作
多多練習，容易上手

——生活上——
書信、柬帖、慶賀文與祭弔文、契約、書狀與存證信函

——職場上——
自傳與履歷、會議文書、簡報與演講辭、規章、企畫書

——考場上——
公文、對聯、題辭與標語、啟事與廣告

東大圖書公司

應用文習作　　目　次

第二章　書　信

一、試撰寫向父母（或親友）稟告近日在校學習情況函（附信封）。

（箋　　文）

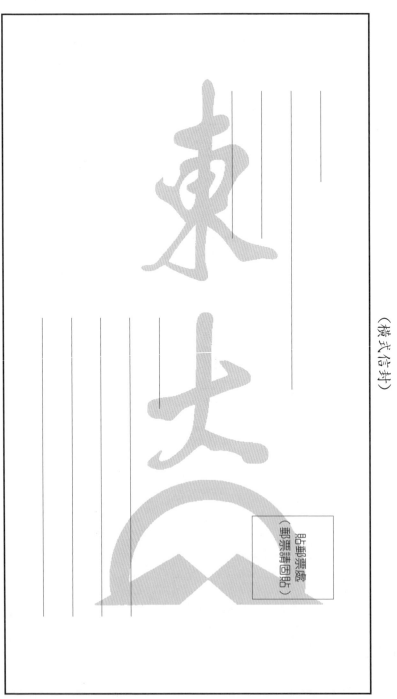

（橫式信封）

可　沿　虛　線　撕　下

貼郵票處
（郵票請自貼）

二、全班舉辦郊遊活動，試撰寫邀請導師參加函（附信封）。

（橫式信封）

貼郵票處
（郵票請面貼）

第三章　便條與名片

一、本縣文化中心舉辦畫展，試撰寫便條一紙，邀約好友同往參觀。

三、假日往訪小學同學，未遇，試以名片留言致意。

（正　面）

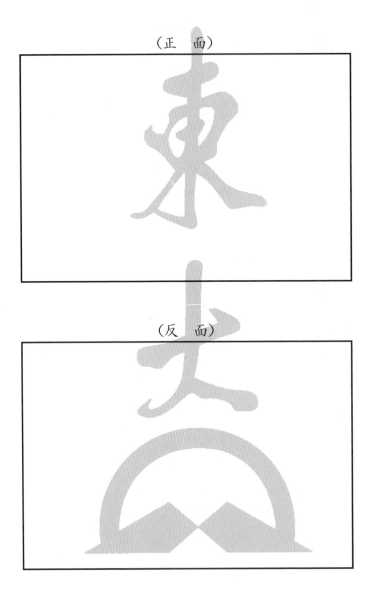

（反　面）

第四章　柬　帖

一、試代人撰擬由男女雙方家長具名之結婚柬帖一則。

二、某校新建學生活動中心落成，試代擬落成典禮柬帖一則。

可沿虛線撕下

第五章　對聯、題辭與標語

一、試作春聯一副。

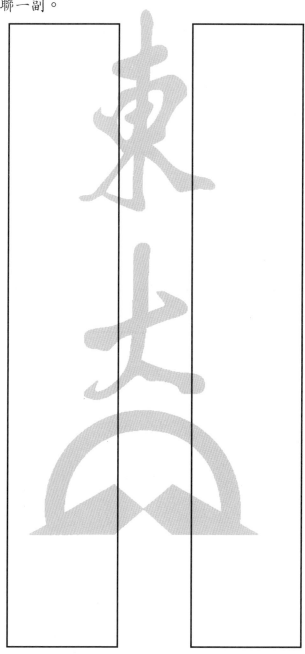

二、賀友人生日，試擬題辭一則。

三、為布置教室，試擬標語二則，以便張貼。

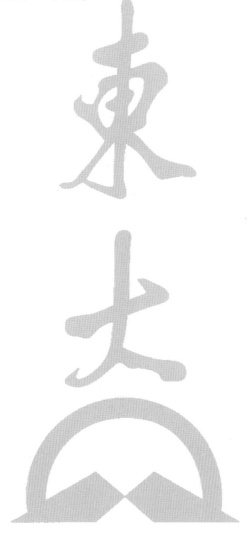

第六章　慶賀文與祭弔文

一、試為校慶撰擬一則頌辭。

二、試為某人（自擬）去世撰擬一篇事略。

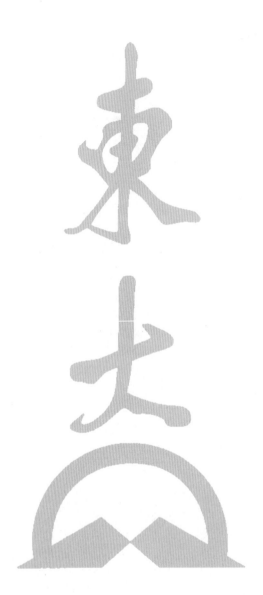

可沿虛線撕下

第七章　公　文

一、試擬臺北市政府教育局致所屬各級學校函：希加強學生生活輔導，
　　促進品德修養，以消弭越軌行為。

檔　　號：
保存年限：

函

地址：
承辦人：
電話：
電子信箱：

（郵遞區號）
（地址）

受文者：

發文日期：
發文字號：
速別：
密等及解密條件或保密期限：
附件：

主旨：

二、試代學校撰擬一則舉行學期考試的公告。

公　告

發文日期：中華民國　　年　　月　　日
發文字號：

主旨：

依據：

公告事項：

第八章　會議文書

一、○○同鄉會召開會員大會，改選第○屆理監事暨聯誼餐會，試擬
　　開會通知單一則。

裝

訂

線

檔　　號：
保存年限：

開會通知單

（郵遞區號）
（地址）

受文者：

發文日期：
發文字號：
速別：
密等及解密條件或保密期限：
附件：

開會事由：

開會時間：

開會地點：

主持人：

聯絡人及電話：

出席者：
列席者：
副本：

備註：

二、試擬班會紀錄，包括編壁報、舉行同樂晚會等決議案。

會議紀錄

時　　間：民國　　年　　月　　日（星期　　）
　　　　　　午　　時

地　　點：

出　　席：

列　　席：

請　　假：

主　　席：

紀　　錄：

主席致詞：

報告事項：

討論事項：

臨時動議：

散會：　午　　時　　分

第九章　簡報與演講辭

一、試擬撰本校校園簡報一篇。

二、試以「有恆為成功之本」為題擬演講辭。

第十章 規 章

系級班別：

姓　　名：

學　　號：

一、試擬「教室規則」一種。

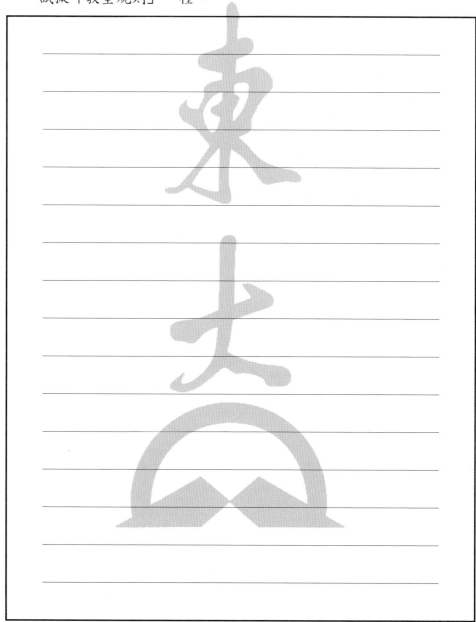

二、試擬本校教室布置比賽辦法。

第十一章　契　約

一、某甲將其所有〇〇年代裕隆廠牌小客車壹輛，牌照號碼〇〇，引
　　擎號碼〇〇，以〇〇元賣與某乙，試代撰車輛買賣契約書。

　　　　　　車輛買賣契約書

　　　　立車輛買賣契約書人 買主：　　　　　　　　　　（以下簡稱為 甲 方）
　　　　　　　　　　　　　 賣主：　　　　　　　　　　　　　　　　　 乙

本約車輛買賣事項經甲乙雙方一致同意訂立條款如后，以資共同遵守：

　　一、

立契約書人：

甲　　方

姓　　名：　　　　　　　　　　（簽章）

住　　址：

身 分 證
統一編號：

乙　　方

姓　　名：　　　　　　　　　　（簽章）

住　　址：

身 分 證
統一編號：

中　華　民　國　　　　年　　　月　　　日

第十二章　書狀與存證信函

一、某甲應徵充任○○商號店員，請某乙擔任保證人，試代某乙撰擬
　　保證書。

保證書

二、某甲有屋一幢，租與某乙，茲因其子即將結婚，擬收回自用，試
代撰催告書並以存證信函告知某乙。

催告書

第十三章　單　據

一、學校發給本班交通安全手冊五十本，試出具領據一紙。

二、為本班舉辦露營活動，向學校借用帳篷五頂，試擬借據一紙。

可沿虛線撕下

第十四章　啟事與廣告

一、某甲有屋招租，試擬啟事一則。

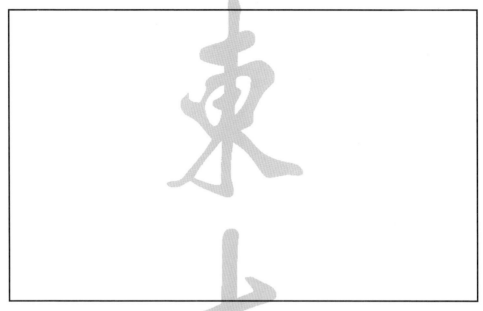

二、某甲走失所養大狼狗一隻，試代擬懸賞啟事。

三、試任選一種商品為題材，撰擬廣告一則。

四、試代本校擬招生廣告。

可沿虛線撕下

第十五章　企畫書

一、某班將舉辦露營活動，試代擬企畫書。

可沿虛線撕下

第十六章　自傳與履歷

一、試依任何一種履歷表格式，填寫個人基本資料及經歷。

姓　名 Name		性　別 Sex		血　型 Bloodtype	
年　齡 Age		體　重 Weight		身　高 Height	
籍　貫 Native Place		已　婚 Married		未　婚 Single	
現在地址 Present Address					
永久地址 Permanent Address					
電子信箱 E-mail					
電　話 Phone Number					
學　歷 Academic Degree					
志　趣 Pleasure		專　長 Speciality		健康情形 Health Condition	
經　歷 Experience					
簡要自傳 Synoptical Autobiography				相　片 Photograph	

二、試撰寫自傳一篇。

可沿虛線撕下

系級：＿＿＿＿＿＿

姓名：＿＿＿＿＿＿

學號：＿＿＿＿＿＿